Meeresbrise mit Brautstrauß

Rita Roth

Verlag:
Zeilenfluss Verlagsgesellschaft mbH
Werinherstr. 3
81541 München

Texte: Rita Roth
Cover: Grit Bomhauer, www.grit-bomhauer.com
Satz: Zeilenfluss
Korrektorat:
TE Language Services – Tanja Eggerth,
Nadine Löhle - Goldfeder Texte

ISBN: 978-3-9671-4435-2

RITA ROTH

Meeresbrise mit Brautstrauß

ZEILENFLUSS

Und dann muss man ja auch noch Zeit haben,
einfach dazusitzen und vor sich hin zu schauen.
– Astrid Lindgren

1

Auf einer Skala von eins bis zehn pendelte meine Stimmung zwischen fünf und sechs. Dabei war ich gerade vor ein paar Minuten auf meiner Lieblingsinsel Norderney angekommen und ein langes Wochenende mit Sonne, Strand und Meer lag vor mir. Ich war reif für die Insel und brauchte mal wieder eine starke Dosis *Vitamin Sea*.

Von meinen Freundinnen Kerstin und Tanja hatte ich einen Gutschein für diesen Kurzurlaub geschenkt bekommen, damit ich meinen runden Geburtstag so feiern konnte, wie ich mir das wünschte. Sie waren nicht begeistert von meinem Entschluss, einfach abzuhauen, umso mehr freute ich mich über ihr Verständnis und das tolle Geschenk.

In ein paar Tagen wurde ich sechzig! Ich konnte es selbst nicht glauben, und, ganz ehrlich, diese Zahl machte mir Angst. Seit Wochen schlief ich schlecht und dachte immer daran, wenn ich nachts aufwachte. Ich konnte mich einfach nicht mit ihr anfreunden. Klar, es war nur eine Zahl, aber sie war mies, gemein und hinterhältig, automatisch dachte ich an Anti-Aging.

Mir brauchte niemand mehr erzählen, Sechzig wäre das

neue Fünfzig! Diese und ähnliche Weisheiten hörte ich tagtäglich in meinem Friseursalon. Es gab Zeiten, da fand ich sie witzig und lachte darüber, doch nun, wo mein Sechzigster immer näher rückte, fand ich dieses Gerede nur noch dämlich.

Mit meinem kleinen Rollkoffer schob ich mich vorwärts und dachte darüber nach, ob meine Stimmung in Richtung vier oder aufwärts nach sechs tendierte und was passieren müsste, damit sie weiter nach oben kletterte. Zu einem Ergebnis war ich noch nicht gekommen, als ich das neu eröffnete Lokal am Fähranleger erblickte, das noch ein Geheimtipp sein sollte. An diesem Wochenende wollte ich es sowieso testen, das hatte ich mir fest vorgenommen, also konnte ich auch gleich damit beginnen. Bei dem Gedanken an einen starken Cappuccino in der Morgensonne stellte sich endlich das erwartungsvolle Kribbeln ein, das mich normalerweise packte, sobald ich die Planken der Inselfähre unter meinen Füßen spürte.

Ich nahm immer zwei Stufen auf einmal, als ich die Treppe hochlief, und hatte mein Ziel, das schnuckelige Café, auch schon erreicht. Die Kuchen und Torten sahen verführerisch aus, doch so früh am Morgen konnte ich gut daran vorbeigehen.

Auf der schmalen Außenterrasse saßen nur wenige Gäste. Von hier aus hatte man einen großartigen Blick, man konnte die Inselfähren beobachten, die in nächster Nähe vor Anker gingen, und über die Insel bis zum Leuchtturm sehen. Ich suchte mir das schönste Tischchen und bestellte einen Cappuccino mit Herz.

»Bitte schön. Mit Herz«, sagte der junge Kellner, der mir gut gelaunt das Heißgetränk mit einem perfekten Herz auf dem sahnigen Milchschaum servierte. »Mit ganz viel Gefühl und Liebe gemacht.« Total süß grinste er mich an, und ich grinste zufrieden zurück.

Verträumt blickte ich in meine Tasse. Das Motiv war so hübsch anzusehen, viel zu schade zum Umrühren oder den Schaum abzulöffeln. Ich ließ ein paar Zuckerkörnchen darauf rieseln, schnupperte das belebende Aroma und schlürfte genussvoll den ersten Schluck. So ist es gut, dachte ich, lehnte mich mit einem wohligen Seufzer zurück und sog die Seeluft tief ein. Sie roch nach Meer und Salz und auf eigentümliche Weise auch nach Veränderung.

Die leichte Brise, das Gekreisch der Möwen und das gleichmäßige Plätschern der Wellen wirkten so beruhigend auf mich, dass mir die Augen schwer wurden, was nicht weiter verwunderlich war, denn noch vor dem morgendlichen Vogelgezwitscher hatte mein Wecker geklingelt. Ich hatte mir in den Kopf gesetzt, auf keinen Fall mit der Mittagsfähre überzusetzen, denn die würde garantiert rappelvoll sein, da an diesem Wochenende nicht nur der legendäre Insellauf stattfand, sondern auch die Sommersonnenwende gefeiert wurde.

Im Stillen träumte ich von einer Geburtstagsfeier auf einer einsamen Insel. Ich stellte mir vor, durch feinen, weißen Sand zu laufen, Muscheln zu sammeln, barfüßig durchs Wasser zu waten und die letzten Tage in meinen Fünfzigern sanft und ruhig ausklingen zu lassen. Doch das war wohl der romantische Traum eines alternden Mädchens.

Meine Augenlider wurden immer schwerer und ich merkte, wie ich eindöste. Die Sonnenstrahlen auf meinem Gesicht wärmten mich und der Sommerwind, der vom Meer herüberwehte, streichelte meine Haut. Wieder kam mir die Frage in den Sinn, was passieren müsste, damit meine Stimmung auf neun, besser noch bis auf zehn hochkletterte. Die Antwort kannte ich, mochte sie mir aber nicht eingestehen.

»*Dich* brauche ich, du Idiot«, schimpfte ich kaum hörbar vor mich hin.

»Idiot? Sprichst du mit mir oder schnackst du mit dir selbst?«

Erschrocken riss ich die Augen auf und blickte in das amüsierte Antlitz einer alten Frau, die vom Nachbartisch interessiert rüberguckte. Als ich nichts erwiderte, nickte sie mir aufmunternd zu, sie wollte wirklich eine Antwort. So auf die Schnelle war ich nicht dazu in der Lage, ich musste meine Gedanken und Gefühle doch erst mal sortieren.

»Was denn nun?«, drängte sie, nahm ihre große Sonnenbrille von der Nase und beäugte mich ohne jegliche Scheu aus nächster Nähe.

»War nur ein Selbstgespräch«, nuschelte ich. »Entschuldigung, wenn ich Sie belästigt habe.«

»Na Mädchen, dann bin ich ja beruhigt. Ich hab schon gedacht, du meinst mich.« Sie kicherte verhalten. »Mit deinem Geschimpfe hast du mich ganz schön neugierig gemacht. Wer ist denn der Idiot, den du meinst? Und dann verrat mir mal, wieso du ausgerechnet einen Idioten zum Glücklichsein brauchst? Das will in meine alte Birne nicht rein.«

»Ach, das ist eine längere Geschichte«, wich ich ein wenig amüsiert über ihre Art und ihre seltsamen Fragen aus. Wie konnte ich mein Gefühlschaos so verpacken, dass diese fremde alte Frau mich verstand?

»Bis die nächste Fähre da ist, habe ich Zeit«, sagte sie, dabei tippte sie auf ihre Uhr. »Dann muss ich weg und meinen Piet in Empfang nehmen. Der ist nämlich mein bester Freund, und manchmal ist mein Piet auch ein richtiger Idiot. Und nun erzähl mir von deinem Kerl, den du vermisst, auch wenn du das nicht wahrhaben willst. Ist doch so. Oder?« Ihr Blick schweifte wieder in die Ferne, ihre Zeit war knapp bemessen. Das weiße Fährschiff näherte sich unaufhaltsam, es konnte nicht mehr lange dauern, bis es direkt vor unserer Nase vor Anker ging.

»Ja, du hast nicht ganz unrecht mit deiner Vermutung«, gestand ich ein. »Ich habe gedacht, es wäre okay, wenn ich meinen Geburtstag für mich allein feiere. Aber jetzt fehlt mir mein Freund doch.«

»Heute? Hast du heute Geburtstag?«, wollte sie wissen und stimmte sogleich *Happy Birthday* an.

»Nein!«, unterbrach ich sie lachend. »Heute nicht, Montag erst. Es ist ein runder Geburtstag, wenn du es genau wissen willst.« Ich seufzte schwer, eigentlich wollte ich mit niemandem darüber reden.

»Du wirst fünfzig?«, gab sie ihre Einschätzung kund und unterzog mich einer strengen Musterung. Ich hätte sie auf der Stelle küssen können, dafür, dass sie mich um zehn Jahre verjüngt hatte. »Hast du Angst vor der Fünfzig?«, fragte sie nun mit einem grunzenden Lachen weiter. »Ach, du junges Wicht. Was soll ich denn sagen? Wenn ich meinen nächsten runden Geburtstag vor mir hab – und ich hoffe, dass ich das noch erleben darf –, dann ist da eine Neun an erster Stelle. Und wenn mir das vergönnt ist und ich noch genau so fit bin wie heute, dann will ich auch noch hundert werden. Obwohl mein Freddy, der jetzt bei die Fische ist, bestimmt schon auf dem Meeresgrund auf mich wartet. Aber da kennt er seine alte Gretje schlecht. Ich habe nämlich immer noch verdammt viel Spaß am Leben und 'ne ganze Menge Träume und Pläne«, verriet sie mir in einem Dialekt, der auf Ostfriesland schließen ließ.

»Wow!«, stieß ich voller Hochachtung aus. Das Alter sah man ihr ebenfalls nicht an. Ihre humorvolle Offenheit hatte etwas Entwaffnendes, aber vielleicht wurde man mit zunehmendem Alter so.

»Bei mir steht dann eine Sechs vorne. Ich werde sechzig!«, sprach ich die verhasste Zahl aus. »Das ist doch gruselig. Von da an dauert es nicht mehr lange, bis man zum alten Eisen gehört. Diese Zahl passt nicht zu mir, so fühle ich mich nicht«, grummelte ich, den restlichen Milchschaum aus meiner Tasse löffelnd.

»Dann biste aber 'ne flotte Sechzigerin, so alt siehst du nicht aus, das will ich dir wohl sagen. Ich hab dich höchstens auf Ende vierzig geschätzt«, schmeichelte sie mir mit einem Lächeln, das nicht aufgesetzt oder mitleidig rüberkam. Diese freundliche Bemerkung ging runter wie eine doppelte Portion Frieseneis.

»Die einzige Alternative zum Älterwerden wäre dein vorzeitiges Ableben. Das willst du doch nicht«, schob sie dann mit todernster Miene hinterher.

Wie sie das sagte und ihren Blick erneut über die Nordsee gleiten ließ, sah zum Piepen aus. Verblüfft schaute ich sie an und musste laut lachen, als ich mich in ihrer Sonnenbrille spiegelte. Mit Leichenbittermiene und Milchschaum auf der Oberlippe sah ich mindestens genauso komisch aus, selbst die Möwen gackerten. Ihren Wink, endlich auf den Punkt zu kommen, hatte ich wohl bemerkt. Ich riss mich zusammen und versuchte, in einer Kurzfassung rüberzubringen, wieso Alex, der Idiot, mir fehlte.

»Ich bin selbst schuld«, fing ich an. »Wochenlang habe ich allen erzählt, dass ich nicht feiern und mich am liebsten auf eine einsame Insel verkriechen will. Meine Freundinnen haben das akzeptiert und mir diesen Inselurlaub im Voraus zum Geburtstag geschenkt. Voll lieb von ihnen! Und Alex hat so ein erleichtertes Gesicht gemacht, als ich ihm von dem Gutschein erzählte. Er konnte dann nämlich ohne schlechtes

Gewissen einen Auftrag für ein Stressseminar in einem süddeutschen Kurort annehmen.«

»So, so«, sagte diese putzige alte Gretje. Sie war gespannt auf die Fortsetzung.

»Ich glaube, das liegt daran, dass er noch jünger ist und voll auf dem Karrieretrip. Er ist beruflich ständig unterwegs und er hat sich meinen Ehrentag nicht freigehalten. Der Mann lebt nur noch für seinen Job, er ist mit seiner Firma verheiratet.«

»Und das erklärt alles?«, hakte sie nach. »Wie viel jünger ist er denn? Und … ist er verheiratet?«

»Nein, nein. Er ist nicht verheiratet, und er ist auch nur fünf Jahre jünger als ich. Mit Mitte vierzig hat er sich als Businesscoach und Berater selbstständig gemacht, er hat hart gearbeitet und jetzt läuft es richtig gut. Ich gönne ihm den Erfolg von ganzem Herzen und freue mich mit ihm, aber da liegt auch das Problem.«

»Verstehe. Und das nimmst du ihm übel?«

»Ja. Irgendwie schon«, gestand ich zögerlich. »Ich hatte wohl die stille Hoffnung, dass er seine Termine verschiebt und wir zusammen hineinfeiern. Und ich hab mir gewünscht, dass er mich beim Insellauf anfeuert.«

»Junge, Junge, Junge, das wird ja man ein trauriges Fest, wenn du allein rumläufst und nur jammerst und Trübsal bläst. Gib mir mal deine Handynummer, damit wenigstens ich dir gratulieren und mit einem Sanddornlikörchen anstoßen kann. Sag mir mal, wie du heißt.«

»Mareike«, stellte ich mich vor und reichte ihr eine Visitenkarte.

Die Alte drehte sie um und kniff die Augen zusammen, bis die Falten drum herum sie beinahe verschwinden ließen.

»Mareikes Salon – Haare gut - alles gut«, las sie laut.

Noch einmal betrachtete sie mich prüfend und kam zu

dem Schluss, bei mir müsste alles gut sein, wenn man dem Spruch glauben durfte. An meiner Frisur, einem kinnlangen, modischen Bob, hatte sie nichts auszusetzen. Sie tippte meine Nummer in ihr Handy und auf einmal wurde sie ganz hibbelig. Die Norderneyfähre bugsierte zum Greifen nahe ins Hafenbecken und legte mit einem laut tönenden Signal an. Vom oberen Deck winkten die Neuankömmlinge fröhlich zu uns herüber, und Gretje winkte mit beiden Armen wild gestikulierend zurück.

»Da vorne, der lange Kerl, das ist mein Piet. Und der ist viel jünger als ich. In Rente ist er aber auch schon, sonst würde das nämlich nicht gehen, dass er immer mitkommt nach Norderney, wenn ich rausmuss aus der Einöde auf dem Land. Wir haben immer mächtig viel Spaß zusammen«, schrie sie gegen die Geräuschkulisse an, dabei griente sie übers ganze Gesicht. »Hab Spaß, Mareike, auch wenn du allein auf der Insel bist. Mach dir eine schöne Zeit, mach das so, wie du dir das ausgemalt hast. Wir sehen uns dann beim Insellauf, da bin ich bei den Senioren mit am Start. Tschüss denn!«

Krachend kippte ihr Stuhl zur Seite, als sie aufsprang und in erstaunlichem Tempo aus meinem Blickfeld verschwand. Amüsiert schaute ich ihr nach. Meine Stimmung hing nicht mehr im Mittelfeld, sie war weit nach oben hochgeschnellt, bis auf neun. Die alte Dame hatte es innerhalb einer Kaffeelänge vollbracht, dass ich meine gute Laune wiedergefunden hatte. Alex' Tipps und Tricks waren nicht annähernd so wirkungsvoll wie die lockere Unterhaltung mit Frau Gretje.

2

Ich sollte besser die Luftballons zeichnen, dachte ich, als ich mein Skizzenbuch aufklappte und das feine weiße Papier anstarrte. Meine erste Skizze wollte ich nicht vermasseln. Ich merkte, wie sich in mir etwas sträubte, mit der Formation der Strandkörbe zu beginnen. Hufeisenförmig standen sie um den historischen Badekarren, der in seinem Innern das kleinste Standesamt Deutschlands beherbergte. Die Gesamtkomposition des Arrangements gefiel mir ausgesprochen gut, doch das traute ich mir noch nicht zu. Ich war aus der Übung und wollte das erste Blatt nicht versauen, es sollte zumindest so gut werden, dass es mich motivierte, dranzubleiben und die nächsten Seiten zu füllen.

Auf einer Bank in der Nähe hatte ich mich ausgebreitet und spielte eine ganze Weile mit dem Bleistift, ehe ich die Spitze aufsetzte und mit schwungvollem Strich die weichen Formen der mit Luft gefüllten Herzen zeichnete. Erst einen roten, dann einen weißen Ballon und noch einen, der aussah, als tanzte er in der leichten Meeresbrise. Ich wurde mutiger und traute mich nun auch an die oberen Linien der Strandkörbe, wobei ich alles um mich herum ausblendete. Ich war im Flow, die Lust am kreativen Tun war plötzlich wieder da.

Die Skizze blieb jedoch unvollendet, denn wie aus dem Nichts frischte der Wind auf und riss an den Seiten meines Blocks. Belustigt sah ich zu, wie Sonnenhüte und Käppis mit beiden Händen auf den Köpfen festgehalten wurden, damit sie nicht davonflogen und man ihnen hinterherjagen musste. Die nächste Böe preschte mit unerwarteter Wucht heran, sie wirbelte einen Brautstrauß durch die Luft, über die Strandkörbe hinweg und mir vor die Füße. Anschließend war es wieder windstill, als wenn nichts gewesen wäre. Nur das aufgeregte Gelächter der Hochzeitsgesellschaft gab mir die Gewissheit, dass diese Szene echt gewesen war.

Bevor irgendjemand auf die Idee kam, mir den Brautstrauß streitig zu machen, nahm ich ihn auf und umklammerte ihn mit meiner Hand. Es war ein Bouquet aus zarten Pastelltönen in Rosé, Weiß und Grün. Der Strauß war wunderschön, ich konnte meinen Blick nicht mehr von ihm abwenden. Es war der erste Brautstrauß meines Lebens, der mir zugeflogen kam. Ich wollte ihn in einer Skizze festhalten, jede einzelne Blüte wollte ich zeichnen. Sofort. Was für ein herrliches Motiv. Wenn das nicht ein Zeichen des Himmels ist, war mein letzter Gedanke, bevor mich der Fotograf der Hochzeitsgesellschaft aus meinen Träumen riss.

»Da ist er ja«, sagte er mit einem Kopfnicken zu meinen Blumen und hielt mir die Hand hin. »Der kleine Ausreißer.«

Ich nahm seine Hand, obwohl es kaum noch üblich war, sich so zu begrüßen. Irritiert zog er sie zurück und gab mir zu verstehen, dass er sie nach dem Brautstrauß ausgestreckt hatte und nicht nach meiner Hand.

»Der kleine Ausreißer wollte anscheinend zu mir«, sagte ich mit einem verzückten Lächeln, das ich aber nur einen Moment lang zeigte, um dann mit ernster Miene hinzuzufügen: »Der kleine Ausreißer bleibt auch bei mir.« Ich hielt meinen Fang fest in beiden Händen und ebenso fest sah ich ihn an. Der Fotograf in dem beigefarbenen Anzug sollte sich erst gar keine Hoffnungen machen.

»Das ist nicht dein Ernst?«, sagte er verblüfft, er duzte mich einfach.

»Doch.« Ich nickte und hielt die Blumen noch fester umschlossen.

»Bitte«, versuchte er es nun mit einem charmanten Zwinkern. »Die Braut hat ihn noch gar nicht geworfen, diese fiese Windböe hat nachgeholfen, und die ganzen Hochzeitsgäste sind so gespannt auf diesen besonderen Moment. Bitte. Außerdem muss ich noch Aufnahmen von dem Paar machen, da dürfen die Blumen doch nicht fehlen.« Eindringlich sah er mich an und genauso unmissverständlich erwiderte ich seinen Blick.

»Du kannst dich auf den Kopf stellen, aber das ändert nichts«, gab ich ihm mit einem Lächeln zu verstehen.

»Auch nicht, wenn ich dir fünfzig Euro dafür gebe?«

»Nö!«, sagte ich entschieden.

Er setzte sich zu mir auf die Bank und wischte sich über die Stirn.

»Bist du hier bei einem Malkurs?«, fragte er mit einem flüchtigen Blick auf meine Skizze. Ich schüttelte den Kopf, und er strich das Papier glatt, um sich mein Kunstwerk genauer anzusehen.

»Liebe liegt in der Luft«, entzifferte er mein Gekritzel am Rand. »Richtiger müsste es doch heißen: Liebe *fliegt* durch die Luft«, korrigierte er mich mit einem kleinen Zwinkern.

»Das können wir schnell ändern.« Lachend fügte ich den einen Buchstaben hinzu und zeigte es ihm. Nun war es perfekt.

»Hannes!«, rief jemand von der Feierrunde. »Hannes, wo

bleibst du denn? Kannst du den Brautstrauß nicht finden?«
Am Badekarren wurde es unruhig. »Dann müssen wir wohl
ohne weitermachen.«

»Bin gleich da«, rief er zurück. »Kommst du mit, damit
ich wenigstens noch ein paar Fotos von der Braut und ihrem
Strauß machen kann? Ich verspreche dir, dass du ihn zurück-
bekommst und behalten darfst.«

»Ich kenne dich doch gar nicht. Du kannst mir viel
versprechen. Hinterher ist es nur ein Versprecher«, scherzte
ich, was er aber nicht verstand.

»Du kannst mich ja kennenlernen. Ich bin Hannes«,
stellte er sich vor, »ein Freund der Familie. Ich habe die Ehre,
das junge Glück als Fotograf zu begleiten. Die Fotografie ist
eigentlich nur ein Hobby von mir.«

»Das Skizzieren ist auch nur ein Hobby von mir«, sagte
ich. »Ich bin Mareike. Und ich komme gern mit, damit ich
der Braut ihren Strauß zurückgeben kann und um den beiden
zu gratulieren. Das eben war albern von mir. In dem Moment
war ich so überwältigt, weil ich noch nie in meinem Leben
einen Brautstrauß gefangen habe.«

»Noch nie?«, fragte Hannes, vertiefte das Gespräch aber
nicht näher. »Toll, dass du deine Meinung geändert hast.
Dann komm und feiere mit uns die Liebe.« Während ich
meine Sachen einpackte, nahm er seine Kamera zur Hand und
machte einen Schnappschuss von mir mit dem Brautstrauß
und meinem Skizzenblock.

»Soll ich dir das Foto rüberschicken?«, fragte er spitzbübisch. »Zur Erinnerung an die Liebe, die durch die Luft
fliegt.«

»Bist du sicher, dass das Brautpaar nichts dagegen hat,
wenn du mich bei ihnen anschleppst? Das ist doch ein sehr
persönliches Event, bei dem nur geladene Gäste anwesend
sind.« Mir war ein wenig unbehaglich zumute bei der Vorstel-

lung, andererseits war ich auch voller Neugier auf das junge Glück.

»Wir könnten es auf einen Versuch ankommen lassen.« Er reichte mir die Hand und half mir von der Bank hoch. Dann schleuste er mich samt Trolley und Brautstrauß durch die Absperrung zu dem frisch verheirateten Ehepaar.

Bevor ich gratulieren konnte, wurde ich mit einem kleinen Applaus von den übrigen Hochzeitsgästen empfangen und mit einem Glas Sekt versorgt. Ich fand mich inmitten einer überschaubaren, fröhlichen Runde aus Jung und Alt wieder. Die kleineren Kinder pusteten Seifenblasen in den Himmel, die schillernd durch die Luft schwebten.

Hannes nahm mich mit zu dem Brautpaar und stellte mich als Fängerin des Brautstraußes vor, den ich schweren Herzens der rechtmäßigen Besitzerin zurückgab. »Er ist mir zugeflogen«, sagte ich. »Bitte schön, da ist er wieder.«

»Echt zugeflogen? Erzähl mal«, fragten die Umstehenden. Sie brannten darauf, jedes Detail zu erfahren. Ich schmückte den Moment ein wenig aus und zeigte ihnen die unperfekte Skizze, mit der ich beschäftigt gewesen war, als das Blumengebinde auf mich zugeflogen kam. Die jüngeren und auch die älteren Frauen hingen an meinen Lippen, sie kreischten wie Teenager und juchzten vor Begeisterung. Sie waren sich einig, dass der Brautstrauß jetzt mir zustand und dass ich als Nächste heiraten würde, falls ich es nicht schon wäre. Schmunzelnd erzählte ich ihnen, dass ich noch zu haben war, sie mussten ja nicht wissen, dass Alex und ich es nicht wichtig fanden, zu heiraten. Unserer Meinung nach wurde die Ehe überbewertet. Das kleine, verträumte Mädchen in mir sah sich jedoch schon im weißen Kleid mit einem Blumenkranz im Haar, als sie mir prophezeiten, dass ich die nächste Braut sei.

Nachdem ich meine Story zu Ende erzählt hatte, erhoben

wir unsere Gläser und tranken auf die Liebe, das Leben und die kleinen Glücksmomente, die wie Seifenblasen auftauchten und davonschwebten. Ich fühlte mich sauwohl in dieser netten Runde und gewann den Eindruck, dass die Sympathien auf Gegenseitigkeit beruhten. Dem war auch so, denn sonst hätte mich das junge Ehepaar sicher nicht zum Sektempfang am Nachmittag eingeladen. Sie wünschten sich, dass ich mit ihnen feiere.

»Ich weiß nicht. Eigentlich steht heute noch mein Training für den Insellauf auf dem Programm«, wandte ich ein. Ich klang nicht gerade überzeugend und ich musste zugeben, dass ich auch nicht sonderlich motiviert war. Dabei hatte ich mich schon Tage vorher wahnsinnig darauf gefreut, endlich einmal mitlaufen zu können.

Als sie mir den Veranstaltungsort für den Empfang nannten, musste ich Ja sagen. Mit einer Freundin war ich schon einmal auf der Dachterrasse des Hotels gewesen. Der traumhafte Rundumblick über die Dächer von Norderney und aufs Meer war so beeindruckend gewesen, es war unvergesslich schön. Diese Gelegenheit wollte ich mir auf keinen Fall entgehen lassen. Mein Lauftraining würde ich umgehend nach dem Auspacken meiner Sachen absolvieren, danach schnell duschen und beim Sektempfang damit anfangen, die letzten Tage meines neunundfünfzigsten Lebensjahres zu genießen.

»Ab halb fünf gehört die Rooftop-Bar nur noch uns. Mareike, du kommst doch? Du würdest uns eine riesige Freude machen. Du bist ein Überraschungsgeschenk. Ach bitte«, wiederholte die Braut mit einem süßen Augenaufschlag.

Auch Hannes wollte mich dazu überreden, einen Sekt oder einen Cocktail mit ihm zu trinken. »Damit du mich besser kennenlernst«, spielte er auf eine Bemerkung von mir an.

»Ich bin ein Überraschungsgeschenk?«, fragte ich kichernd . »Das Geschenk ist aber nicht schön verpackt, ich habe nichts zum Anziehen.« In meiner Reisetasche befand sich nur das Nötigste für die paar Tage, da ich immer mehr zum Minimalismus neigte.

»Mit deiner Ausstrahlung und deinem zauberhaften Lächeln bist du perfekt. Mehr brauchst du nicht«, nahm mir die Braut meine letzten Zweifel.

»Na, wenn das so ist, kann ich ja gar nicht Nein sagen. Danke für die nette Einladung. Aber jetzt muss ich los zu meinem Hotel und einchecken.«

Für den Fall, dass ich die Location nicht sofort fand, steckte Hannes mir mit einem Augenzwinkern seine Handynummer zu. Flirtete der ältere Herr etwa mit mir?

Eva drückte mir ihren Brautstrauß wieder in die Hand und band einen roten und einen weißen Herzluftballon um mein Handgelenk. Als Erinnerung daran, den Termin nicht zu vergessen.

Da kannte sie mich aber schlecht. Diese schicke Einladung würde ich garantiert nicht vergessen.

Mein Geburtstagsurlaub gestaltete sich völlig anders als erwartet.

Ich war noch nicht einmal in meinem Hotel angelangt und hatte schon die ersten Kontakte geknüpft und neue Nummern in meinem Handy gespeichert. Glückselig verabschiedete ich mich mit dem Gepäck in der einen Hand und mit Brautstrauß und zwei Luftballons in der anderen.

Zwanzig Minuten später kam ich bei meinem Hotel an und setzte mich noch für einen Moment auf die rote Bank davor, ehe ich mit leichtem Gepäck und Herzluftballons in

der Hand das Haus betrat. Ein kleiner Vierbeiner begrüßte
mich mit Freudensprüngen, er wollte die Luftballons fangen
und gab nicht eher Ruhe, bis die Pensionswirtin ihn in sein
Körbchen schickte.

3

Kaum war ich in der Pension angekommen, wartete bereits die nächste Überraschung auf mich. Auf meinem Geburtstagsgutschein standen fünf Übernachtungen im Einzelzimmer. Doch das Zimmer, das man mir zeigte, war ein gemütliches Apartment für zwei Personen.

»Das muss ein Versehen sein«, sagte ich zur Chefin des Hauses und reichte ihr den Gutschein, den meine Freundinnen gebastelt hatten.

»Überraschung!«, rief die Zimmerwirtin. Sie versicherte mir, dass alles seine Richtigkeit hatte mit dem Apartment. »Und da drüben wartet noch ein kleines Geschenk auf Sie.« Sie zeigte auf das Tischchen am Fenster, ging zur Tür und zog sie hinter sich ins Schloss.

Gespannt trat ich einen Schritt näher, ließ die Luftballons an die Zimmerdecke steigen und sah mir das kleine Päckchen an, das für mich sein sollte. Gerührt packte ich ein T-Shirt aus, hielt es hoch und betrachtete es von allen Seiten. Es war ein Funktionsshirt für den morgigen Insellauf. Meine Mädels hatten an alles gedacht. Sie kannten mich gut genug, um zu wissen, dass man bei mir mit einem Rückzieher rechnen musste, wenn meine Motivation im Keller war. Vorsorglich hatten sie auch die Startgebühr bezahlt, die Anmeldung lag auf dem Tisch, zusammen mit meiner Startnummer, der Sechzehn, die neben der Sieben meine Lieblingszahl war. Auch daran hatten sie gedacht. Als ich es anprobieren wollte, fiel ein Briefbogen heraus, es war ein Bekennerschreiben von Tanja und Kerstin. Damit ich auch wirklich teilnahm und mich hinterher nicht über mich selbst ärgerte, stand darauf.

Das Shirt saß wie angegossen, es machte eine sportliche Figur. Ich ließ es gleich an, schlüpfte in meine Laufschuhe und machte noch schnell ein Selfie, das ich mit tausend Küsschen an meine Freundinnen schickte.

Anschließend verließ ich das Haus und lief langsam los.

Zuerst trabte ich über die Promenade in Richtung Nordstrand, immer darauf bedacht, meinen Rhythmus zu finden. Meine Vorbereitungszeit war zu knapp gewesen, das bekam ich jetzt zu spüren. Aufgeben war aber keine Option. Ich setzte einen Fuß vor den anderen und suchte mir immer neue Etappenziele. Wenn ich es bis zur nächsten Bank schaffte, dann hielt ich auch noch bis zur übernächsten durch. Als ich die *Georgshöhe* passierte, stellte ich verwundert fest, dass ich zu meiner alten Form zurückfand und ein paar hundert Meter weiter verfiel ich in einen stetigen Trab. Mein Atem wurde ruhig und gleichmäßig und ich schnaubte nicht mehr wie ein gestrandetes Walross. »Na, geht doch«, lobte ich mich, klopfte mir im Laufen auf die Schulter und ließ mich vom Rauschen des Meeres vorantreiben.

Mit meinen Gedanken war ich bei diesem verrückten Tag und freute mich riesig auf den Sektempfang mit Meerblick. Als das Signal meines Timers piepste, drehte ich um und legte einen kurzen Sprint ein. Erstaunlicherweise war ich kaum aus der Puste, als ich die Schuhe vor meinem Apartment abstreifte.

Normalerweise hätte ich für einen solchen Anlass etwas Schickes angezogen, doch heute musste ich nicht lange überlegen, denn die Auswahl war gering. Ich schlüpfte in eine gutsitzende Jeans, zog feine Sneakers dazu an und streifte meine Lieblingsbluse über, die ich zu allen Gelegenheiten tragen konnte. Meine Haare waren schnell geföhnt, ein bisschen Wimperntusche und ein wenig Lipgloss, und schon war ich fertig.

Ich hatte immer noch ein bisschen Zeit und nun inspizierte ich meine Unterkunft. Mit dem gemütlichen Frühstücksraum fing ich an, ging weiter durch eine massive Holztür und befand mich in einem schnuckeligen Innenhof, der mit geschwungenen Holzliegen zum Relaxen einlud.

Für ein Päuschen hatte ich jetzt allerdings keine Zeit mehr, ich durfte nicht herumtrödeln und machte mich auf den Weg zum Veranstaltungsort. Spontan änderte ich dann aber doch noch die Richtung, ich wollte wenigstens eine schöne Karte zur Hochzeit besorgen. In meinem Lieblingsladen an der Jan-Berghaus-Straße fand ich schnell, wonach ich suchte, lief noch einmal zurück zu meiner Villa und schrieb einen netten Glückwunsch auf die Karte, die ich zusammen mit meiner kleinen Skizze vom Strand in den Umschlag steckte. Für mich zur Erinnerung hatte ich die Zeichnung abfotografiert. An diesen witzigen Moment wollte ich mich auch später noch erfreuen und meinen Freundinnen natürlich auch zeigen, dass ich den Skizzenblock ständig mit mir herumschleppte.

Nachmittags gegen fünf Uhr betrat ich das stylische Hotel und setzte mit klopfendem Herzen den Aufzug in Gang. Mit meinem Spiegelbild war ich zufrieden, trotzdem fuhr ich mir wie gewohnt mit den Fingern durchs Haar, für ein wenig mehr Volumen. Noch einmal Lipgloss drauf und dann öffnete sich auch schon die Fahrstuhltür. Ich war ganz oben angelangt.

Die Gäste standen und saßen überall verteilt, ich musste mir zunächst einmal einen Überblick verschaffen und die Gastgeber ausfindig machen. Hannes hatte mich gleich entdeckt, er kam auf mich zu und führte mich zu den Brautleuten. Eva und Martin freuten sich riesig, mich zu sehen.

»Ich habe euch ein klitzekleines Geschenk mitgebracht«, sagte ich und überreichte den Briefumschlag.

Als sie ihn öffneten und den Inhalt herausholten, waren sie ganz gerührt von meiner Skizze mit der persönlichen Widmung. Liebe fliegt durch die Luft, hatte ich auf die Zeichnung geschrieben. Wenn ihr sie einatmet, ist die Liebe immer in euch, stand auf der Rückseite.

»Willst du das nicht für dich behalten?«, fragte Eva. »Es ist wunderschön. Du bist ja eine richtige Künstlerin. Wie kriegt man das bloß hin, eine Stimmung mit so wenigen Strichen einzufangen?«

»Die Skizze ist für euch«, erwiderte ich und schüttelte energisch den Kopf. »Die Zeichnung soll euch Glück bringen, so wie sie mir heute Glück gebracht hat. Sonst wäre ich jetzt nicht hier. Es ist traumhaft schön hier oben, eine tolle Location habt ihr euch da ausgesucht. Und dieser Blick …«, schwärmte ich. Wir stießen miteinander an, und dann überließ ich das Paar wieder den anderen Gästen.

»Willst du dich vielleicht ein wenig allein umsehen?«, fragte Hannes, als ich am Geländer der Brüstung lehnte und verträumt auf die Nordsee und in den wolkenlosen Himmel schaute.

»Wenn es dir nichts ausmacht, würde ich mich tatsächlich

erst einmal allein ein wenig umsehen. Ich hab das noch gar nicht alles realisiert, was mir heute schon alles passiert ist.«

»Das klingt spannend. Erzählst du mir später mehr von deinen Abenteuern?«, fragte er und ging zu einer Frau hinüber, die uns schon eine ganze Weile beobachtete. Er legte den Arm um sie, sie hatten Spaß und unterhielten sich sehr angeregt. Es war die Frau, die mir prophezeit hatte, dass ich die Nächste sei, die heiraten würde. Ob sie wohl die Freundin oder die Ehefrau von Hannes war? Sie machten einen sehr vertrauten Eindruck auf mich, wie sie miteinander lachten und von den Häppchen des anderen probierten. Optisch passten sie auch sehr gut zusammen, wenn man den Altersunterschied außer Acht ließ. Sie war wesentlich jünger als er, allerhöchstens Mitte vierzig. Für so etwas habe ich einen Blick.

Nachdem ich den beiden lange genug zugeschaut hatte, nahm mich die grandiose Aussicht erneut gefangen. Zur Rechten sah man auf die *Marienhöhe* mit ihrem grünen Dach. Das feine Café in dem historischen Gebäude fiel einem bei der Überfahrt auf die Insel sofort auf. Ich hatte spontan Lust, es zu skizzieren. Dummerweise hatte ich Stifte und Block in meinem Apartment gelassen. Wahrscheinlich wäre ich auch nicht mutig genug gewesen, hier oben eine Skizze aufs Papier zu bringen. Es verunsicherte mich, wenn mir dabei jemand über die Schulter schaute. Wenn man mich bei meinem künstlerischen Tun beobachtete, konnte ich den Stift gleich fallen lassen und es vergessen.

Nachdem ich mich daran sattgesehen hatte, schlenderte ich auf die gegenüberliegende Seite. Von hier aus hatte man einen fantastischen Blick über die Dächer der Kirchen und der großen und kleinen Häuser. In der Ferne bimmelte eine Glocke und weit hinten ragte der massive Leuchtturm aus der Dünenlandschaft hervor. Im Nacken kitzelten mich der

Sonnenschein und ein leichter Windhauch. Es war atemberaubend hier oben, eine richtig kitschige Idylle wie in einem Traum, aus dem ich niemals aufwachen wollte. Ich strich mir mit der Hand durchs Haar, ordnete es und steuerte auf das Buffet mit Fingerfood vom Allerfeinsten zu, an dem man locker zusammenstand und leicht miteinander ins Gespräch kommen konnte.

»Und, wie gefällt es dir?«, fragte mich die junge Frau, mit der Hannes die ganze Zeit über geplaudert hatte, und machte mir nebenbei die Häppchen mit der Lachscreme schmackhaft.

»Es ist ein Traum«, erwiderte ich, seufzte und türmte viele kleine Häufchen der leckeren Köstlichkeiten auf meinen Teller. »Heute Morgen, als ich ankam, hätte ich mir nicht vorstellen können, schon am ersten Tag so was zu erleben. Und das alles nur wegen einer lächerlichen Windböe aus heiterem Himmel.«

»Das war witzig, urkomisch«, kicherte mein Gegenüber und verriet, dass sie Evas Trauzeugin war.

»Woher kennt ihr euch denn? Seid ihr Freundinnen?«, wollte ich wissen.

»Ja und nein. Ich bin Evas Cousine, aber wir haben ein sehr enges Verhältnis zueinander. Eva ist etwas jünger als ich, und als sie mich fragte, ob ich dieses Amt übernehmen will, war ich richtig geflasht.«

»Dann ist Hannes sicher dein Freund, nehme ich an? Oder dein Mann?«, fragte ich geradeheraus.

»Er ist nur mein Partner«, erwiderte sie fröhlich. »Aber nicht, wie du denkst. Er ist mein Begleiter für die Hochzeit. Wir kennen uns schon lange. Hannes ist ein guter Freund der Familie, den ich sehr schätze. Sieh mal, der ist doch auch viel zu alt für mich.«

»Ach?« Ich kicherte und gab eine meiner Salonweisheiten von mir: »Wenn man sich liebt, spielt das Alter keine Rolle.

Oder siehst du das anders?« Je länger ich mich mit der Frau, die sich mir als Julia vorgestellt hatte, unterhielt, umso gelöster wurde ich. Nebenbei erfuhr ich, dass Hannes schon achtundsechzig war. Julia war gerade mal Anfang vierzig und immer noch Single. »Eigentlich hatten alle damit gerechnet, dass ich den Brautstrauß fange, mich verliebe und in Kürze heirate.«

»Dann muss ich wohl ein richtig schlechtes Gewissen haben«, scherzte ich. »Ich wollte dir nicht dein Liebesglück vermasseln.«

»Das nenne ich Schicksal, liebe Mareike. Es hat so sollen sein und ich bin sehr gespannt, zu erfahren, wann du vor den Altar trittst. Ich habe es mit dem Heiraten nicht eilig«, meinte sie sehr überzeugt.

»Womit hast du es nicht eilig?«, fragte Hannes, den wir erst jetzt bemerkten, weil wir so in unsere Unterhaltung vertieft gewesen waren.

»Das weißt du doch, Hannes.« Julia grinste. »Das leidige Thema.« Er verstand sofort, was sie damit sagen wollte.

»Verstehe. Das leidige Thema Heiraten?« Belustigt sah er uns an.

»Wieso denn leidiges Thema?« Das wollte ich genauer wissen. »Es ist doch ein sehr schönes Versprechen, wenn man sich sicher ist, dass man zusammen alt werden will«, warf ich ein.

»Ich hole uns noch etwas zu trinken. Was wünschen die Damen?«, fragte er und schlenderte zum Bartresen.

»Ist ihm das Thema unangenehm?«, fragte ich Julia.

»*Unangenehm* ist nicht das richtige Wort. Er mag es total gern, aber nur bei anderen. Hannes ist nicht beziehungsfähig, er traut sich nicht«, verriet sie mir, noch ehe er mit den Getränken zurück war.

»So sieht er aber nicht aus«, erwiderte ich und wurde

prompt von Hannes angesprochen, ob wir gerade von ihm redeten. Die Trauzeugin und ich grinsten uns an, wir konnten es nicht leugnen, man sah es uns an.

»Wonach sehe ich denn nicht aus?«, wandte Hannes sich an mich. »Du wolltest mich doch kennenlernen. Jetzt hast du die Gelegenheit dazu.«

Julia zwinkerte mir zu, entschuldigte sich und suchte das Gespräch mit einem anderen Pärchen. Und ich stand diesem gutaussehenden Kerl gegenüber und wusste nicht, wie ich mich aus der Situation herauswinden konnte.

»Nicht so wichtig«, sagte ich schließlich, kriegte dann aber gerade noch die Kurve, indem ich ihn auf sein Alter ansprach. »Also, sie hat mir gesagt, wie alt du bist, und da habe ich gesagt, das sieht man dir wirklich nicht an, dass du schon auf die Siebzig zugehst.«

»Hat Julia gesagt, ich gehe auf die Siebzig zu?«

»Nicht direkt«, erwiderte ich.

»Dann verrat mir mal, wie alt du bist, Mareike.«

Da hatte ich wieder einmal den Salat. Ich hätte es mir denken können, dass diese Frage kommen würde.

»Das fragt man eine Frau nicht«, wich ich aus.

»Ach. Du hängst an alten, langweiligen Konventionen und magst gern Sprüche und Klischees?« Mit hochgezogenen Augenbrauen sah er mir in die Augen. Seine Frage war anscheinend kein scherzhaftes Geplänkel, er war ernsthaft daran interessiert, herauszufinden, wie ich tickte.

»Manche Sprüche mag ich, aber längst nicht alle. Und Klischeedenken ist mir zuwider. Meistens jedenfalls«, gab ich zurück. Wir standen inmitten von Menschen, doch in diesem Augenblick, als unsere Blicke sich kreuzten, fühlte ich mich hilflos und verloren. »Ist es wichtig, wie alt oder wie jung ich bin?«

»Nein, mir ist es nicht wichtig. Aber dir vielleicht?«

Was sollte ich darauf sagen? Es war zu blöd, der Mann hatte mich durchschaut. »Fünfzig plus«, sagte ich leichthin.

»Okay, das ist ja immerhin ein Anhaltspunkt. Wollen wir darauf anstoßen, dass sich hier fünfzig plus und sechzig plus treffen?«

Ich musste lachen, als wir unsere Gläser erhoben und mit einem alkoholfreien Sekt anstießen. Erstaunlicherweise schmeckte er ausgesprochen gut. Für den Insellauf wollte ich fit sein, das war ich meinen Freundinnen schuldig.

»Und was machst du so, wenn du nicht als Fotograf unterwegs bist?«, fragte ich, um ein neues Gesprächsthema anzuschneiden. »Erzähl mal, Hannes. Und denk daran, dass du mir das Foto von mir am Strand noch schicken willst.«

»Das vergesse ich bestimmt nicht. Aber heute wird gefeiert, das Foto bekommst du morgen von mir. Und was ich sonst noch so mache, das wirst du gleich sehen.« Er blickte auf sein Handgelenk, an dem er eine dieser modernen Uhren trug, die neben der Zeitanzeige auch noch zum Telefonieren geeignet waren. Sein Timer meldete sich und erinnerte ihn an eine Aufgabe. Ich kannte das Modell, ich trug selber so eine Watch.

»Ich muss dich jetzt leider allein lassen, aber du kommst ja auch ohne mich zurecht. Wir haben für das Brautpaar noch eine kleine Überraschung vorbereitet. So lange bleibst du doch noch hier?«, sagte er.

»Dachtest du, ich will schon gehen?«, fragte ich und strahlte ihn an. Ich war überglücklich, Teil dieser fröhlichen Gesellschaft zu sein.

Auch von hinten macht er eine ausgesprochen gute Figur, dachte ich, als ich ihm hinterhersah. Sein Gang war federnd und er war ein interessanter Typ, und ich freute mich darauf, nachher noch ein bisschen mit ihm zu plaudern. Zu lange wollte ich aber nicht bleiben, irgendwann würde die Hochzeitsgesellschaft sicher noch schick essen gehen.

Julia winkte mir zu. Sie stand bei dem Brautpaar, das für Fotos mit Meerblick im Hintergrund posierte. Als das letzte Foto geschossen war, nahm der Fotograf dessen Platz ein. Hannes legte seine Kamera beiseite, stand ganz ruhig da, wie ein Leuchtturm, und schon bald hatte er die volle Aufmerksamkeit aller Gäste. Ich war sehr gespannt, was als Nächstes kam.

Julia hielt sich in seiner Nähe auf und reichte ihm auf ein Zeichen ein Saxophon.

Er setzte es an die Lippen und spielte die Tonleiter rauf und runter. Es war still geworden, die Luft vibrierte vor Aufregung. Alle Augen waren auf ihn gerichtet. Hannes lächelte charmant und ließ die ersten sanften Töne des Songs *Weil ich dich liebe* von Marius Müller-Westernhagen erklingen.

Der satte, warme Klang des Saxophons ging mir unter die Haut, die Melodie berührte mein Herz. Eine Gänsehaut überzog meine Arme und ich wagte kaum, zu atmen. Es war magisch. Mein Herz wurde weit, mir standen Tränen in den Augen. Der heutige Tag war der Schönste in diesem Lebensjahr. Hannes spielte so gefühlvoll und voller Leidenschaft. Dem Zauber seiner Musik, dieses Liebesliedes konnte ich mich nicht entziehen. Verstohlen sah ich mich um, den anderen Gästen ging es ähnlich wie mir. Freudentränen schimmerten in vielen Augen. In diesem Moment fühlte ich Liebe in der Luft, die von einer leichten Meeresbrise hinaus in die Welt getragen wurde.

Ich konnte meine Augen nicht von Hannes lösen. Sein Instrument glänzte golden in der Sonne und er strahlte von innen, bei jedem Ton, den er dem Saxophon entlockte. Mit leuchtenden Augen verneigte er sich, als das Lied endete, und kündigte das nächste Stück an, wieder eins von Westernhagen. Je länger ich ihm zuhörte und zuschaute, umso mehr faszinierte mich dieser Mann. Seine charismatische Ausstrahlung nahm mich gefangen. Noch nie hatte ich einen Musiker erlebt, der so spielte wie Hannes.

Als er endete, herrschte einen Moment lang andächtige Stille, dem ein Applaus folgte, der nicht enden wollte. Hannes lächelte und bedankte sich für die Gelegenheit, auf dieser Hochzeit spielen zu dürfen. Dann verließ er die improvisierte Bühne. Etwas später, als er nicht mehr von allen umringt wurde, ging auch ich zu ihm hin.

»Wow«, sagte ich. »Das war beeindruckend. Ich liebe diesen Song, aber so, wie du ihn gespielt hast, ist mir eine Gänsehaut über den Rücken gekrochen. Hannes, ich möchte mich bei dir bedanken. Das war ein Geschenk.« Es war mir ein Bedürfnis, ihm das mitzuteilen.

»Es war mir eine Ehre«, wehrte er bescheiden ab. »Es kommt viel zu selten vor, dass ich vor Publikum spiele. Mir fehlt immer die Zeit dazu, aber das wird sich demnächst ändern. Mein Saxophon und die Fotografie sind meine größten Leidenschaften, musst du wissen.«

»Ich beneide Menschen, die so musikalisch sind und ein Instrument spielen. Ich habe nie eins gelernt. Das macht mir eigentlich nichts aus, aber manchmal bedaure ich es doch. Ich würde gern Klavier spielen können, aber ich kann nicht einmal Noten lesen.«

»Du kannst es immer noch lernen«, meinte er. »Vorausgesetzt, du willst es wirklich.«

»Hmm«, machte ich nachdenklich. »Aber auch wenn ich es wollte, hätte ich gar keine Zeit dafür. Ich bin selbständig, da ist das so eine Sache mit der Freizeit.«

Hannes hörte interessiert zu, und ich erzählte ihm von meinem Salon, an dem mein ganzes Herzblut hing.

»*Happy Hair* haben wir in diesem Jahr gefeiert.« Verständnislos sah er mich an, mit der Aussage konnte er nichts anfangen. Wie denn auch? Ich lachte und erzählte ihm von unserer Jubiläumsfeier zum zwanzigjährigen Bestehen meines Salons.

»Wenn du dich verändern möchtest, musst du mich nur fragen«, alberte ich herum. »Ich nehme meine Schere überall mit hin.«

»Du hast sie aber nicht hier? Jetzt?« Erschrocken riss er die Augen auf und wartete wohl darauf, dass ich mein Handtäschchen öffnete und das scharfe Teil hervorholte.

»Ausnahmsweise nicht«, sagte ich kichernd. »Zum Joggen nehme ich sie auch nicht mit. Sie liegt noch in meiner Reisetasche.«

»Was sollte ich denn deiner Meinung nach an mir noch ändern? Sehe ich nicht gut aus?«, fragte er zwinkernd.

Was sollte ich dazu sagen? So, wie er vor mir stand, sah er ziemlich perfekt aus.

»Dreh dich mal um, damit ich deinen Kopf auch von hinten betrachten kann«, bat ich ihn.

Er kam der Aufforderung nach und ich begutachtete seine Kopfform, dabei sah ich aber auch auf meine Uhr, die mich zusammenzucken ließ. Ohne nachzudenken, machte ich dann das, was ich als Friseurmeisterin in so einer Situation immer tat: Ich fuhr ihm mit meinen Fingern vom Nacken aus in sein Haar. Hannes zuckte zusammen und gab einen Laut von sich wie ein schnurrendes Kätzchen.

»Oh. Entschuldige, ich wollte dich nicht erschrecken«, sagte ich. »Ist so 'ne Gewohnheit.«

»War aber ein schöner Schock.« Grinsend sah er mich an.

»Zu meinem eigenen Erschrecken habe ich aber gesehen, wie spät es ist. Ich wollte längst weg sein. Morgen ist der Insellauf.«

»Och, schade. Musst du schon gehen? Ich glaube, ich brauche ein neues Styling«, sagte Hannes zögernd. »Sehen wir uns morgen wieder?«

»Wenn ich nach dem Lauf nicht völlig platt bin, sehr gern.«

»Wie viele Kilometer machst du? Fünf oder zehn?«

»Ich bin für zehn Kilometer angemeldet. Meine Freundinnen haben das alles perfekt organisiert. Sogar ein Shirt mit meiner Startnummer lag in meiner Villa für mich bereit. Ich bin die Sechzehn.«

»Ich werde nach dir Ausschau halten und dich anfeuern«, versprach Hannes, als ich mich von ihm verabschiedete, ehe ich zu den Brautleuten ging und mich bedankte. Und mit Julia tauschte ich Telefonnummern aus, damit ich sie auf dem Laufenden halten konnte, in Sachen Brautstrauß. Sie wollte unbedingt wissen, ob er mir Glück oder sogar einen Heiratsantrag brachte.

Zurück in meinem Apartment bemerkte ich zwei Anrufe in Abwesenheit. Kerstin hatte mir zusätzlich eine Sprachnachricht geschickt, weil sie wissen wollte, wie es mir ging und ob ich mich für den Lauf fit genug fühlte. Ich wollte sie sowieso anrufen und wählte ihre Nummer.

»Das war total süß von euch, mit der Startnummer und dem Shirt«, fing ich an zu plaudern. »Und die Überraschung mit dem Zimmer ist ja wohl der Hammer. Ich habe das Shirt sofort anprobiert und eine letzte Trainingseinheit damit absolviert. Es läuft sich gut damit und ich sehe richtig sportlich aus.«

»Und jetzt bist du noch angefüllt mit Glückshormonen?«, fragte sie skeptisch. »Du klingst jedenfalls so. Ich beneide dich. Am liebsten wäre ich jetzt auch auf unserer Insel. Aber du weißt ja, alles geht nicht.«

»Oh Kerstin, du glaubst gar nicht, was ich heute schon alles erlebt habe«, sagte ich mit einem Grinsen im Gesicht, das man anscheinend durchs Telefon hörte. »Es ist etwas passiert, das glaubst du nicht.«

»Was Verrücktes?« Sie atmete hörbar, das machte sie immer, wenn sie einen Finger an die Nase legte und nachdachte. »Du hast jemanden getroffen, den du lange nicht gesehen hast?«, riet sie. »Deinen Ex? Günter?«

»Nein. Nichts dergleichen.«

»Nun sag schon«, drängelte sie. »Hast du einen Promi getroffen und deine Schere blitzen lassen?«, alberte sie herum. Ich lachte laut auf und dachte an den Moment mit Hannes, als ich ihm durch die Haare gewuschelt hatte.

»Nee, völlig falsch«, sagte ich, um sie weiter auf die Folter zu spannen, bis es aus mir herausplatzte.

»Stell dir vor, Kerstin, ich habe einen Brautstrauß gefangen!« Wieder legte ich eine Pause ein. »Den ersten Brautstrauß meines Lebens!«

»Wieso das denn? Du hast nichts davon gesagt, dass du zu einer Hochzeit auf der Insel eingeladen bist. Du alte Geheimniskrämerin. Oder willst du mich veräppeln?«

Ich hatte ein Einsehen mit Kerstin und erzählte ihr der Reihe nach alles. Angefangen mit meiner Begegnung beim Cappuccino in der Morgensonne. Als ich damit fertig war, fotografierte ich den Brautstrauß, der meinem Apartment noch mehr Glanz verlieh, und auch die beiden Luftballons. Sie sollte selbst sehen, dass ich keine Märchenerzählerin war. Meine Freundin brauchte einen Moment, bis sie dieses Ereignis mit all seinen Konsequenzen erfasste.

»Und …?«, fragte sie. »Hast du es Alex schon erzählt?«

Bevor ich antworten konnte schüttelte mich ein Lachanfall. Es war zu komisch, mir vorzustellen, wie er darauf reagierte. Mal abgesehen davon, dass er wahrscheinlich nicht einmal wusste, welche Bedeutung dem Auffangen eines Brautstraußes beigemessen wurde.

»Nun krieg dich mal wieder ein«, ermahnte sie mich. Sie wollte noch weitere Einzelheiten, die ich ihr gern gab. Ich erzählte von der Einladung auf die Dachterrasse, auf der wir schon mal einen Cocktail zu uns genommen hatten, und endete mit den Worten: »Manchmal kommt es anders, als man denkt.« Kerstins Interesse an Esoterik und Numerologie erwachte, sie stellte noch jede Menge Fragen, die ich aber nur zu einem Bruchteil beantworten konnte.

»Versprich mir bitte, dass du das niemandem weitererzählst«, bat ich sie. Das sollte meine Story bleiben, die ich persönlich weitergeben wollte.

Die Fotos, die ich Kerstin geschickt hatte, leitete ich nun auch kommentarlos an Alex weiter. Ich war gespannt, wie lange es dauern würde, bis er darauf reagierte. Zu meiner Verwunderung bekam ich gar keine Rückmeldung, auch da hatte ich eine andere Erwartung gehabt. Das ärgerte mich jedoch nicht.

Ich steckte Handy und Geld ein und verließ meine Villa, denn den Sonnenuntergang an meinem ersten Inseltag wollte ich mir nicht entgehen lassen. Es war bereits nach zehn Uhr, lange würde es nicht mehr dauern. So wie es aussah, würde der Sonnenuntergang heute wieder einmal ein eindrucksvolles Schauspiel der Natur.

Rund um die Milchbar drängten sich die Menschen, alle mit einem Getränk in der Hand. Drachen und Ballons in allen möglichen Formen, Farben und Figuren wiegten sich in der Luft und erfreuten die Kinder und die Erwachsenen. Dass so viele Menschen unterwegs sein würden, hätte ich nicht gedacht. Viele Touristen sahen der Sonne nur auf dem Display des Handys dabei zu, wie sie immer tiefer sank und den Himmel in warmen Farben erglühen ließ.

Auf dem Mäuerchen davor experimentierte jemand mit einer Glaskugel, durch die das Motiv spiegelverkehrt erschien. Das war die Perspektive, in der die Welt kopfstand. Wissbegierig schaute ich ein Weilchen zu und durfte dann auch einmal in die Glaskugel schauen und fotografieren. Den Schnappschuss sendete ich ebenfalls meinem Freund, diesmal aber mit Untertitel:

Meine Welt steht Kopf. ;-)

Alex hatte schon zweimal versucht, mich anzurufen, es war mir völlig entgangen, da ich mein Smartphone auf lautlos gestellt hatte. Kurz darauf traf eine WhatsApp-Nachricht von ihm ein. Er fragte, ob wir heute noch telefonieren wollten oder erst am nächsten Tag. Das war mal wieder typisch, er war immer rücksichtsvoll und einfühlsam. Er freute sich mit mir über meinen schönen und spannenden ersten Inseltag und war beruhigt, dass er sich keine Sorgen machen musste. Den Brautstrauß erwähnte er mit keiner Silbe. Ich hatte zumindest einen dummen oder witzigen Spruch, oder ein Zitat von ihm erwartet.

4

Am nächsten Morgen rief ich Alex an und erwischte ihn in einem günstigen Moment, was bei seinem Zeitplan nicht selbstverständlich war.

»Habe ich dir eigentlich schon erzählt, dass meine Mädels mich zum Insellauf angemeldet haben?«, fragte ich ihn. »Jetzt gibt es keine Ausrede mehr, ich kann mich wohl nicht davor drücken.«

»Hattest du das denn vor?«

Meinem Herumgestottere entnahm er, dass ich keine große Lust auf den Zehn-Kilometer-Lauf hatte.

»Vielleicht sollte ich nur die kleine Runde mit fünf Kilometern joggen«, überlegte ich.

»Du hast dich doch so darauf gefreut und dafür trainiert. Was meinst du wohl, wie sehr du dich ärgerst, wenn du es nicht tust?«

Ich schnaubte hörbar und stellte mir vor, wie es wäre, wenn ich es nicht tat. Es stimmte schon, was Alex sagte. Ich würde mich tierisch ärgern, wenn ich mein Ziel aus den Augen verlor.

»Na gut«, gab ich klein bei, »da bleibt mir wohl nichts anderes übrig.«

»Du schaffst das!«, sprach Alex mir Mut zu. »Schickst du mir anschließend ein paar Fotos und deine Zeit, die du gelaufen bist? Mareike, das wäre echt lieb von dir.«

»Das mit dem Foto kann ich dir nicht versprechen. Ich sehe bestimmt fix und fertig aus, so willst du mich nicht sehen. Aber ich melde mich auf alle Fälle. Versprochen.«

Alex freute sich über seinen Erfolg, mich zur Teilnahme motiviert zu haben. Mich freute es auch, aber ich war auch enttäuscht, weil er das Foto mit dem Brautstrauß einfach ignorierte. Als gäbe es ihn nicht. Wir redeten übers Wetter, über meine Unterkunft und über meine Pläne für die nächsten Tage, nur nicht über das Thema, das mir so am Herzen lag. Er war verdammt gut darin, unangenehmen Fragen auszuweichen und solche Gespräche immer in eine für ihn angenehmere Richtung zu lenken. Wieder einmal manipulierte er mich mit dieser Art der Kommunikation. Konnte sein, dass er es nicht einmal merkte, doch mich nervte es. Da ich ihn aber schon mal am Telefon hatte, wollte ich ihn so einfach nicht davonkommen lassen.

»Was sagst du denn zu dem Foto mit dem Brautstrauß?«, fragte ich und trommelte mit den Fingern auf die Fensterbank.

»Was soll ich dazu sagen? Was erwartest du von mir, meine Süße?«, entgegnete er.

Ich überlegte, was ich sagen sollte. Ich wollte doch nur eine winzige Reaktion von ihm. Während ich noch nach einer Antwort suchte, trafen die Fotos von Hannes bei mir ein. Sie zeigten mich zusammen mit dem Brautstrauß, und eine Aufnahme von meiner unvollendeten Skizze war auch dabei.

»Warte mal kurz«, sagte ich zu Alex und leitete die

Schnappschüsse sofort an ihn weiter. »Schau mal. Sind die nicht superschön?«

»Du siehst richtig klasse aus, schöne Frau. Aber was hast du mit deinen Haaren gemacht? Du hast mir nichts davon erzählt, dass du sie abschneiden wolltest.«

»Hätte ich dich vorher um Erlaubnis fragen sollen?« Ich war ein bisschen gereizt, das hörte man mir an.

»Nein. Natürlich nicht. Aber du weißt doch, wie sehr ich deine Haare liebe. Sind ziemlich kurz geworden.«

»Bis wir uns das nächste Mal sehen, sind sie wieder ein Stückchen gewachsen. Du hast eben noch gesagt, es sieht super aus. Oder meintest du den Brautstrauß?«

»Nein, den meinte ich nicht, aber ich gebe zu, der sieht sehr hübsch aus und er steht dir«, sagte Alex. Er holte tief Luft und schwieg dann nachdenklich. Wenn er so schwer atmete, setzte er meistens noch was hinterher. Ich hatte mich nicht getäuscht, nach mehreren Schnaubern redete er weiter.

»Was willst du mir eigentlich mit den Blumen sagen? Denkst du neuerdings anders übers Heiraten? Ich dachte, in dem Punkt sind wir uns einig.«

»Nein, das tue ich nicht«, beschwichtigte ich ihn. »Aber als der mir vor die Füße geweht wurde, da glaubte ich, es ist ein Zeichen des Himmels. Mich hat das sehr nachdenklich gemacht. Überhaupt, mir geht so vieles durch den Kopf, auf das ich Antworten brauche.«

»Mareike! Du machst mich schwach«, meinte er halb scherzend und stöhnte auf. »Darüber sollten wir uns mal in aller Ruhe unterhalten, wenn du wieder da bist.«

»Ja. Das sollten wir.« Er hatte mir den Wind aus den Segeln genommen. Es war ungeschickt von mir gewesen, ihn so in die Enge zu drängen. Wäre der Strauß mir bloß nicht zugeflogen! Seitdem hatte ich dieses romantische Bild im Kopf, das mich in einem Brautkleid zeigte. Noch war es verschwommen, aber es wurde immer klarer, je öfter es auftauchte.

»Sehen wir uns nächstes Wochenende, wenn ich wieder zu Hause bin?«, fragte ich zaghaft. Auch dazu hatte er sich noch nicht geäußert.

»Aber sicher, meine Süße. Wir wollen doch deinen Geburtstag nachfeiern, nicht wahr? Was wünschst du dir eigentlich?«

»Zeit«, sagte ich spontan. Das war das Einzige, was auf meiner Wunschliste stand. »Zeit für uns, Alex. Ich möchte mehr mit dir zusammen sein und öfter mal was unternehmen.«

Wieder atmete Alex hörbar ein und aus, ging aber nicht auf meinen Wunsch ein. Wir beendeten unser Telefonat, und er versprach, mir die Daumen für den Insellauf zu drücken.

Der Start für die Laufgruppe mit den zehn Kilometern war für siebzehn Uhr vorgesehen. Ich hatte also noch viel Zeit und steckte meinen neu erworbenen Hula-Hoop-Reifen zusammen. Dann schickte ich Hannes einen Gruß, bedankte mich für die Fotos und erkundigte mich nach seinem gestrigen Abend. Kurz überlegte ich, den Hula-Hoop-Reifen mit an den Strand zu nehmen, entschied mich aber doch dagegen und ließ ihn in meinem Apartment um meine Mitte kreisen. Es machte mir immer noch genauso viel Spaß wie früher als Kind. Eine Viertelstunde trainierte ich, ohne dass der Reifen herunterfiel, und war megastolz darauf. Zur Belohnung ging ich eine Kleinigkeit essen.

Hannes hatte schon auf meine Nachricht geantwortet und geschrieben, dass die Hochzeitsgesellschaft in einem feinen Lokal am Damenpfad ein super Menü verzehrt habe. Es sei ein wunderbarer Tag gewesen, schrieb er weiter, und ich sei sein zweites Highlight gewesen. Du alter Schmeichler, dachte ich und grinste. Er wollte mich gern wiedersehen, am liebsten heute noch. Oder morgen. Den Wunsch hatte ich auch. Es beflügelte mich regelrecht, dass er sich für mich interessierte. Den Mann, der mit so viel Gefühl Saxophon spielte und dessen Leidenschaft die Fotografie war, wollte ich unbedingt näher kennenlernen.

———

Es war noch ein bisschen früh, als ich mich zum Konversationshaus, dem Startpunkt des Insellaufs, begab. Von dem zentralen Punkt aus führte die Route über die Strandpromenade, bis hinten zum Nordstrand. Dann machte sie einen Bogen nach rechts durch die Dünen und zum Schluss führte die Strecke zum Teil durch den Ort, um am Ausgangspunkt, der auch das Ziel war, wieder einzutreffen. Der kleine und der große Lauf unterschieden sich nur insofern, dass man die Strecke für die zehn Kilometer zweimal laufen musste.

Die Gewissheit, nach einer Runde aufhören zu können, wenn ich wollte oder einen Schwächeanfall erlitt, gab mir ein beruhigendes Gefühl. Beim Training zu Hause war mir das nie passiert, aber da war ich auch immer nur eine Strecke von sieben Kilometern gelaufen.

Als ich die vielen Menschen am Kurplatz erblickte, die sich dort versammelt hatten, verschlug es mir die Sprache. Jede Menge Sportler wärmten sich auf, umgeben von Zuschauern, die nur auf den Anpfiff warteten. Es war eine Stimmung wie bei einem Volksfest. Inmitten der vielen Kandidaten entdeckte ich auch die alte Dame von gestern mit ihren Nordic-Walking-Stöcken. Sie hatte mich auch gesehen, winkte mir zu und drängelte sich zu mir durch.

»Moin, Mareike«, begrüßte sie mich und griente. »Mann, siehst du heute fit aus. Dat ist ja kein Vergleich zu gestern, tausendmal besser. Ich sag's ja immer, das Klima hier, das hat was Verjüngendes. Und erst einmal der Sanddornlikör, da sind nämlich so viele gesunde Fittaminchen drin.«

»Dann sollte ich den unbedingt mal probieren«, sagte ich, erfreut, die alte Dame wiederzusehen.

Sie zwinkerte mir zu und winkte den langen Kerl herbei, den ich ja schon vom Sehen kannte. »Dat ist mein Piet. Der rennt auch mit. Der meint nämlich, er muss auf mich aufpassen, damit ich mich nicht überanstrenge und aus den Puschen kippe«, sagte sie und knuffte ihn freundschaftlich in die Seite.

»Um wie viel Uhr ist denn der Start für die Seniorengruppe?«, wollte ich von Gretje wissen. Sie hatte sich mit ihrem quietschbunten Sportdress mächtig ins Zeug gelegt. Zu neonfarbenen pinken Laufschuhen trug sie über ihren Leggings ein wippendes Röckchen in dem gleichen Farbton und ein enganliegendes, schwarzes Top mit der Startnummer darauf. Auf ihrem grauen Haar leuchtete ein pinkfarbenes Basecap, und ihre übergroße Sonnenbrille baumelte an einem Band vor ihrer Brust. Von hinten wirkte sie richtig jugendlich.

»Neuerdings haben die hier gar keine Seniorengruppen mehr. Wegen Altersdiskriminierung«, erklärte sie. »Wir laufen alle zusammen los. Es wird nur noch nach Männern und Frauen ausgewertet.« Aufgeregt wippte sie von einem Fuß auf den anderen und sah sich um, ob außer mir noch andere Bekannte da waren.

»Also, wenn ich das mal so sagen darf«, meinte ich zu ihr, »tolles Outfit. Da kann ich nicht mithalten.«

Die alte Frau grinste geschmeichelt und belehrte mich, dass man doch wohl eher sagte, jemand sähe »mega« oder »hammermäßig« oder »geil« aus. »Wenn du redest wie eine ältere Frau, dann wird man dich auch dafür halten. Übrigens, mein Piet, der gibt mir immer Nachhilfe in Umgangssprache und Jugendsprache, der erzählt mir das immer, wie man das heutzutage so sagt.« Sie stupste ihn mit ihren Walkingstöcken an, Piet nickte amüsiert. Er war die Ruhe selbst, den Mann konnte so leicht nichts aus der Fassung bringen.

Um uns herum breitete sich eine freudige Unruhe aus, es ging offensichtlich gleich los. Gretje und ich trennten uns und wünschten uns gegenseitig einen guten Lauf. Über Lautsprecher wurden die Läuferinnen und Läufer aufgefordert, sich in Startposition zu begeben. Sofort machte ich mich auf zu meinem Startpunkt. Nun zappelte ich genauso herum wie Gretje eben. Der Startschuss sollte endlich fallen, ich konnte es nicht mehr abwarten. Es war mein erster Insellauf und ich wollte mir beweisen, dass ich es schaffe. Alex' Worte klangen noch in meinen Ohren: *Du schaffst das!* Wenn ich mir einmal etwas in den Kopf gesetzt hatte, gab ich nicht eher auf, bis ich am Ziel war. Was waren schon zehn Kilometer?

Langsam trabte ich los und konzentrierte mich dabei nur auf meine Atmung: einatmen – ausatmen. Wie von allein fand ich meinen Rhythmus, legte an Tempo zu und bewegte mich in der Traube der anderen immer weiter an die Spitze. Mühelos hielt ich mein Tempo, und als wir am Januskopf seitlich abbogen, war mein Kopf so frei geworden, dass ich wieder die Natur und auch die Zuschauer am Wegesrand wahrnahm. Es waren viel mehr, als ich dachte, die uns mit ihren Zurufen und ihrem Applaus anfeuerten. Auch das Wetter hätte nicht besser sein können, es war teils sonnig, teils bewölkt und der Wind pfiff uns nicht fies ins Gesicht. Ein leichtes Lüftchen brachte ein wenig Abkühlung, während wir schwitzend, hechelnd und schnaufend Meter um Meter vorwärts rannten.

Als ich die erste Runde zurückgelegt hatte, war an ein

vorzeitiges Aufgeben nicht mehr zu denken, die Idee hatte ich längst über Bord geworfen. Der Jubel der vielen Zuschauer spornte mich unglaublich an, dranzubleiben. Auf Höhe der Giftbude, einem Lokal, in dem man gut speisen konnte und nicht befürchten musste, dass einem Gift ins Essen gemischt wurde, schwächelte ich. Ich merkte es in meinen Beinen, die streiken wollten. Sie zitterten und wurden immer lahmer, bis ich nur noch schleppend vorankam. Ich hatte nicht den Ehrgeiz, unter den ersten Zehn anzukommen, ich hatte das vordere Mittelfeld anvisiert. Dieser Traum löste sich immer mehr auf, wie die schaumige Gischt, wenn das Meer mit einer neuen Welle alles hinfortspülte.

Aber nicht nur ich schnaufte wie ein altes Walross. Hinter mir, neben mir und vor mir ächzten die Läufer ebenso. Nicht alle, aber weitaus mehr, als ich gedacht hätte. Plötzlich meinte ich eine Stimme zu hören. Wie ein Mantra leierte sie den Satz: »Ich schaff es schon, ich schaff es schon«. Ich blickte über die Schulter, ich hatte mich nicht getäuscht. Die Stimme kam immer näher und wurde immer lauter, ich hatte das Gemurmel richtig verstanden.

»Kennst du noch die Augsburger Puppenkiste?«

Ich sah mich nach dem Läufer um. Es war Hannes, er meinte mich. Mein Herz machte einen Freudenhüpfer, als ich ihn erkannte und nickte, sprechen konnte ich momentan leider nicht. Natürlich kannte ich die Augsburger Puppenkiste, diese Sendung hatte ich als Kind geliebt.

»Jim Knopf«, japste ich den Namen des Stücks, auf das er anspielte.

»Ja. Und die Lokomotive hieß Emma.« Ich erinnerte mich und nickte abermals. »Emma hat beim Bergauffahren immer geächzt: ›Ich schaff es schon, ich schaff es schon‹.«

Schon war der Satz in meinem Kopf und trieb mich

voran. Er gab mir die nötige Power, um auch die restliche Strecke noch zu bewältigen.

»Wieso habe ich dich vorhin nicht gesehen? Läufst du auch die Zehn-Kilometer-Strecke?«, fragte ich Hannes, als ich merkte, dass ich wieder sprechen konnte. Er lief in meinem Tempo neben mir her, als wenn es ihm überhaupt nichts ausmachte. Er hatte sogar noch genug Puste für ein Lachen und machte Scherze.

»Ursprünglich wollte ich nur die kleine Strecke laufen. Aber als du erzählt hast, dass du für die große Runde angemeldet bist, habe ich mich umentschieden. Beim Start hatte ich schon nach dir Ausschau gehalten, aber ich muss dich wohl übersehen haben. Sind auch ganz schön viel Leute unterwegs.«

»Bin ja auch nicht so eine auffällige Erscheinung«, machte ich mich über mich lustig.

»Ich habe dich ja noch rechtzeitig entdeckt. Zum Glück.« Hannes legte mir seine Hand auf den Rücken, als wollte er mich vorwärtsschieben, und leierte monoton den Spruch der alten Dampflok Emma vor sich hin. Mir war es richtig unangenehm, dass er mich berührte, obwohl mein Shirt wahnsinnig verschwitzt war. Ihn störte es allem Anschein nach nicht, mir jedoch gab diese kleine Geste einen Schub, der mich wie ein kräftiger Rückenwind vorantrieb. Meter für Meter keuchte ich dem Ziel entgegen, ignorierte die Schwäche meiner Beine und befahl ihnen, schneller voranzukommen. Die Kommunikation zwischen Kopf und Beinen funktionierte, sie taten, was ich von ihnen verlangte. Immer weiter holte ich auf, und Hannes lief beständig an meiner Seite. Der Mann hatte eine echt gute Kondition. Dass er sich langsam der Siebzig näherte, merkte man ihm nicht an. Und dann kam der große Moment, den ich nie vergessen werde. Das Ziel vor Augen pushte uns noch einmal, gemeinsam liefen wir ins Ziel ein, noch dazu in einer Zeit, die ich mir nicht hatte träumen lassen. Wir beide führten das Mittelfeld an. Es war unglaublich, es war fantastisch, es war mega!

»Yeah!«, schrie ich und warf die Arme in die Luft. »Wow, wow, wow!«

»Wow! Super. Geschafft!«, rief Hannes atemlos neben mir und schraubte, wie ich auch, das Tempo allmählich runter. Langsam liefen wir aus, dehnten anschließend unsere strapazierten Muskeln und umarmten und beglückwünschten einander, als wären wir die Helden des Tages. Genauso fühlte ich mich, auch wenn ich nicht besonders heldenhaft aussah mit dem vor Schweiß triefenden Shirt. Auch von *Haare gut – alles gut* konnte bei mir keine Rede mehr sein. Es war aber auch nicht wichtig. Alles, was zählte, war das Ergebnis. Ich hatte durchgehalten, ich hatte es geschafft, ich hatte meinen ersten Insellauf absolviert. Mein Herz flatterte vor Glück und Begeisterung über mich selbst. Der Insellauf war *das* Highlight in diesem Lebensjahr, die Fünfzigerjahre konnte ich mit einem Lächeln gehen lassen. Nur noch drei Tage, dann war es damit vorbei. Ob es mit der Sechs vorne wohl ebenso rasant weiterging?

Mit strahlenden Augen sahen Hannes und ich uns immer wieder an und beglückwünschten uns. Wir waren Sieger. Hand in Hand liefen wir zu den Umkleideräumen, und nur einen flüchtigen Augenblick lang dachte ich an Alex. Wenn der mich sehen könnte! Aber mein Freund war ja weit weg. Es gab nichts, was mich daran hindern konnte, meinen allerersten Insellauf mit dem Mann zu feiern, der mir sprichwörtlich den Rücken gestärkt hatte.

5

Nach meinem sportlichen Einsatz, bei dem ich jede Menge Kalorien verbraucht hatte, meldete sich in meinem Bauch ein Mordsappetit. Meinem Laufpartner ging es auch so, erfreulicherweise hatte er das einkalkuliert und einen Tisch beim Italiener reserviert und lud mich ein, mit ihm essen zu gehen. Vor lauter Dankbarkeit wäre ich ihm am liebsten um den Hals gefallen.

»Warum hast du gestern nicht wenigstens erwähnt, dass du auch mitläufst?«, fragte ich ihn auf dem Weg zum Restaurant. Er hätte bei der Hochzeitsfeier, als ich ihm von meinen Plänen erzählte, doch einen Piep sagen können.

»Ich habe einfach nicht daran gedacht«, sagte er.

»Schlimm? Ich war mir auch nicht sicher, ob ich nach der Hochzeitsfeier noch fit genug sein würde. Außerdem wollte ich dich damit überraschen«, meinte er breit grinsend.

»Das ist dir gelungen.«

»Als du auf der Dachterrasse so entschlossen und mit funkelnden Augen davon erzählt hast, habe ich entschieden, ich muss am Lauf teilnehmen. Ich wollte dabei sein, wenn du durchs Ziel läufst, und deine Augen leuchten sehen. Ich muss schon sagen, es hat sich gelohnt. Den Sieg sollten wir nun auch gebührend feiern.«

Alle Tische waren besetzt. Ich hatte schon Angst, wir fänden keinen Platz mehr, aber Hannes hatte ja reserviert.

»Das Lokal ist immer gut besucht«, sagte er, als er die Panik in meinen Augen sah. »Auf mein Glück wollte ich in diesem Fall ausnahmsweise mal nicht vertrauen. War doch gut, dass ich reserviert habe. Ich kenne mich, und ich weiß aus Erfahrung, dass ich nach körperlicher Anstrengung immer einen Mordshunger kriege. Außerdem lege ich großen Wert auf gutes Essen.«

»Vertraust du immer auf dein Glück?«, spielte ich auf seine Bemerkung an. So hatte ich ihn nicht eingeschätzt.

»Nein, nicht immer. Aber oft«, erwiderte er mit einem Lächeln, das mein Glücksgefühl noch stärker werden ließ. »Im Job kann ich nicht darauf bauen, da zählen genaue Berechnungen und Fakten. Ich habe doch erzählt, dass ich Architekt bin. Da muss alles stimmen, Glücksfaktor ausgeschlossen! Das hatte ich doch erzählt, oder? Du siehst mich so erstaunt an.«

»Ich bin mir nicht sicher, ob wir über deinen Beruf gesprochen haben.«

Wir vertieften das Glücksthema nicht weiter, der Kellner war schon bei uns und begleitete uns zu unserem Tisch. Kerzenlicht flackerte und weiße Stoffservietten sprachen für eine gehobene Gastronomie. Das leise Gemurmel in dem Restaurant hüllte uns ein wie eine Melodie und übertönte zu meiner Erleichterung meinen knurrenden Magen.

»Ich hoffe, du magst italienische Küche«, sagte Hannes, als wir uns in die Speisekarte vertieften. »Hier gibt es die besten Pastagerichte der Insel.«

»Ich liebe Pasta! Pizza auch. Aber nur, wenn sie schön knusprig ist. Kannst du mir etwas empfehlen?«

»Ich kann dir alles empfehlen, was auf der Karte steht.« Er lachte und wollte nicht verraten, was er ausgewählt hatte. Ich sollte das nehmen, worauf ich Appetit hatte. Das tat ich auch und entschied mich für die Pizza Speziale.

Dazu bestellten wir zum Anstoßen einen kühlen, prickelnden Prosecco und gingen später zu einem kräftigen Rotwein über. Mit Hannes zu plaudern, war leicht und unbeschwert. Ganz anders als mit Alex, der verfiel meistens in seine Choachingsprache, bei der ich immer mit reflektierenden Fragen rechnen musste, wenn ich munter drauflos schnatterte.

»Mareike, ich weiß noch gar nichts von dir, erzähl mir ein bisschen von dir«, sagte Hannes, nachdem der Kellner unsere Bestellung entgegengenommen hatte. »Was machst du, wenn du nicht gerade an einem Insellauf teilnimmst oder zeichnest oder Brautsträuße kaperst?«

»Das hast du ja nett formuliert«, erwiderte ich lachend. »Du wolltest bestimmt sagen: ›wenn du Brautsträuße *klaust?*‹«

»Nein!«, rief er empört. »Das würde ich noch nicht einmal denken. Also, was machst du? Wie sieht dein Leben, dein Alltag aus? Welche Hobbys hast du?«

»Du willst aber viel wissen«, sagte ich und dachte nach, ob ich ihm von meinem Salon erzählt hatte. »Hatte ich dir nicht schon erzählt, dass ich Friseurin bin?«, fragte ich und erinnerte mich an den Moment, als ich ihm auf der Dachterrasse durchs Haar gefahren war. »Genau genommen bin ich Hairstylistin, mit eigenem Salon.« Jedes Mal, wenn ich über meinen Job sprach, holte ich eine Visitenkarte hervor. Ich gab ihm eine, und, genau wie Gretje, schmunzelte nun auch Hannes.

»Haare gut – alles gut«, las er. »Dann ist ja alles gut bei dir, sollte man meinen.« Er zwinkerte bei der Frage und ich bejahte seine Einschätzung. »Und momentan machst du Urlaub auf dieser schönen Insel? Kannst du deinen Salon denn so lange allein lassen? Das ist doch gar nicht so leicht.«

»Ist es auch nicht. Aber diese paar Tage wird mein Team ohne mich zurechtkommen müssen. Die Mädels schaffen das«, sagte ich voller Überzeugung. »Natürlich erfordert das ein hohes Maß an Planung und Organisation«, gab ich bereitwillig Auskunft. »In letzter Zeit denke ich oft darüber nach, ob ich nicht einen Gang runterschalten sollte, wenn ich älter werde.«

Hannes nickte. »Das kann ich verstehen. Ich bin selbständiger Architekt. Seit einiger Zeit spiele ich in meiner Freizeit Saxophon und werde neuerdings als Hochzeitsfotograf angefragt. Ohne diese Ausgleichsaktivitäten wäre ich längst im Job erstickt.«

»Architekt, Saxophonspieler und Fotograf? Das ist eine interessante Kombination. Wie bist du dazu gekommen? Wie hat das angefangen?«, fragte ich nach. Seine Interessen faszinierten mich.

»Wie ich dazu gekommen bin, kann ich dir gar nicht genau sagen. Nun, in meinem Job ist eine gewisse Kreativität Voraussetzung, und das Saxophonspielen hatte mich schon lange gereizt. Irgendwann habe ich mir ein Instrument gekauft und ein paar Stunden genommen. Den Rest habe ich mir selbst beigebracht. Ich habe viel geübt, nicht immer zur Freude meiner Nachbarn.« Hannes grinste, als er an die Momente zurückdachte, in denen er seine ersten Töne aus dem Instrument herausgequetscht hatte. »Und dann kam die Fotografie dazu. Nach einem Workshop war ich so angefixt, dass ich danach sofort losgegangen bin und mir eine vernünftige Kamera gekauft habe. Seitdem lerne ich, die Welt durch das Objektiv zu betrachten. Es ist beeindruckend, was man alles entdeckt, wenn man genau hinschaut oder einen Schritt zur Seite geht und das Motiv aus einem neuen Blickwinkel vor sich sieht.«

»Im Alltag kommt man so schnell darüber hinweg, die kleinen Dinge zu sehen«, stimmte ich ihm zu. »Als ich dich gestern mit dem Saxophon erlebt habe, hat mich das echt umgehauen. Das war mega! Du hast anscheinend die Gabe, Menschen gut zu unterhalten und in deinen Bann zu ziehen. Ich hoffe, dass ich noch einmal das Vergnügen haben werde, dabei zu sein, wenn du spielst.«

Er lachte geschmeichelt und hob die Schultern. »Wer weiß. Aber genug von mir. Was treibt dich sonst so an? Welche Hobbys hast du? Wofür interessierst du dich?«

Ich überlegte einen Moment. »Nun, ich jogge gern, überhaupt, ich liebe es, in der Natur unterwegs zu sein. Das kann auch ein Spaziergang oder eine Wanderung sein. Schön finde ich auch Radtouren mit anschließendem Besuch in einem netten Café. Ich würde außerdem gern mehr reisen. Es gibt noch so viele Orte, die ich besuchen möchte. Ich denke in letzter Zeit ernsthaft darüber nach, weniger zu arbeiten, damit neben meinem Salon auch noch Zeit für andere Dinge bleibt in meinem Leben.«

Hannes lächelte mir über den Rand seines Glases zu. Er verstand, was ich meinte. »Mareike, ich bin außerdem auch ein Freund der Slow-Food-Bewegung «, ergänzte er seine Interessen.

Fragend sah ich ihn an, er war der erste Mensch, den ich kennenlernte, der sich da anscheinend auskannte. »Die Idee, sich beim Essen Zeit zu nehmen, sich mit den Zutaten zu beschäftigen, sie mit Bedacht auszuwählen und den Moment des Genießens zu zelebrieren, wird mir immer wichtiger, je älter ich werde.«

Das konnte ich gut nachvollziehen, seine Einstellung zum Essen imponierte mir. »Da läuft mir schon beim Zuhören das Wasser im Munde zusammen. Ich wünschte, ich könnte das auch«, sagte ich und schickte einen kleinen Seufzer hinterher.

»Wieso glaubst du eigentlich, du hast zu wenig Zeit?«, fragte er und nahm noch einen Schluck Wein. »Wir haben alle jeden Tag vierundzwanzig Stunden zur Verfügung. Okay, Schlafen und Arbeit nehmen einen großen Anteil ein, es bleibt aber immer noch eine ganze Menge übrig.«

Mein Zeitproblem konnte ich nicht auf die Schnelle in drei Sätzen zusammenfassen. Ich schwieg einen Moment lang und Hannes teilte einen Gedanken mit mir, bei dem mir vor Schreck die Pasta von der Gabel fiel.

»Den Moment des Genießens schätze ich nicht nur beim Essen«, sagte er und sah mich so eindringlich an, als überlegte er, ob er weiterreden sollte oder besser nicht. »Hast du schon mal etwas von Slow-Sex gehört?«

Upps. Ich hatte es richtig vernommen. Mein charmanter Gesprächspartner ging schon bei der Vorspeise zum Thema Sex über. Ich hob die Augenbrauen und war fasziniert davon, wie tiefenentspannt er weitererzählte, als würde er das Vorwort eines Sachbuchs zitieren. Kopfschüttelnd, amüsiert und mit einem Kribbeln im Bauch lauschte ich seinen Ausführungen.

»Unter Slow-Sex steckt im Grunde die Idee, die Intimität zwischen zwei Liebenden zu verlangsamen, den Moment auszukosten und sich viel Zeit zu lassen, damit alle Sinne angesprochen werden. Es geht nicht um Sex im herkömmlichen Sinne. Es geht darum, die Verbindung zwischen zwei Menschen zu vertiefen, die sinnlichen Erfahrungen zu intensivieren und sich mit Körper und Gefühl ganz nahe zu sein«, führte er leise aus.

»Wolltest du nicht eben noch von mir wissen, wieso mir die Zeit für die schönen Dinge des Lebens fehlt?«, sagte ich, um ihn zu unserem vorherigen Thema zurückzuholen.

Ein kurzer Moment der Stille trat ein. Hannes merkte wohl, dass er mich mit seinem Gespräch über Sex verunsichert hatte.

»Bitte versteh mich nicht falsch, Mareike. Das ist eine sehr persönliche Vorliebe von mir. Ich weiß auch nicht, wieso ich mit dir darüber rede, ich möchte dich keinesfalls zu etwas drängen. Entschuldige. Manchmal bin ich ein echter Tollpatsch.«

»Was soll ich denn daran falsch verstehen? Das ist ein sehr eindeutiges Angebot«, erwiderte ich. Es war nicht sehr geschickt von ihm, mir dieses Thema mit der Vorspeise zu servieren.

»Um Himmels willen! Nein. So war das nicht gemeint. Ich wollte nur zum Ausdruck bringen, dass eine langsame Annäherung und das bewusste Entdecken der Intimität eine sehr schöne Erfahrung sein kann, um einander näherzukommen.«

»Das hast du schön formuliert, Hannes. Aber wir kennen uns noch nicht einmal zwei Tage und du offenbarst mir deine erotischen Vorlieben. Was soll eine Frau denn anderes denken, als dass du sie ins Bett kriegen willst?« Jetzt nahm ich auch kein Blatt vor den Mund und sprach aus, was ich dachte. Insgeheim amüsierte es mich immer mehr, wie mühelos er es vollbrachte, ein echt spezielles Thema so sachlich vorzubringen. Meinen Einwand nahm er kaum zur Kenntnis, er war noch nicht am Ende seiner Ausführungen angelangt.

»Solltest du dich dafür interessieren, wäre es mir ein

großes Vergnügen, dich in die Praxis des Slow-Sex einzuführen«, flüsterte er mir mit einem verführerischen Grinsen über den Tisch zu.

Meine Wangen glühten, mir wurde mit einem Mal wahnsinnig heiß, und ich konnte nichts dagegen tun. Hannes hatte Bilder in meinem Kopf auftauchen lassen, die nicht wieder verschwinden wollten. Es war mir unangenehm, auch wenn ich kein Problem mit der körperlichen Liebe hatte. Offen schaute ich ihn an.

»Du sprichst von deinen persönlichen, sehr intensiven Erfahrungen?«

Er nickte ohne eine Spur Verlegenheit.

»Ich bin eigentlich immer offen für Neues«, begann ich zögerlich. »Aber wir beide sollten erst einmal abwarten, wohin die Reise uns führt. Ob sie überhaupt irgendwohin führt. Allerdings muss ich gestehen, dass ich es bewundere, wie offen du darüber sprichst.«

»Sollte man nicht immer offen und ehrlich sein? Besonders bei dem Thema?«, konterte er. »Ein gutes Miteinander, auch im Bett, setzt nun einmal eine offene und respektvolle Kommunikation voraus. Wie siehst denn du das?«

»Da sind wir einer Meinung. Ich bemühe mich darum, aber es gelingt mir nicht immer.«

»Ich bin gewiss kein Heiliger, das kannst du mir glauben. Aber ich bin auf dem Weg dahin«, meinte er leicht grinsend. »Oder auf dem Weg zum weisen, alten Mann«, fügte er noch hinzu.

Lachend ließen wir das verfängliche Thema für heute fallen, den Rest des Abends wollten wir in entspannter Atmosphäre verbringen. Über meine Sehnsucht nach mehr Zeit redeten wir leider nicht mehr. Vielleicht war er doch nicht so ernsthaft an mir interessiert, wie ich gedacht hatte.

»Wie lange bleibst du eigentlich auf Norderney?«, fragte

ich ihn beiläufig. Dabei wurde mir bewusst, dass ich hoffte, nein, mir wünschte, meinen Geburtstag mit Hannes zusammen zu feiern. Die wenigen Augenblicke hatten in mir etwas ausgelöst, es reizte mich wahnsinnig, diesen interessanten Mann näher kennenzulernen.

»Bis Montag oder Dienstag. Das steht noch nicht hundertprozentig fest, das hängt von mehreren Faktoren ab«, sagte er. »Ich habe einen unumstößlichen Termin, für den ich für zwei oder drei Tage nach München fahre. Danach komme ich wieder auf die Insel.«

Mir stockte der Atem, das bedeutete wohl, dass er an meinem Geburtstag keine Zeit für mich hatte. Ich hätte ihn so gern auf einen kleinen Umtrunk eingeladen und den denkwürdigen Tag mit ihm verbracht. Doch es war nur ein Traum, den ich vergessen konnte. »Kannst du nicht einen Tag länger bleiben?«, rutschte es mir raus

»Nein, das ist unmöglich«, erwiderte er. In dem Moment sah ich Gretje mit ihrem Piet schnurstracks auf unseren Tisch zukommen.

»Das ist ja mal ein schöner Zufall, dass man sich so schnell wiedersieht«, sagte die alte Dame zu mir. Mit hungrigem Blick inspizierte sie unsere Teller. »Das ist ja ganz schön voll hier drinnen. Die haben für uns gar keinen Tisch mehr frei. Hat der Kellner gesagt. Und dann hab ich dich plötzlich gesehen, Mareike.« Sie stemmte die Hände in die Hüften und grinste mich an. »Und bei euch am Tisch ist sogar noch Platz. Es ist doch okay, wenn wir uns dazusetzen?«

Es war nur eine rhetorische Frage von ihr. Kaum hatte sie es ausgesprochen, ließ sie sich mir gegenüber auf den freien Platz neben Hannes sinken.

»Und ich bin –«, versuchte Hannes sich bemerkbar zu machen.

»Das weiß ich doch, wer du bist«, entgegnete sie mit

einem Kiekser. »Du musst der Idiot sein, den Mareike zum Glücklichsein braucht.« Sie kicherte und redete munter weiter drauflos. »Das ist ja man gut, dass du das doch noch hingekriegt hast und dein Mädchen seinen Geburtstag nicht mutterseelenallein, wie so ein gestrandeter Heuler, verbringen muss.«

Hannes verzog das Gesicht zu einem amüsierten Grinsen und zwinkerte zu mir rüber.

»Hast du Mareike denn auch tüchtig angefeuert, vorhin beim Insellauf?«

»Natürlich«, sagte er todernst. »Ich bin sogar mit ihr mitgelaufen.«

»Siehste, mien Wicht, so ein Idiot ist er gar nicht, dein Alex.«

Das hatte mir gerade noch gefehlt. Ich wusste nicht, ob ich im Boden versinken oder explodieren sollte. In beiden Fällen würde ich mich in Luft auflösen, was mir in dieser Situation die beste Lösung zu sein schien. Gretjes Begleiter bemühte sich, sie mit der Speisekarte abzulenken. Die Freude der alten Dame über unser Zusammentreffen ließ sie allerdings ihren Appetit vergessen.

»Das ist ja interessant. Also, Mareike, mein Mädchen.« Hannes spielte das Spiel mit und zwinkerte mir zu. »Das musst du mir aber mal erklären, weshalb ich ein Idiot bin.«

»Wie peinlich«, japste ich, nahm die Karte zur Hand und fächelte mir Luft zu. Schnellstmöglich wollte ich mich dem Bannkreis der ostfriesischen Seemannsbraut und ihrem Mitteilungsbedürfnis entziehen.

Als der Kellner sich näherte, glaubte ich schon an meine Rettung. Er wollte uns zu einem Dessert verführen, was ich normalerweise liebend gern genommen hätte, aber dann mussten wir die beiden Senioren noch länger ertragen.

»Magst du auch noch ein Tiramisu?«, fragte Hannes, den

die beiden offenbar wenig nervten, und bestellte, ohne meine Antwort abzuwarten. »Das Dessert möchten wir gern *to go*. Das ist doch sicher kein Problem, dass Sie es uns einpacken und wir es mitnehmen?«, fragte er. Ich atmete auf. »Und dann die Rechnung bitte.«

Gretje und Piet warfen nur einen flüchtigen Blick in die Speisekarte, sie hatten sich längst für die Pizza des Hauses entschieden.

»Lasst euch nicht aufhalten, ihr wollt bestimmt euer Wiedersehen feiern«, quasselte Gretje munter weiter. »Das ist aber ein feiner Idiot, den du da als Freund hast. Aber eins muss ich ja trotzdem mal sagen.«

Sie amüsierte sich schon bei der Ankündigung dessen, was sie loswerden wollte. Was konnte denn jetzt noch kommen? Ich verdrehte die Augen und stupste Hannes unterm Tisch mit dem Fuß an. Er zwinkerte mir zu und bedachte Gretje weiterhin mit freundlichem Interesse.

»Das sieht man dir echt nicht an, dass du fünf Jahre jünger bist als dein Mädchen. Ich hätte dich auf fünf Jahre älter geschätzt. Oder noch mehr. Was auch völlig okay wäre«, brabbelte sie wenig charmant.

»Ich verschwinde mal kurz«, stieß ich aus und sprang auf. Ich konnte mich kaum noch beherrschen und musste schleunigst der Situation entkommen. Kaum hatte ich den dreien den Rücken gekehrt, kicherte ich leise los und bewegte mich schnurstracks zur Eingangstür.

Wie konnte ich das Missverständnis nur aufklären? So sympathisch ich die alte Dame auch fand, sie hatte dem romantischen Abend ein ziemlich unromantisches Ende gesetzt. Hoffentlich fand ich einen Weg, der zwischen Hannes und mir nicht alles zunichtemachte, was sich zaghaft zwischen uns entwickelte. Das Beste war wohl, mit offenen Karten zu spielen. Wenn Hannes mich dann immer noch näher kennenlernen wollte, ja dann … Ich konnte noch nicht sagen, was dann wäre, ich fühlte nur, dass ich mich darüber wahnsinnig freuen würde. Jetzt war er jedenfalls im Bilde über meinen Beziehungsstatus. Er hatte erstaunlich gelassen reagiert, das rechnete ich dem Hochzeitsfotografen hoch an. Und die Idee mit dem *Tiramisu to go* war einfach genial.

6

»Was hältst du von einem Tiramisu im Strandkorb?«, schlug ich vor, als wir den Italiener verlassen hatten. »Ich habe einen Schlüssel für einen Korb, der auf der Kaiserwiese steht, ganz nahe bei der Milchbar.«

»Du hast für uns einen Logenplatz mit Sonnenuntergang gebucht?«

»Na klar! In diesen paar Tagen will ich es mir richtig gut gehen lassen.«

Mein Vorschlag gefiel ihm, Berührungsängste hatte er anscheinend nicht. Doch dann fragte er vorsichtshalber noch einmal nach, was ich sehr aufmerksam von ihm fand.

»Kannst du dir denn vorstellen, so eng mit einem Idioten wie mir zusammenzuhocken?«

»Wir sollten es auf einen Versuch ankommen lassen. Und die Sache mit dem Idioten können wir bei dieser Gelegenheit auch aus der Welt schaffen«, sagte ich.

»Ich wollte dich schon die ganze Zeit fragen, ob es einen Mann in deinem Leben gibt«, erwiderte er, schmunzelte und korrigierte: »Oder eine Frau. Ist ja alles möglich.«

»Dann haben wir uns ja genug zu erzählen.« Ich lachte. »Soll ich noch schnell eine Flasche Wein aus meiner Pension holen?« Fragend sah ich ihn an und zeigte auf das stattliche Gebäude, das man von hier aus sehen konnte. Es war gleich um die Ecke. »Dauert höchstens zehn Minuten, ich beeile mich auch.«

»Vor dem Dessert oder hinterher?« Hannes hielt die Verpackung mit dem Tiramisu in die Höhe und grinste übers ganze Gesicht.

»Ich springe schnell rüber, und du kannst schon mal den Strandkorb testen«, sagte ich und gab ihm den Schlüssel. »Bin gleich wieder da!«

Es dauerte dann aber doch ein wenig länger, denn kaum war ich in meinem Apartment, rief meine Tochter an. Sie wollte hören, wie ich gelaufen war und machte sich Sorgen, weil ich in meinem Status noch kein Foto von mir in Siegerpose eingestellt hatte.

»Ist bei dir alles gut? Muss ich mir wirklich keine Sorgen machen, Mama?«, fragte sie mehrmals, worüber ich nur schmunzeln konnte. Das war untypisch für sie. Aber seit sie selbst Mutter geworden war, neigte sie zu übertriebener Fürsorge.

»Nein, Leonie, mach dir keine Gedanken um deine alte Mama. Mir geht es super. Das Wetter ist toll, ich habe nette Leute kennengelernt und jetzt bin ich auf dem Sprung. Stell dir vor, meine Mädels haben sogar einen Strandkorb für mich gebucht. Für die ganz Zeit. Dahin werde ich mich jetzt verziehen und bei einem feinen Weinchen den Sonnenuntergang feiern«, erzählte ich auf die Schnelle alles Wissenswerte. »Heute war ein wahnsinnig schöner Tag, das kannst du dir nicht vorstellen, und ich bin ziemlich gut gelaufen. Die neuen Schuhe sind super, wie gut, dass ich sie mir vorher noch gekauft und ein bisschen eingelaufen habe. Ich bin zwar nicht unter den ersten Drei gelandet, war aber vorne im Mittelfeld, als ich über die Ziellinie gerannt bin. Die detaillierte Auswertung kannst du bestimmt in den nächsten Tagen im Internet finden.«

»Wie viele Weinchen hast du schon getrunken?«, fragte meine Helikoptertochter mit ernster Stimme. »Ist wirklich alles gut bei dir? Du klingst so …«, sie suchte nach den passenden Worten, »so überdreht. Oder hast du was genommen? Hast du überhaupt etwas gegessen nach deinem Lauf? Oder bist du schon nach einem Glas betrunken?«

Ich rollte mit den Augen und pustete schnaubend die Luft aus. »Also, meine Liebe«, fing ich an. »Ich habe gegessen, das solltest du eigentlich wissen, da ich gern und viel essen mag. Sonst bin ich nicht zum Aushalten. Es sind bestimmt die Nachwirkungen des Rennens. Endorphine und Sommerwind sind meine einzige Droge«, flachste ich, um sie aus ihrem besorgten Getue herauszuholen und sie zum Lachen zu bringen.

Ein leises Wimmern der kleinen Tilda durchs Babyfon beendete dann aber sehr überraschend unser Gespräch. Wehmütig blieb ich zurück, mein Enkelkind sah ich leider viel zu wenig. Die Kleine war schon jetzt der Sonnenschein in meinem Leben und ich musste mir etwas einfallen lassen, damit wir mehr Zeit miteinander verbringen konnten.

Von meiner Inselauszeit erhoffte ich mir Antworten auf diese und auf andere Fragen. Heute allerdings nicht mehr. Heute wollte ich nur noch aufs Meer schauen, sonst nichts. *Meerzeit*, kicherte ich, schloss mein Apartment wieder ab und lief mit allem, was man für einen langen Abend brauchte, zu meinem Strandkorb zurück. Die Wortspielerei mit der *Meerzeit* ließ mich nicht los, das wollte ich gern mit Hannes teilen.

Ich hatte Lust, mit dem Mann in meinem Strandkorb über *mehr Zeit* und über *Meerzeit* zu philosophieren, während die Sonne uns ihre letzten Strahlen schenkte.

Als ich von der Milchbar aus zur Kaiserwiese rüberschaute, war der Platz neben Hannes bereits von einer anderen besetzt. Ich hätte mich beeilen und nicht so lange mit meiner Tochter quatschen sollen. Beim Näherkommen verschwand mein ungutes Gefühl schnell, denn es war Julia, die neben ihm im Korb saß. Ein Teil der Hochzeitsgesellschaft stand auch noch um die beiden herum.

»Mareike!«, rief Julia erfreut. Sie winkte mir zu und hüpfte aus dem Korb, als ich bei ihnen stand. »Ich habe den Platz für dich warm gehalten.« Sie lachte, während ich an mein Tiramisu dachte, von dem nichts zu sehen war.

»Zehn Minuten?«, lästerte Hannes auf eine charmante Art. Er hielt ein Sektglas in der Hand und machte sich ein wenig über mich lustig.

»Sorry und Prost!«, sagte ich, nachdem er mich auch mit einem Prosecco versorgt hatte, und machte einen Moment auf zerknirscht, bevor ich laut loskicherte und mit den anderen anstieß. »Ich musste meiner Tochter noch Bericht erstatten. Sie war schon ganz besorgt, weil ich es ihr doch versprochen hatte.« Wahrscheinlich musste ich jetzt mit neugierigen Fragen rechnen, ich würde sie alle ehrlich beantworten. Verschweigen brauchte ich nichts.

»Ich dachte, du warst nie verheiratet«, kam auch gleich der erste Kommentar. »Oder haben wir das falsch verstanden, mit dem ersten Brautstrauß deines Lebens?«

»Es war wirklich mein erster Brautstrauß«, erwiderte ich. »Allerdings habe ich nie geheiratet.« Fragend sahen sie mich an und ich erzählte ein bisschen aus meiner Vergangenheit. »Dennoch bin ich Mutter einer erwachsenen Tochter und seit einem Jahr bin ich auch sogar schon Oma.« Bei dem Gedanken an mein Enkelkind, der süßen, kleinen Tilda, wurde mein Herz ganz weit. »Zum Wohl! Auf alle Babys dieser Welt, auf die Liebe und ein friedliches Miteinander.«

»Oh, wie schön.« Eva seufzte und sah ihren Mann verliebt an. »So eine flotte Oma wie dich hätte ich auch gern für unsere Kinder.«

»Es ist wunderschön, ich bin sehr glücklich und dankbar, dass es so ist. Das Leben hat es immer gut mit mir gemeint. Was nicht heißen soll, dass immer alles easy peasy gewesen ist.«

»Wolltet ihr nicht den Sonnenuntergang feiern?«, fragte Hannes seine Freunde und drückte meine Hand unter der Decke, die auf unseren Knien lag. Ich rutschte ein bisschen näher zu ihm rüber und fragte ihn ganz leise nach dem Tiramisu. Genauso leise raunte er mir ins Ohr, dass er es im letzten Moment vor den anderen hatte retten können. »Ich habe es unten in den Korb gestellt.«

»Lass uns noch so lange warten, bis die anderen gegangen sind«, sagte ich und machte es mir neben Hannes richtig gemütlich.

»Kann es vielleicht sein, dass ihr allein sein möchtet?«, fragte Julia mich mit einem Augenzwinkern.

»Sì«, antwortete ich auf Italienisch, gedanklich war ich schon bei meinem Dessert.

Julia merkte, was los war, und überredete die kleine Gesellschaft, ein paar Meter weiterzugehen, dorthin, wo die stimmungsvolle Loungemusik wie jeden Abend den Sonnenuntergang begleitete.

Es gab Küsschen und Umarmungen, und ich versprach der Braut, sie darüber auf dem Laufenden zu halten, welche

Folgen der Brautstrauß nach sich zog, ob die *Verheißung der Liebe* zu einem neuen Kapitel meines Lebens geworden war.

»Wenn die große Liebe bei mir anklopft, melde ich mich«, versprach ich. »Ich habe Julias Nummer, sie wird es als Erste erfahren und euch berichten. Nicht wahr, Julia?«

»So machen wir das. Du darfst dich aber auch gern einfach so mal melden. Wäre schön, wenn wir uns wiedersehen«, erwiderte die Trauzeugin. Nachdem das geklärt war, machte sich das Grüppchen auf zur Milchbar, sodass wir uns endlich unserem Dessert widmen konnten. Das Tiramisu war die köstlichste aller Nachspeisen.

7

Jetzt, als wir zur Ruhe kamen, merkten wir erst, wie erschöpft wir waren. Der Insellauf hatte uns ganz schön geschafft. Nach tiefgründigen Gesprächen stand uns heute nicht mehr der Sinn. Wir wollten nichts weiter, als die Wärme des anderen fühlen und uns das Tiramisu auf der Zunge zergehen zu lassen. Die Sonne schenkte uns die letzten Strahlen, die auf der Nordsee wie tanzende Lichter aussahen.

»Ich glaube, ich muss bald ins Bett«, sagte ich zu Hannes, der unsere Gläser noch einmal nachfüllte. »Ich bin so müde und fühle mich ganz schwer. Lass uns zurückgehen, schließlich will ich morgen fit sein für die kürzeste Nacht des Jahres.«

»Das ist bei mir nicht anders«, sagte er mit einem unterdrückten Gähnen. »Hast du schon was vor oder wollen wir die Sommersonnenwende zusammen feiern?« Als er mir mein Glas reichte, sah er mich mit einem Blick an, der mir eine Gänsehaut über den Rücken jagte. »Kommt dein Alex dich vielleicht noch besuchen, dein Idiot?« Um Hannes' Augen zeigten sich Lachfältchen, dennoch war seine Frage durchaus ernst gemeint.

»Nein. Mit dem ist nicht zu rechnen, der ist very busy. Nicht mal für meinen Geburtstag hat er sich einen Tag freigehalten«, brummelte ich und gestand, dass mich das ärgerte.

»Ist das der einzige Grund, weshalb du ihn einen Idioten schimpfst?«

»Nun hör doch mal auf, ihn als Idiot abzustempeln. Das ist er nicht. Ich hatte ein Selbstgespräch geführt, als mir das rausgerutscht ist und diese Gretje das aufgeschnappt hat. Das war definitiv nicht für ihre Ohren bestimmt.«

»Entschuldige, ich wollte dir nicht zu nahe treten.«

»Auch wenn ich mich manchmal über ihn ärgere, heißt das noch lange nicht, dass er ein mieser Typ ist und ich ihn nicht mag.«

»Wahrscheinlich bin ich auch so ein Idiot, der vor lauter Arbeit vieles vernachlässigt hat«, sagte Hannes nachdenklich. »Ich war immer sehr beschäftigt. Mein Privatleben, meine Beziehungen und die Liebe sind dabei auf der Strecke geblieben. Meine Kinder werfen mir heute noch vor, dass sie ihren Vater viel zu wenig gesehen haben.«

»Und deine Frau? Wie hat sie das ausgehalten?«

»Wir sind schon lange geschieden«, sagte er leise und fing an, von seinem Sohn zu erzählen, der in der Schweiz lebte, und von seiner Tochter, zu der er ein engeres Verhältnis hatte. Über seine Frau und was zur Trennung führte, wollte er allem Anschein nach nicht reden.

»Bist du auch schon Großvater?«, fragte ich und konnte es nicht lassen, ihm Babyfotos von der kleinen Tilda zu zeigen, was meine Tochter bestimmt unmöglich fand, sollte sie jemals davon erfahren. Wenn meine Enkelin mich anlächelte, was die Kleine immer machte, wenn sie mich sah, ging mir das Herz auf. Ich würde sie gern öfter sehen, aber es passte immer nur an den Wochenenden oder an den Montagen, an denen mein Salon geschlossen war. »Ich könnte es nicht ertragen, wenn mein Enkelkind eines Tages sagt, Oma ist immer nur zu Geburtstagen und zu Weihnachten vorbeigekommen. Ich muss mir unbedingt was einfallen lassen, damit ich mehr Zeit für die Lüttje habe. Wenn ich nur wüsste, wie.«

»Das Zeitproblem kenne ich sehr gut. Ständig ist etwas, um das man sich kümmern oder das man eben noch schnell erledigen soll, und schon ist wieder ein Tag zu Ende«, sagte Hannes. »Enkelkinder habe ich leider noch nicht. Aber ich hätte gern welche. Nur, darauf habe ich keinen Einfluss.«

»Ich kann mir dich gut als Opa vorstellen«, sagte ich, doch er war noch völlig in seiner Gedankenwelt und redete leise weiter. Obwohl wir vorhin noch so müde gewesen waren, saßen wir jetzt immer noch hier und vertrauten uns unsere Wünsche und Sehnsüchte an. »Ich denke, das ist der Preis dafür, wenn man selbständig ist und mit Herzblut, Leidenschaft und Freude seine Arbeit macht. Mein Handwerk und meinen kleinen, feinen Salon liebe ich, davon habe ich immer geträumt, er ist ein Teil von mir. Kannst du das verstehen, Hannes?«

Er nickte und hielt die ganze Zeit über meine Hand. »Ich bin echt stolz darauf, mir das ganz allein aufgebaut zu haben.« Ich hob mein Glas, in dem kaum noch etwas war, und stieß mit dem letzten Tropfen mit Hannes an. »Auf unsere *Meerzeit*.«

»*Meerzeit* mit zwei E oder das andere?«, fragte er schmunzelnd. Er hatte meine Wortspielerei sofort verstanden, anscheinend hatten wir beide einen Sinn dafür und einen ähnlichen Humor. Mit Alex funktionierte das auch sehr gut, ohnehin teilten wir oft eine Meinung. Am Anfang unserer Beziehung, als wir uns ineinander verliebten, war das so, doch heute konnte ich ihm nicht immer folgen. Wenn wir uns trafen, kam Alex fast immer zu mir. Er meinte, es fiele ihm bei mir leichter, für eine Weile abzuschalten. Er liebte meine selbst gebackenen Kuchen und dass ich gut zuhören konnte. Ich hegte den leisen Verdacht, dass er nur noch vorbeischaute, weil es am Wochenende immer Kuchen oder Torte bei mir gab. Oder aber, weil er die Haare schön haben wollte oder hoffte, seinen Stress durch Sex und Kuscheln abbauen zu können. Genau in der Reihenfolge, nicht anders. Wenn es nach mir ginge, hätte er öfter gestresst sein können, dann ging es im Bett heiß her und ich hatte immer noch verdammt viel Lust auf das innige Miteinander.

»Hey Mareike, woran denkst du gerade? Hast du gehört, was ich gesagt habe?« Hannes sah mich nachdenklich an, nur gut, dass er keine Gedanken lesen konnte.

»Entschuldige, ich war gedanklich gerade ganz woanders«, sagte ich und hoffte, dass er nicht weiter nachfragte. Ich hob noch einmal mein Glas und kuschelte mich an ihn. »Auf unsere *Meerzeit*, mit zwei E«, wiederholte ich. »Leider ist sie viel zu kurz. Ich könnte gut noch eine Woche dranhängen.«

»Ich auch«, sagte er leise und rückte auch noch einen Zentimeter näher. »Aber ich muss am Dienstag zurück aufs Festland, zu einem Termin nach München und weiter in die Schweiz, zu meinem Sohn. Wir sollten die gemeinsame Zeit genießen, so gut es geht.«

»Ja. Lass uns den Alltag vergessen, der hat uns schnell genug wieder.«

»Soll ich dir meinen Geheimtipp verraten, wie man den Alltag am besten ausblenden kann?«, fragte er mit einem jungenhaften Grinsen, das mich neugierig machte.

»Ja, bitte. Verrätst du ihn mir?«

»Sehr gern. Komm her, ich flüstere ihn dir ins Ohr.« Er sprach ganz leise, legte seine Hand an meine Wange, streichelte zart meinen Nacken und fuhr mit den Fingern in mein Haar, als er mir zuflüsterte: »Küssen hilft gegen das Grau des

Alltags. Küssen. Du hast doch nichts dagegen einzuwenden, wenn ich es dir zeige?«

Völlig überrascht ließ ich es geschehen. Seine warmen, weichen Lippen berührten zärtlich meinen Mund, unsere Nasen stupsten aneinander, ich atmete seine Luft und blickte in Augen, in denen unglaublich viel Wärme lag. Seine Hände umschlossen mein Gesicht, als wollten sie es vor dem kühlen Nachtwind schützen. Diese liebevolle Geste berührte mich so tief, dass mir beinahe die Tränen kamen. Bei ihm war ich in guten Händen, das spürte ich in dem Moment.

»Küssen hilft«, hauchte ich und erwiderte seinen Kuss mit der gleichen Zärtlichkeit. Innerlich bebte ich, als unsere Zungen sich liebkosten und immer intensiver und leidenschaftlicher miteinander spielten. Mir war auch nicht mehr kalt, im Gegenteil, ich glühte. Mit meinen sporadischen Hormonschwankungen hatte das nichts zu tun.

»Darauf sollten wir noch einmal anstoßen. Auf das Küssen!«

»Auf das Küssen! Und auf die Küsse, die das Leben uns noch schenkt.«

»Komm, lass uns küssen, lass uns küssen, lass uns küssen hier am Meer«, stimmte Hannes nur für mich einen Song von Westernhagen an.

Leise summte ich mit, dann änderte ich den Refrain und sang: »Komm, lass uns gehen, lass uns gehen, lass uns gehen, in unser Bett.«

Ich hatte mir nichts dabei gedacht, aber dann fiel mir auf, dass man das eindeutig falsch verstehen konnte. Erklärend fügte ich hinzu, dass es keine Aufforderung für eine gemeinsame Nacht sein sollte, sondern dass ich meinte, jeder würde in sein Bett gehen.

»Ja, lass uns gehen, jeder in sein eigenes Bett«, wiederholte Hannes, streckte sich, legte die Decke ordentlich zusammen und half mir, unsere Sachen einzupacken. Vorschriftsmäßig verschlossen wir den Strandkorb, lehnten uns noch einmal an ihn und zeigten dem blau-weiß Gestreiften, wie gut er zum Küssen geeignet war.

Hannes begleitete mich noch bis zu meiner Villa. Auf der roten Bank am Haus setzten wir uns, es fiel uns unheimlich schwer, uns nach dem aufregenden Tag zu trennen. Wieder nahmen wir uns in die Arme und küssten uns ein letztes Mal zum Abschied. Nun war es wirklich Zeit, ins Bett zu gehen. Müde und aufgewühlt zugleich schloss ich die Tür auf und hüpfte leise summend die Treppe hoch zu meinem Apartment.

Am nächsten Tag wollten wir uns wiedersehen, wann und wo stand noch nicht fest, aber dass ich meine Friseurschere mitbringen sollte, war Fakt. Hannes glaubte fest daran, dass der Tag der Sommersonnenwende der ideale Zeitpunkt für einen neuen Haarschnitt wäre. Wann und wo er die Bekanntschaft mit meiner Schere machen wollte, stand zwar noch in den Sternen, aber in meinem Kopf entwickelte sich schon eine Idee, wie ich dem attraktiven Endsechziger zu einem noch feineren Profil verhelfen konnte.

Mein Spiegelbild zwinkerte mir zu, als ich im Bad meine Augencreme auftrug, immer noch lächelnd. Ich konnte kaum glauben, dass ich zwei Tage vor meinem sechzigsten Geburtstag mit einem Mann geknutscht hatte, den ich erst seit einem Tag kannte. Der Zehn-Kilometer-Lauf musste mich wohl mit Glückshormonen überschüttet und meinen inneren Controller außer Gefecht gesetzt haben, er konnte nichts dagegen ausrichten. Meine Welt stand Kopf, und mir war schwindelig von meinen unverhofft auflodernden Gefühlen.

8

Zum Frühstück im Wintergarten meiner Villa bestellte ich mir ein großes Kännchen Kaffee zum Wachwerden. Ich hatte lange geschlafen, nachdem ich trotz unbeschreiblicher Müdigkeit nicht sofort hatte einschlafen können. Die letzten beiden Tage liefen wie eine Fernsehserie an mir vorbei, nach der man süchtig wurde und nicht abschalten konnte.

Die Frühstücksfee plauderte ein wenig mit mir und legte das Inselblättchen, den *Nomo*, neben meinen Teller. Im *Norderneyer Morgen* fand man die Veranstaltungen des Tages. Ich überflog sie mit einem Blick und konnte mich noch nicht für etwas entscheiden.

»Danke«, sagte ich zu ihr. »Wahrscheinlich werde ich bei dem schönen Wetter einen ausgiebigen Strandspaziergang machen«, erzählte ich und dachte daran, Herzen in den Sand zu malen und mit Muscheln zu verzieren oder eine Flaschenpost auf die Reise zu schicken. Die Rotweinflasche der letzten Nacht lag noch in meinem Zimmer. Je länger ich darüber nachdachte, umso stärker wurde der Wunsch in mir, das Geheimnis gegen das Grau des Alltags auf diese Weise in die Welt hinauszuschicken. »Gibt es eigentlich zur Sommersonnenwende irgendwelche Veranstaltungen, die besonders interessant sind? Oder gibt es alte Inselbräuche und Traditionen?«, wollte ich wissen.

Das konnte die Gute leider nicht beantworten, aber mit der Frage hatte ich bei den anderen Gästen eine rege Unterhaltung ausgelöst, die jedoch meine Neugier nicht befriedigte. Das Inselblättchen schwieg sich ebenfalls drüber aus. Wahrscheinlich gab es nur Insidertipps, die nicht bekannt werden sollten. Als die Chefin den Raum betrat und uns einen guten Morgen und einen wunderbaren Tag wünschte, fragte ich sie, schließlich war sie eine echte Insulanerin. Wenn es einer wissen konnte, dann sie.

»Das kommt drauf an, was man möchte. In den Tanzklubs wird durchgefeiert bis zum Morgengrauen. Aber das muss man mögen.« Sie sah mich an, als wollte sie einschätzen, ob ich eine Tanzmaus war. »Nein, ich glaube nicht, dass Sie so etwas meinen.«

»Nee. Ich dachte an etwas Nettes am Strand. Mit einer Feuerschale und vielleicht Musik oder Yoga.«

Beim Stichwort *Yoga* meldete sich eine Frau im Frühstücksraum, die von einer Veranstaltung mit dem schönen Namen *Sonnengruß zum Sonnenuntergang* gehört hatte. »Jeder kann mitmachen«, sagte sie und zeigte mir den Veranstaltungshinweis auf ihrem Handy. »Man trifft sich eine halbe Stunde vorm Sunset. Ich gehe da auch hin. Vielleicht sieht man sich ja.«

»Schau'n wir mal«, sagte ich, nahm noch einen letzten Schluck Kaffee und zog dann los zu meinem Morgenspaziergang, der mir zu einer lieben Gewohnheit geworden war und zu meinen Norderneyritualen gehörte. Nach dem Frühstück konnte mich nichts halten, ich musste raus, mich ein bisschen bewegen, die Wetterlage checken und mir den Wind um die Nase wehen lassen.

Als ich am Inselbäcker vorbeikam, taten mir die Wartenden leid, die in einer langen Schlange bis auf die Straße anstanden, um sich knusprige Brötchen zu holen. Wie gut, dass ich mich morgens um nichts kümmern musste und mich an einen gedeckten Tisch setzen konnte. Ich stieg die Treppenstufen zur Marienhöhe hinauf, allerdings nicht so schnell, wie ich es gewohnt war. Mein gestriger Lauf machte sich schmerzhaft in meinen Muskeln bemerkbar. Morgen würde es richtig heftig werden, damit rechnete ich.

Von dem historischen Gebäude aus sah ich auf die vor mir liegende Nordsee, die in der Morgensonne matt glänzte, wie flüssiges Blei, an das ich mich noch vom Bleigießen in den Silvesternächten meiner Kindheit erinnerte. Ein Fährschiff hob sich weiß von den Blaugrautönen ab, es tuckerte auf die Insel zu. Radfahrer fuhren über die Promenade, auf der es noch recht ruhig zuging. Als ich die Anhöhe wieder hinunterstiefelte, machte sich der Muskelkater echt fies bemerkbar. An meinem Geburtstag musste ich also damit rechnen, langsam und gebückt, mit schmerzverzerrtem Gesicht durch die Gegend zu schleichen, wie eine alte Frau. Ich lachte laut auf bei der Vorstellung, straffte meine Schultern und ignorierte den Muskelkater. Aus der Apotheke würde ich mir ein Wundergel besorgen, um vor Hannes und dem Rest der Welt nicht älter auszusehen, als ich war.

Unten wieder angekommen, nahm ich den Weg, der an der Milchbar vorbei zu meinem Strandkorb führte. Dummerweise hatte ich den Schlüssel nicht eingesteckt und auch kein Geld dabei. Mit schönen Gedanken an Strandkorbküsse ging ich wieder zurück zu meiner Pension, schnappte mir meinen Rucksack und machte noch ein paar Besorgungen.

Nachdem das erledigt war, bereitete ich mich auf einen ausgiebigen Strandtag vor. Mit einer Sonnencreme mit Anti-Aging-Wirkung und mit Lichtschutzfaktor fünfzig plus cremte ich mich großzügig ein. Ich setzte meine Sonnenbrille und mein neues Sonnenhütchen auf, außerdem packte ich Verpflegung und ein buntes Strandlaken ein. Fertig. Ich schaute noch einmal auf mein Handy und freute mich, als ich Hannes' Nachricht las, die schon vor einer halben Stunde eingetroffen war. Mein Herz hüpfte aus dem Takt, als ich sie öffnete. Wie verrückt war das denn bitte schön? Ich wurde sechzig und ich hatte Kribbeln im Bauch wie ein frischver-liebter Teenager.

Natürlich musste ich lachen bei seinen Worten und fand es sehr tröstlich, dass es ihm auch nicht besser ging als mir.

Nun konnte ich in aller Ruhe genau das tun, wozu ich Lust hatte und was ich mir von dieser Auszeit erhoffte. Nämlich, an nichts denken zu müssen, nichts tun zu müssen, keine Wünsche erfüllen zu müssen. Ich wollte nichts anderes tun, als einen Schritt vor den anderen zu setzen, stehen zu bleiben, wenn mir danach war, und auf die Linie am Horizont oder die weiße Gischt am Meeressaum zu schauen. Muscheln sammeln, fotografieren und verrückte Dinge tun. Ich wollte den Möwen zuschauen, wie sie wie angewurzelt auf den Buhnen hockten oder majestätisch durch den Sand staksten, den Drachen im Wind folgen und dem Rauschen, Klatschen und Säuseln des Meeres lauschen. Ich hatte nichts anderes im Sinn, als meine *Meerzeit* zu genießen und Hannes heute Abend davon zu erzählen. Der Tag gehörte mir. Ich war voller Vorfreude auf das, was am längsten Tag und in der kürzesten Nacht des Jahres auf mich zukommen würde.

Mehr als fünfundzwanzigtausend Schritte zeigte meine Laufapp abends an, über fünfzig Fotos hatte ich geschossen und mein Beutel war voller Muscheln, Schneckenhäuser und sonstigem Strandgut, das ich gesammelt hatte. Mit einer scharfkantigen Muschel hatte ich Herzen in den Sand gezeichnet und sie mit Datum versehen. Ich hatte Herzen aus Muscheln zusammengelegt und Menschen, die ich nicht kannte, einen schönen Tag oder ein schönes Leben gewünscht. Manchmal war ich stehen geblieben für einen Schnack oder um jemanden um den Gefallen zu bitten, ein Foto von mir zu machen. Meine Freundinnen und Alex wollte ich schließlich daran teilhaben lassen. Alex sollte sich richtig darüber ärgern, dass er nicht mitgekommen war. Wenn man unbedingt etwas will, dann findet sich immer ein Weg, dachte ich mit einem stillen Groll auf meinen langjährigen Freund.

Klar, es wäre mit etwas Aufwand verbunden gewesen, Alex hätte mit seinen Geschäftspartnern über einen neuen Termin verhandeln müssen. Aber, mein Gott nochmal, mein Geburtsdatum kannte er und er wusste auch, auf welchen Wochentag mein Sechzigster fiel.

»Idiot!«, schimpfte ich laut. Hier am Strand hörte mich niemand, hier konnte ich ihm alles an den Kopf werfen, was in mir brodelte. Nachdem das raus war, kehrte Frieden in mir ein, mein Kopf schaltete ab und mein Herz und meine Seele standen voll auf Empfang. Ich machte mich bereit für die Sechs und die Null. Eine Kundin im Salon hatte mal einen echt originellen Spruch gebracht: »Was ist schon sechzig? Eine Sechs und eine Null, mehr nicht. Und wenn man die Sechs wie Sex ausspricht und die Null als eine runde Sache betrachtet, dann kommt doch eine verdammt geile Zeit auf uns zu.« Komisch, dass es mir ausgerechnet hier und heute wieder einfiel. Ob ich es riskieren konnte, es Hannes zu erzählen? Oder wäre das zu viel des Guten? Womöglich eine Einladung zum Sex? Ich wollte es drauf ankommen lassen. Wenn die Situation es erlaubte, würde ich diesen kleinen Joke zum Besten geben. Andernfalls würde ich die Klappe halten.

9

Für mein Date auf der Rooftop-Bar putzte ich mich mit den wenigen Sachen in meinem Koffer bestmöglich heraus. Ich krempelte meine Jeans bis zu den Knöcheln hoch, zog ein schlichtes, weißes Shirt an und legte einen Pulli über meine Schultern. Fertig. Ich sah gut aus und freute mich auf den besonderen Abend.

Von der roten Bank vor meiner Villa aus schrieb ich:

> Bist du schon auf dem Dach oder soll ich an deiner Zimmertür anklopfen?

> Bin in fünf Minuten bei dir.

Als ich die Nachricht schon abgeschickt hatte und auf dem Weg zu ihm war, fiel mir ein, dass ich meine Schere im Apartment vergessen hatte. Schnell flitzte ich zurück, steckte sie ein und dazu das Mini-Taschensortiment an Aromadüften.

> Ja, Mareike, ich bin oben und freu mich auf dich.

Ich las seine Antwort und ging noch einen Schritt schneller. Ob es nur daran lag, dass mein Herz wie verrückt klopfte, konnte ich nicht sagen. Als ich in den Aufzug stieg und den obersten Knopf drückte, fühlte ich mich so jung und abenteuerlustig wie schon lange nicht mehr. Mein Puls raste, ganz im Gegensatz zu dem Lift, der in einem entschleunigten Tempo von Etage zu Etage nach oben fuhr. Es dauerte ewig, bis er im Dachgeschoss ankam.

Von der Tür aus spähte ich um die Ecke und sah Hannes mit dem Rücken mir zugewandt am Geländer stehen. Er machte den Eindruck, als wäre er völlig versunken in den Ausblick hier oben. Auf Zehenspitzen schlich ich mich an, doch just in dem Moment, als ich ihm die Hände vor die Augen halten wollte, drehte er sich um.

»Hey«, sagte ich und legte ihm eine Hand in den Nacken. »Da bin ich. Es kann losgehen, ich bin bereit, die Sonnenwende und das Licht zu feiern.«

»Hey«, sagte auch er, nahm mich in die Arme und küsste mich leicht auf den Mund. »Ich bin auch bereit. Es ist so herrlich, dass wir jetzt hier stehen und gemeinsam den Abend genießen wollen. Magst du einen Prosecco? Zur Einstimmung auf den Mittsommer?«

»Lieber nicht«, wehrte ich ab und brachte Hannes mit meiner Antwort ein kleines bisschen aus der Fassung. Seine Augenbraue zuckte, fragend sah er mich an, bis ich ihn erlöste und ihn in meine Tasche schauen ließ, aus der ihn meine Friseurschere im Sonnenlicht anblitzte.

»Ach, deshalb! Ich habe schon befürchtet, es geht dir nicht gut.« Er nahm die Schere kurz heraus und ließ sie auf- und zuschnippen.

»Hast du gewusst, dass die Mittsommernacht symbolhaft für Reinigung und Erneuerung steht?«, fragte ich, da ich im Internet recherchiert hatte, das höchst spannende Informationen hergab. »In manchen Kulturen springt man zum

Beispiel übers Feuer oder man verbrennt Altes aus dem vergangenen Jahr, um Platz für etwas Neues zu schaffen.«

»Du kennst dich ja gut aus. Darf man deshalb vor Sonnenuntergang keinen Alkohol trinken?«, fragte er belustigt. Ich war mir nicht sicher, ob er die Frage ernst meinte oder ob er mich auf den Arm nahm.

»Davon habe ich nichts gelesen«, erwiderte ich amüsiert und erinnerte ihn an seinen Wunsch nach Erneuerung. Ich nahm ihm meine Schere aus der Hand, schnippte noch einmal damit und wiederholte seine Worte. »Heute ist der perfekte Tag für einen neuen Haarschnitt, und den sollst du auch bekommen.«

»Oh je. Hätte ich bloß nichts gesagt.«

»Wenn es gelingt und du zufrieden bist mit der neuen Frisur, dann trinke ich gern mit dir einen Prosecco. Aber wenn ich jetzt schon am Alkohol nippe, kann es sein, dass mir die Schere ausrutscht und du sauer auf mich bist«, gab ich zu bedenken.

»Hier oben willst du aber nicht Hand anlegen, oder?« Hannes fuhr sich durchs Haar, als wollte er überprüfen, ob noch alles gut saß.

»Wenn kein Lüftchen wehen würde, könnte ich es riskieren. Vorausgesetzt, dich nerven die Kommentare der anderen Gäste nicht.«

»Das würde mich kaum stören. Aber es ist ja nicht windstill«, sagte er. »Ich denke, wir gehen besser zu mir aufs Zimmer und fangen mit dem Ritual der Erneuerung an.« Hannes zwinkerte mir zu. Hand in Hand verließen wir die Dachterrasse. Ich war angespannt wie bei meinem allerersten Date, als wir die Treppen zu ihm hinuntergingen.

Hannes war genauso nervös wie ich, sonst wäre er nicht dreimal wieder aufgestanden, als ich ihn aufgefordert hatte, sich zu setzen und die Augen zu schließen. Als er so weit war und endlich stillsaß und ruhig wurde, legte ich meine Hände leicht auf seine Schultern und führte sie sachte hinauf zu seinem Nacken. Ein leises Zittern durchlief ihn, und auf meine Frage nach einer entspannenden Kopfmassage antwortete er mit einem wohligen Schnurren. Nichts anderes hatte ich erwartet.

Bevor es losging, ließ ich ihn an meinen aromatischen Düften schnuppern, die symbolisch für die sieben Chakren standen. Spontan wählte er den Duft des Herzchakras aus.

»Und was bedeutet das jetzt?«, murmelte er.

»Psst. Nichts sagen jetzt. Später.«

Ich versprühte den Duft über seinem Kopf und hüllte ihn in den feinen Nebel des ätherischen Aromas. Ganz leicht legte ich meine Hände auf seine Schultern und spürte, dass sie jetzt lockerer und gelöster waren als vor ein paar Minuten. Beim sanften Kneten und Streichen der Partie konnte ich sehr schön die Muskeln unter seinem leichten Shirt fühlen. Sie waren weich und entspannt. Hannes war offen für diese neue Erfahrung und überließ sich meinen Händen. Mit den Finger-kuppen strich ich über seinen Nacken nach oben bis zu seinem Haaransatz. Die feinen Härchen richteten sich auf bei der Berührung, und er gab ein leises Stöhnen von sich.

Mit allen zehn Fingern verwöhnte ich seine Kopfhaut, verweilte an seinem Scheitelpunkt, ehe ich mich seiner Stirn näherte und meine Handflächen für ein paar Sekunden auf seinen Schläfen ruhen ließ. Als ich seine Ohrmuscheln knetete, entfuhr ihm ein heiseres Stöhnen, jedoch sagte er kein Wort. Eine Verwöhnmassage vor dem Haarschnitt war meine Spezialität, meine Kunden liebten mich dafür. Noch nie hatte einer darauf verzichtet. Einige Kunden kamen nur deshalb in meinen Salon, behaupteten sie.

Während ich, versunken in meine Tätigkeit, Hannes' Kopf und Schultern behandelte, fiel mein Blick unwillkürlich auf seine Füße, die fest auf dem Boden standen. Nackt. Etwas durchzuckte mich bei diesem Anblick, von dem ich mich kaum lösen konnte. Er hatte unglaublich schöne Füße und einen ebenso schönen und gut geformten Hinterkopf.

Wir sprachen nicht, wir hörten nur unseren eigenen Atem, gleichmäßig und synchron. Es war ein Geben und Nehmen, ein Moment, in dem die Zeit stillstand. Zum Abschluss legte ich meine Hände wieder auf seine Schultern und ließ sie dort mit einem tiefen Ausatmen ruhen.

»Fertig«, sagte ich und berührte mit meinen Lippen seinen Nacken. »Danke«, flüsterte ich an seinem Ohr.

»Wofür?«

»Dafür, dass du es so annehmen konntest. Dass du dich darauf eingelassen hast.«

»Und ich danke dir, liebe Mareike«, sagte Hannes, immer noch in anderen Sphären schwebend. Er wirkte völlig entrückt, seine Gesichtszüge waren weich und entspannt. »War das schön«, flüsterte er.

»Es war mir eine Freude, dich zu verwöhnen«, erwiderte ich mit dem Spiegel in der Hand. »Schau mal, wie wild und verwegen du jetzt aussiehst.«

Er nahm ihn mir ab und grinste im Kreis, als er seine Haarpracht sah, die nach allen Seiten abstand.

»Ich weiß gar nicht, was du an meiner Frisur noch ändern willst. Ich finde, das steht mir. Ich sehe super aus, so wie ich bin.«

Ich nickte und legte ihm ein großes Handtuch um die Schultern. »Das war erst der Anfang. Nun geht's richtig los«, sagte ich, nahm meine Schere aus dem Etui, klapperte einmal damit und bat ihn, wieder die Augen zu schließen.

»Ich vertraue dir«, sagte mein Model. »Schneid es so, wie du es gut findest.«

»Wirklich? Du lässt mir freie Hand?«, vergewisserte ich mich.

»Ja, ich lasse dir freie Hand. Mach mit mir, was du willst.«

Hilfe! Den Satz hätte er besser nicht sagen sollen, der richtete ein völliges Durcheinander in meinem Kopf an. *Mach mit mir, was du willst!* Meine Güte, was mir bei diesem Spruch alles einfiel. Lauter schöne Dinge, die zwei Menschen miteinander tun konnten, die ich mich aber nicht traute. Ich zweifelte daran, ob ich es richtig, ob ich es gut machen würde.

Ich versuchte, nicht daran zu denken, und tat das, was ich seit Jahren tagtäglich machte und zwar richtig gut. Strähne für Strähne schnitt ich die Spitzen seines Haars. An den Seiten etwas kürzer, das schmeichelte seinem Profil. Auf dem Oberkopf ließ ich das Haar länger und arbeitete seine Naturwelle heraus. Seine Haare im Nacken schnitt ich so kurz, wie es mir ohne Rasierer möglich war. Hannes sagte währenddessen kein einziges Wort, noch immer hielt er seine Augen geschlossen. Als ich mit meinem Werk zufrieden war, legte ich ihm die Hände auf die Augen und schmiegte mich an ihn. Mit einem Nackenkuss erweckte ich ihn wieder zum Leben und ließ ihn in den Spiegel schauen.

»So. Ich bin fertig mit dir«, sagte ich mit einem Augenzwinkern.

Hannes fuhr sich mit beiden Händen durchs Haar, verwuschelte es und sah seinem Spiegelbild zufrieden und selbstbewusst entgegen. »Das ist also die Frisur für einen Neuanfang«, war sein Kommentar. »Es macht mich jünger, nicht wahr?« Er drehte den Kopf, schaute von allen Seiten und war sichtlich zufrieden. »Dann sollten wir uns das mal bei Tageslicht ansehen und einen Prosecco darauf trinken.«

»Das machen wir«, sagte ich, wischte meine Schere ab und packte sie wieder gut weg. »Lass uns den Neuanfang feiern.«

»Danke, Mareike.« Hannes legte seine Arme um mich und küsste mich so, wie am Abend zuvor. Voller Zärtlichkeit und Verlangen. »Du hast etwas mit mir gemacht, das war … Ich weiß gar nicht, wie ich es beschreiben soll, das war seltsam magisch. Ich habe jeden Moment genossen. Zeig mir mal deine Hände.«

Ich hielt sie ihm hin, etwas Magisches konnte ich an ihnen nicht entdecken, doch Hannes sah das anders. Er küsste jeden einzelnen Finger und liebkoste sie mit den Lippen. Seine Zärtlichkeiten entfachten ein Feuer in mir, eine Leidenschaft, von der ich nicht wusste, wohin sie mich führen würde.

»Komm mit, du wunderbares Weib, lass uns feiern«, sagte er und gab meinen kleinen Finger frei.

»Wunderbares Weib?«, wiederholte ich irritiert. »Das hat noch keiner zu mir gesagt.«

»Oh. Das ist nicht abwertend gemeint. Im Gegenteil. Du bist eine wunderbare Frau, du strahlst auf natürliche Weise eine wahnsinnig erotische Weiblichkeit aus. Mareike, du bist ein Wunderweib. Du steckst voller Wunder und ich würde sie gern mit dir entdecken.«

Wieder legte er den Arm um mich, und bevor wir meiner angeblich erotischen Ausstrahlung näher auf den Grund gingen, nahmen wir die Stufen nach oben, bis auf das Sonnendeck des Hotels. Wir waren angeheitert, auch ohne Prosecco, doch ein Gläschen wollten wir uns gönnen, bevor wir zum Strand gehen würden.

Es war diesig geworden, als wir uns aufmachten, nach Feuerschalen, *Sonnengruß am Strand* oder ähnlichen Feierlichkeiten Ausschau zu halten. Der leichte Dunst schreckte uns nicht ab, wir liefen händchenhaltend in Richtung Nordstrand, jeder seinen eigenen Gedanken nachhängend. Nach einer Weile fragte Hannes nach meinem Beziehungsstatus, nach Alex, nach dem Idioten, über den wir am Tag zuvor hinweggekommen waren.

»Seid ihr schon lange zusammen?«, wollte er wissen.

»Wie man's nimmt«, sagte ich. »Wir haben uns vor zehn Jahren kennengelernt.«

»Und es hat gleich gefunkt und dann seid ihr zusammengezogen?«

»Gefunkt, ja. Aber wir sind nicht zusammengezogen. Wir haben immer noch jeder seine eigene Wohnung«, erzählte ich bereitwillig. »Wir haben eine Beziehung auf Distanz, das funktioniert gut. Alex und ich wohnen nicht einmal in derselben Stadt.«

»Dann ist es also eine Wochenendbeziehung. Oder wie muss ich mir das vorstellen?«

»Ach Hannes, du stellst vielleicht mal Fragen. Wie ist es denn bei dir? Du hast doch bestimmt auch eine feste Freundin? Eine Beziehung?«

»Nicht ablenken«, erwiderte er. »Wir sind noch bei dir.«

»Oh Mann! Du bist vielleicht mal hartnäckig.«

»Ja. Schließlich muss ich doch wissen, wie es um die Frau steht, die mich verzaubert hat. Ich möchte dich kennenlernen, nicht nur oberflächlich.«

»Das sagst ausgerechnet du«, rutschte es mir raus. Julias Worte waren mir wieder in den Sinn gekommen.

»Wie meinst du das denn? Ausgerechnet ich?«, sprang er auch gleich darauf an.

»Ich habe gehört, du bist nicht beziehungsfähig. Und nun sagst ausgerechnet du, dass du mich nicht nur oberflächlich kennenlernen willst. Das passt nicht zusammen.«

»Wer hat dir das denn erzählt?«

»Julia«, gestand ich. »Ist es denn nicht so?«

»Ach Mareike.« Er seufzte. »Ich bin schwierig, wenn es um Beziehungen geht. Julia kennt mich recht gut und wenn ich gefragt werde, warum ich keine feste Freundin habe oder ob ich nicht noch einmal heiraten will, ist das meine Standardantwort.« Hannes blieb stehen und sah mich traurig an. Es fiel ihm schwer, darüber zu reden.

»Okay, ich erzähle dir mehr von Alex und mir. Aber danach bist du dran, denn ich möchte dich auch kennenlernen und habe kein Interesse an einem Abenteuer oder einer Affäre.«

»Upps. Das sind klare Worte«, bemerkte er und sah zum Himmel. Inzwischen waren wir ein ganzes Stück gelaufen, das letzte Strandlokal lag weit hinter uns. »Ich glaube, das wird heute nichts mehr mit einem grandiosen Sonnenuntergang.«

Mir war nicht aufgefallen, dass sich das Wetter geändert

hatte, so sehr waren wir ins Gespräch vertieft gewesen. Doch als ich mich jetzt umsah, erschrak ich. Es war nicht nur ein bisschen diesig, es hatte sich wie aus dem Nichts zugezogen, von den Strandlokalen war nichts mehr zu sehen und auch das Kreuz auf der Georgshöhe konnte man nur noch schemenhaft erkennen.

»Wir sollten umkehren«, sagte ich ängstlich. »Das ist die wilde Katze.« Meine innere Stimme mahnte zur Umkehr. »*Wilde Katze* sagen die Insulaner, wenn plötzlicher Seenebel auftritt«, erklärte ich Hannes, der sich über meine Wortwahl ausschütten wollte vor Lachen.

»Der Nebel löst sich bestimmt gleich wieder auf.« Er lachte, er hielt meine Sorge für übertrieben. »Hast du Angst?«

»Angst ist vielleicht nicht das richtige Wort. Ich habe Respekt vor den Naturgewalten am Meer. Ich fahre seit Jahren hierher und ich glaube, ich kann das ganz gut einschätzen. Auch wenn ich manchmal leichtsinnig bin, in diesem Fall lasse ich nicht mit mir verhandeln. Also Hannes, lass uns zurückgehen.«

Ich fröstelte, die Nebelsuppe kroch mir in die Klamotten, durchfeuchtete mich bis auf die Haut. Hätte ich bloß eine Jacke mit Kapuze mitgenommen! Aber wer konnte auch ahnen, dass das Wetter uns einen Streich spielen würde.

Wie ein bockiger Esel stand Hannes immer noch an derselben Stelle, und ich fragte mich langsam, ob er den Superhelden spielen wollte. In seinem Alter war das unpassend.

»Nun komm schon. Wir müssen uns nichts beweisen, und du bist auch so mein Held«, sagte ich, nahm seine Hand und marschierte energisch in die Richtung, in der ich die Strandpromenade vermutete. Zu sehen war davon nichts mehr.

»Mist«, stieß er hervor. »Du hast wohl recht. Man sieht nicht mal mehr die Hand vor Augen und arschkalt ist es auch.« Hannes schaltete die Taschenlampe seines Handys ein. Die kleine Funzel konnte uns aber auch nicht zeigen, wo es langging.

»Wir müssen uns immer links halten«, überlegte ich und stapfte verdrossen durch den feuchten Sand. Jeder Schritt war ein Schritt ins Ungewisse und äußerst beschwerlich. Arm in Arm bewegten wir uns vorwärts, die Augen auf den Boden geheftet.

»Stopp! Da ist ein Strandkorb.« Hannes blieb abrupt stehen, anderenfalls wären wir mit dem Korb zusammengestoßen. Erleichtert atmete ich auf und suchte die Umgebung mit den Augen ab. Schemenhaft konnten wir noch weitere Strandkörbe ausmachen. Wir hatten es geschafft, die Zivilisation hatte uns wieder.

»Ich hatte mich so gefreut auf die Nacht«, grummelte ich und schniefte in mein Taschentuch, das ich die ganze Zeit in der Hand hielt. Meine Nase kam mir vor wie ein tropfender Wasserhahn, als wir uns meinem Strandkorb an der Kaiserwiese näherten. So lange schon hatte ich davon geträumt, einmal dabei zu sein, wenn die Sommersonnenwende auf der Insel gefeiert wurde, und nun so etwas.

»Ich auch«, sagte Hannes zerknirscht. »Vielleicht verzieht sich der Nebel ja genauso schnell, wie er gekommen ist. Kommst du noch mit zu mir, Mareike?«, fragte er hoffnungsvoll.

»Ich muss mir erst mal was Trockenes anziehen, ich bin völlig durchgefroren. Fühl mal, das ist alles ganz klamm und klebt auf der Haut.«

»Du kannst auch bei mir eine schöne Dusche nehmen und die kurze Nacht mit mir verbringen. Was hältst du davon?«

»Vielen Dank für das verlockende Angebot«, erwiderte ich. »Das klingt gut, aber das geht mir alles ein bisschen zu schnell. Hannes, wir kennen uns gerade mal drei Tage.«

Meine Hochstimmung von vorhin war ein Opfer des Nebels geworden. Das war nicht die Antwort, die er erwartet hatte, so, wie er mich jetzt anguckte.

»Ich ziehe es vor, bei mir im Apartment zu duschen, und was Trockenes muss ich auch anziehen. Wenn du magst, komme ich hinterher noch auf ein Stündchen zu dir rüber und wir machen es uns nett«, bot ich an, was Hannes' Miene sofort erhellte.

»Küssen hilft auch gegen Nebelgrau ohne Aussicht«, erwiderte er mit seinem jungenhaften Charme. Ich vermutete, dass er sich mehr davon versprach als die Aussicht auf innige Küsse. Wieder kamen mir Julias Andeutungen in den Sinn, ich war verunsichert. Einerseits fühlte ich mich von Hannes magisch angezogen, andererseits war ich aber auch vorsichtig und erfahren genug, um für einen schönen Abend nicht meine Beziehung aufs Spiel zu setzen. Wenn es so war, wie Julia sagte, dass Hannes Frauen liebte und verehrte, sich aber nicht auf eine Beziehung einlassen konnte, was war ich dann für ihn?

»Mareike, ich will dich zu nichts drängen oder überreden, bitte verstehe das nicht falsch. Ich würde mir nur sehr, sehr doll wünschen, heute Abend noch länger mit dir zusammen zu sein. Du bist so unkompliziert und ehrlich, und ich glaube, wir haben uns noch viel zu erzählen«, sagte er, als könnte er meine Gedanken lesen.

Am Strand war uns der Gesprächsstoff nicht einen Moment ausgegangen, das stimmte. Ich hatte Hannes von meinen Malereien im Sand und der Idee mit der Flaschenpost erzählt, was ihn hatte aufhorchen lassen. Wir hatten viel gelacht und uns geküsst, und dann hatte uns der Nebel überrascht und wir waren suchend umhergeirrt. Die lockere Unterhaltung war dabei auf der Strecke geblieben. Er hatte mir noch nicht mal erzählt, wie er den Tag verbracht hatte.

»Du bist mir noch ein paar Antworten schuldig«, sagte ich leichthin. »Vielleicht können wir dem Nebelgrau zu einem Hauch Rosarot oder etwas Glitzer verhelfen. Aber vorher gehe ich in meine Villa und ziehe mir was anderes an.«

»Bin ich zu früh?«, fragte ich und war schon im Begriff, wieder kehrtzumachen, als Hannes mir in einem flauschigen Bademantel, unter dem seine nackten Waden hervorschauten, die Zimmertür öffnete.

»Ach was«, murmelte er, bat mich herein und sah an sich hinab. »Bin gleich ordentlich angezogen, geht ganz fix.« Er verschwand in das moderne Bad, das nur durch eine Glaswand, geziert von sinnigen Zitaten, vom Wohnraum abgetrennt war. Dahinter unverborgen ließ er den Bademantel fallen und gewährte mir einen Blick auf seine nackte Rückseite. Ich wollte nicht hinschauen, aber es lagen keine Zeitschriften oder Ähnliches herum, was mich abgelenkt hätte, ich hatte keine andere Wahl.

»Ist gewöhnungsbedürftig, diese modernen Bäder, nicht wahr?«, hörte ich aus dem Bad und konnte meinen Blick nicht abwenden, als er in seine Unterhose stieg. »Die sind in diesem Hotel alle so.«

»Komisch, als ich dir die Haare geschnitten habe, ist mir das gar nicht aufgefallen«, sagte ich mehr zu mir selbst. Vor lauter Aufregung musste ich darüber hinweggesehen haben.

»Es stört dich doch hoffentlich nicht?«

»Wenn es dir nichts ausmacht, dass du halb nackt bist«, rief ich flapsig zurück.

»Nee. Macht mir nix aus. Willst du auch noch die andere Hälfte sehen?«, ging er genauso flapsig auf meinen

Kommentar ein. Ich verkniff mir jegliche Äußerung, da ich ihm zutraute, dass er keine Scheu hatte, sich mir ohne alles zu zeigen. »Dann kennst du mich ja schon wieder ein bisschen besser. War es schwer zu ertragen? Also, mich so zu sehen?« Mit einem frechen Grinsen und einem unwiderstehlichen Duft tauchte er in Jeans und Sweater hinter der Duschabtrennung auf. »Ich wäre längst fertig gewesen, wenn ich nicht so lange telefoniert hätte. War keine Absicht, dich in diesem Aufzug zu empfangen.«

»Und das soll ich dir glauben?«

»Ja. Was hast du denn gedacht?« Er versuchte, aus mir herauszukitzeln, was mir durch den Kopf gegangen war, aber das konnte ich ihm unmöglich sagen.

Da es immer noch nicht dunkel war, unternahmen wir einen zweiten Versuch, die Sonnenwende zu feiern. Auch wenn die Sonne sich versteckte.

»Wir könnten am Weststrand gucken, ob die Strandbar noch offen ist«, schlug ich vor. »Ich meine die, wo man so schön bei einem Norderneyer Bier auf der Mauer sitzen kann. Oder meinst du, die haben schon geschlossen?«

Hannes fand die Idee klasse, und da es nicht weit war und man nur auf der Strandpromenade bleiben musste, konnte man sich nicht im Nebel verlaufen.

»Ja, lass uns mal schauen, ob noch was los ist.«

Die Strandbar war offensichtlich der Treffpunkt für all jene, die den Mittsommer feiern wollten. Auf dem Rasen davor hockte ein Typ mit seiner Gitarre und ein paar Meter weiter praktizierten ambitionierte Yogis den Sonnengruß. Alle waren gechillt und gut drauf, es herrschte eine absolut friedlich-fröhliche Stimmung. Als meine Augen sich an das diffuse Licht gewöhnt hatten, glaubte ich, jemanden zu erkennen, der eigentlich nicht hier sein durfte. Ich verdrängte es, aber mein Blick wanderte immer wieder zu dem Mann. Ich muss mich täuschen, redete ich mir ein und schaute mich um, ob ich vielleicht Julia unter den Anwesenden entdeckte.

»Hast du schon Bekannte gesehen?«, fragte ich Hannes, der neben mir stand und auch seinen Blick schweifen ließ. »Ich würde Julia gern noch mal treffen und Tschüss sagen.«

»Nee, die ist wohl nicht mehr unterwegs. Die Leute von der Hochzeitsgesellschaft reisen morgen ab, falls sie nicht schon weg sind. Ich habe ihnen versprochen, morgen zum Hafen zu kommen und Abschiedsfotos zu machen. Willst du mich nicht begleiten?«, fragte Hannes und winkte jemandem zu. »Das Wetter soll morgen richtig schön werden, laut meiner Wetterapp.«

»Mit welcher Fähre fahren sie denn?«, fragte ich nach. In aller Frühe wollte ich nicht aufstehen müssen, nur um Tschüss zu sagen.

»Mittags. Julia und die anderen nehmen die Fähre um halb zwölf. Ich finde, das ist eine vernünftige Zeit, bis dahin sind wir aufgestanden und ausgeschlafen.«

»Das glaube ich auch«, erwiderte ich etwas verwundert darüber, dass er von *wir* sprach. »Morgen wollte ich mir sowieso ein Fahrrad leihen und über die Insel fahren. Mein erster Stopp ist dann der Hafen«, überlegte ich. »Anschließend könnten wir gemeinsam die Insel erkunden.«

»Moin, Hannes. Du auch hier?«, unterbrach uns ein älteres Ehepaar, das sich zu uns gesellte. »Ich wollte dich sowieso noch anrufen«, sagte der Mann zu Hannes, mich beachtete er gar nicht.

»Ich habe es nicht vergessen. Vielleicht können wir auch hier alles Weitere besprechen, was es noch zu klären gibt«, meinte Hannes, sichtlich erfreut, die beiden zu sehen, und stellte mich vor. »Das ist Mareike. Sie war das Überraschungsgeschenk bei einer Hochzeit, die ich fotografieren durfte«, scherzte er, legte wie selbstverständlich den Arm um mich und verblüffte mit dieser Aussage das sympathische Paar, das sich als Petra und Uwe vorstellte.

»Wir können das auch jetzt kurz besprechen«, meinte Uwe mit einem Blick auf seine Frau.

»Wir wollten dich aber auch noch wegen einer anderen Sache etwas fragen«, sagte Petra mit einem verliebten Blick auf ihren Mann. »Aber …«, sie zögerte, »das passt hier vielleicht nicht so gut.«

Es sah so aus, als wenn sie etwas Persönliches mit ihm besprechen wollten, was nicht für meine Ohren bestimmt war.

»Ich hole uns mal was zu trinken«, sagte ich zu Hannes, fragte nach seinen Wünschen und marschierte in Richtung Theke, vor der sich eine lange Warteschlange gebildet hatte. Ich stellte mich hinten an und ging davon aus, dass es zehn Minuten oder länger dauern würde, bis ich an der Reihe war. Niemand um mich herum drängelte oder machte blöde Kommentare, man unterhielt sich sogar nett miteinander. Ein paar Köpfe weiter vorne fiel mir erneut der Mann auf, der vorhin schon meine Aufmerksamkeit erregt hatte. Im selben Augenblick schaute er zu mir rüber und winkte mir zu. Auch er hatte mich erkannt. Ich hatte mich also nicht getäuscht, es war Konstantin, ein Kollege von Alex, mit dem er meines Wissens an diesem Wochenende ein Seminar leitete.

»Mareike«, rief Konstantin zu mir rüber. »Ist Alex auch hier?« Die Leute, die zwischen uns standen, waren so lieb und ließen mich vor, damit wir uns nicht über mehrere Köpfe hinweg unterhalten mussten. »Das ist ja ein netter Zufall«, redete Konstantin weiter. »Ich habe dich gar nicht sofort erkannt. Du hast die Haare anders, viel kürzer.« Konstantin, mit seinen munteren Augen und seiner Fröhlichkeit, drückte

94

mich an sich und begutachtete eingehend meine neue Frisur. »Sieht super aus. Noch hübscher«, überraschte er mich mit einem Kompliment.

Verdattert stand ich neben ihm, ich wusste nicht, was ich sagen sollte. Nicht einmal ›Danke‹, womit ich normalerweise auf ein Kompliment reagierte, kam mir über die Lippen. Irgendetwas lief hier schief. Ich war mir absolut sicher, dass Alex und Konstantin das Seminar an diesem Wochenende zusammen hatten durchführen wollen.

»Wieso bist du hier und nicht in Sachen Stress mit Alex unterwegs?«, fragte ich schließlich. »Ich dachte, ihr seid in Süddeutschland.«

»Du meinst das Stressseminar?« Verwundert sah er mich an und schob sich weiter vorwärts zur Theke. »Das ist doch erst am nächsten Wochenende. Jetzt bin ich auch irritiert.« Er lachte verlegen, wir bestellten und Konstantin bezahlte alles zusammen. Offenbar war auch er etwas verwirrt.

»Ach, dann habe ich mich wohl vertan«, nuschelte ich, nahm meine Getränke und wollte zum Mäuerchen zurück.

»Dann ist Alex nicht mit dir auf der Insel?«, vergewisserte sich Konstantin verlegen.

»Nein, nicht dass ich wüsste.«

»Hm. Ich muss ihn unbedingt anrufen. Hoffentlich habe ich meine Termine nicht durcheinandergebracht«, sagte er verunsichert. »War aber trotzdem schön, dich zu sehen. Tschüss, Mareike, und noch viel Spaß.«

Ich spürte seinen Blick auch dann noch in meinem Rücken, als ich wieder neben Hannes auf der Mauer saß und die Beine baumeln ließ. Was dachte Konstantin wohl darüber, mich hier mit einem anderen Mann zu sehen? Für Außenstehende mussten wir wie ein verliebtes Paar rüberkommen, so nahe, wie wir zusammenhockten.

»Du hast auch Bekannte getroffen, wenn ich das richtig gesehen habe. Hier trifft man aber auch Gott und die Welt.«

»Gott war es nicht«, scherzte ich. »Das war ein Kollege und Freund von Alex. Mit Konstantin habe ich hier nicht gerechnet«, sagte ich immer noch verwirrt. »Ich kann das überhaupt nicht einschätzen, was das zu bedeuten hat. Mir hat Alex erzählt, er führt das Seminar an diesem Wochenende mit Konstantin zusammen durch.«

»Und nun befürchtest du, dass er Alex erzählt, er hat dich in Gesellschaft eines gutaussehenden, älteren Herrn getroffen, der auch noch seinen Arm um deine Schultern gelegt hat?«

»Ich weiß überhaupt nicht mehr, was ich glauben soll«, sagte ich, zog die Beine an und legte meinen Kopf auf die Knie. Mir war nicht danach, mit Hannes alle Möglichkeiten in Erwägung zu ziehen, und noch weniger wollte ich ein Problem heraufbeschwören. Aber dann sprach ich doch aus, was mir keine Ruhe ließ: »Vielleicht bin ja ich die Idiotin, die nichts checkt und die viel zu gutgläubig ist.« Ich sah Hannes schräg von unten an und musste blinzeln. »Sind deine Freunde schon weg?«, fragte ich, um das Thema zu wechseln.

»Ja, Petra und Uwe wollten ins Bett, sie reisen morgen ab. Mit derselben Fähre wie Julia. Den beiden können wir auch nachwinken.«

»Ihr kennt euch schon lange, oder?«

»Das kann man wohl sagen. Wir haben uns vor vielen Jahren zufällig kennengelernt, als sie hier eine Immobilie erwerben wollten. Ich hatte mir das Häuschen damals auch angesehen, aber ich dachte, es ist zu klein für uns. Zu dem Zeitpunkt war ich noch verheiratet.«

»Du wolltest hier echt was kaufen?« Ich staunte, da mir die Immobilienpreise nicht fremd waren.

»Es war ein Traum von mir. Ich wollte immer schon am Meer leben, zumindest teilweise. Damals waren die Preise aber auch noch nicht so abgehoben wie heute. Auf jeden Fall hat sich dadurch eine wunderbare Freundschaft entwickelt. Wir treffen uns immer, wenn wir auf der Insel sind.«

»Das wäre wirklich ein Traum.« Ich seufzte tief auf und sah mich in einem schnuckeligen Häuschen, mit einem Anbau für meinen Salon. »Vermieten deine Freunde auch an Touristen wie mich?«

»Nein, sie vermieten nicht.« Hannes schüttelte den Kopf. »Die zwei wollen ihren Ruhestand genießen, sie wollen unabhängig sein und jederzeit in ihre Wohnung können.«

»Die machen es richtig«, konnte ich da nur sagen und musste wieder an Alex denken, mit dem solche Zukunftspläne undenkbar waren. Aber welches Spiel spielt er mit mir, fragte ich mich immer wieder. Am liebsten hätte ich ihn auf der Stelle angerufen.

»Wollen wir gehen?« Hannes hatte längst gemerkt, dass mir das Zusammentreffen mit Konstantin ein wenig zu schaffen machte.

»Ja«, sagte ich leise und ließ mich von der Mauer in Hannes' Arme gleiten. Er fing mich auf und gab mir zu verstehen, wie sehr er sich freuen würde, wenn ich noch mitkäme zu ihm. »Mein Bett hast du ja gesehen, darin schläft man wie ein Engel und ich würde mein Bestes geben, damit du gut schläfst.«

»Zweiter Versuch«, sagte ich lachend. So schnell gab Hannes nicht auf. »Ich denke, es ist besser, wenn ich heute Nacht in meinem eigenen Bett schlafe.« Kaum hatte ich es ausgesprochen, kamen mir Zweifel. »Obwohl … Es tut mir echt leid, aber glaub mir, es ist besser so.«

11

Mitternacht war lange vorbei, als ich todmüde in mein Bett fiel. Ich hatte mich weder bei einer Freundin noch bei Alex gemeldet, was aber nicht hieß, dass ich nicht an ihn dachte. Es waren fiese, gemeine Gedanken, die mich heimsuchten und über die ich erst in den Morgenstunden erschöpft einschlief. Ich hatte mir keinen Wecker gestellt, meine innere Uhr weckte mich normalerweise um sechs Uhr früh. Nur heute war meine innere Uhr stehen geblieben. Akku leer.

Meinen Akku füllte ich als eine der Letzten beim Frühstück wieder auf. Es gab allerlei Extras, wie jeden Sonntag. Ich nahm eine große Portion Rührei, lehnte mich zurück und beobachtete durchs Fenster die Leute, die schon unterwegs zum Strand waren. Außer mir hielt sich in unserem Frühstücksraum nur noch ein junges Pärchen auf. Die beiden sprachen nicht miteinander, sie waren mit ihren Handys beschäftigt und starrten auf ihre Displays. Wie langweilig. Meins lag noch auf dem Zimmer, beim Frühstück wollte ich mich nicht stören lassen, aber heute stand ich noch einmal auf und ging es holen.

Bei meiner dritten Tasse Kaffee fühlte ich mich stark genug, Alex einen Gruß zu schicken und mein Zusammentreffen mit Konstantin zu erwähnen.

Nachdem ich den Kaffee ausgetrunken hatte, antwortete er.

Das hatte er ja fein ausgedrückt. Er sprach von *Dummheiten machen*, wie ein kleiner Junge. Aber das war seine Art, das war typisch für ihn und ich fand es eigentlich ausgesprochen liebenswert. Ich mochte diese kleine Eigenheit, die er nur mir gegenüber zeigte.

Er fragte noch einmal nach:

Mit meinem Wunsch nach mehr gemeinsamer Zeit konnte er nichts anfangen. Super, dass er sich einen Tag vor meinem Geburtstag Gedanken machte, was er mir schenken könnte. Auch das war typisch für ihn, er hatte keinen Plan, genauso wie an Weihnachten.

Dann wechselte ich das Thema und schwärmte ihm von dem ungewöhnlich guten Wetter auf der Insel vor und erzählte, welche Pläne ich für heute hatte. Für den Rest des

Tages würde ich nicht erreichbar sein, auch das teilte ich ihm mit. Anschließend flitzte ich hoch auf mein Zimmer und schnappte mir alles, was ich für meine Inseltour brauchte.

Ein Fahrrad hatte ich bereits reserviert, es konnte also gleich losgehen. Beim Fahrradverleih musste nur noch die Höhe des Sattels eingestellt werden und auf meinen Wunsch hin befestigte mir der junge Mann in dem Laden ein Körbchen am Lenker des schicken leuchtend orangen E-Bikes.

Da ich noch mit Julia schnacken wollte, trat ich kräftig in die Pedale. Die Fähre legte in einer Stunde ab und die Fahrgäste sollten bis dahin an Bord sein. Zehn Minuten später erreichte ich den Fährhafen.

Hannes und die Hochzeitsgäste erkannte ich trotz der vielen Reisenden schon von Weitem. Er war voll in Action mit seinen Abschiedsfotos, winkte mir aber kurz zu, als er mich wahrnahm.

Mit großem Hallo begrüßten mich seine Freunde. Sie freuten sich, mich noch einmal zu sehen und baten Hannes, noch ein paar Fotos zu machen, auf denen ich mit drauf war. An den Hochzeitsstrauß hatte ich nicht gedacht, als ich losgeradelt war, obwohl ich mich jeden Morgen nach dem Aufwachen an ihm erfreute. Ohne die Blumen und die Luftballons wäre mein Apartment nur halb so schön.

»Ich glaube, wir haben überhaupt keine Fotos von dir und Mareike«, sagte Julia zu Hannes, kurz bevor sie einchecken musste. »Das sollten wir unbedingt ändern. Ich mache welche von euch beiden«, schlug sie vor und ließ sich die Einstellungen der Kamera zeigen.

»Nun mal nicht so schüchtern«, rief Julia uns zu. Wir sahen uns an, Hannes legte den Arm um mich und sah mir tief in die Augen.

»Küsschen«, rief uns jemand zu. Das ließen wir uns nicht

zweimal sagen, wir küssten uns und posierten wie ein verliebtes Pärchen.

»Ich glaube, das reicht jetzt«, meinte Hannes, als die Fahrgäste gebeten wurden, einzusteigen. Julia und ich umarmten uns innig und versprachen einander, uns bald wiederzusehen. Sie wohnte nicht allzu weit von mir entfernt und hatte sich in den Kopf gesetzt, mich in meinem Salon zu besuchen. Hannes' neuer Haarschnitt war ihr gleich aufgefallen, das hatte sie wohl überzeugt.

Als alle weg waren, suchten Hannes und ich uns einen Platz in dem hübschen Hafenbistro. Von der Terrasse aus winkten wir den Abreisenden zu.

»Einen Cappuccino mit Herz?«, fragte der Kellner. Er hatte mich sofort wiedererkannt.

»Zwei Cappuccino mit Herz«, bestellte Hannes mit einem verschwörerischen Zwinkern, das der junge Mann kaum wahrnehmbar erwiderte.

»Komisch«, meinte Hannes, »seitdem ich dich getroffen habe, begegne ich überall Herzen. Herzballons im Sommerwind, Herzen im Milchschaum und Herzklopfen, wenn du bei mir bist.« Theatralisch legte er eine Hand aufs Herz, sodass wir beide lachen mussten.

»Echt jetzt? Du hast Herzklopfen, wenn ich bei dir bin?«, wiederholte ich, beugte mich zu ihm hinüber und spürte seinem Herzschlag nach. Es klopfte ruhig und gleichmäßig, völlig normal. Beruhigt lehnte ich mich wieder zurück, er schien keine Herzprobleme zu haben, wie das ja häufig bei Männern in dem Alter der Fall war. »Fühl mal bei mir. Mein Herz schlägt schneller als deins«, alberte ich herum und legte spielerisch seine Hand auf meine Brust.

»Ist der Kaffee zu stark?«, fragte der Kellner besorgt. »Herzklabastern?«

»Nee.« Ich schüttelte den Kopf. »Das hat andere Gründe. Aber das hast du sicher längst gecheckt.«

Er grinste uns süß an, als ich das sagte. »Sehr beruhigend, dass das nie aufhört. Das macht Hoffnung«, gab der junge Kerl von sich und schaute zu dem Kormoran rüber, dem wir zusahen, wie er sein Gefieder zum Trocknen ausbreitete und sich putzte. Als der Wasservogel seinen Platz auf einem Holzpfahl verließ, war das auch für uns das Zeichen, aufzubrechen.

Gemütlich radelten wir nebeneinanderher bis zum Leuchtturm, dabei konnten wir uns auch noch gut unterhalten. Hannes wollte wissen, ob ich mit Alex telefoniert oder ihm geschrieben hatte.

»Er schrieb, er habe keine Dummheiten gemacht«, sagte ich. »Was versteht ein Mann eigentlich darunter, wenn er von *Dummheiten* spricht?« Hannes' Sichtweise oder Auslegung der alten Redewendung interessierte mich. Konnte ja sein, dass ich etwas hineininterpretierte, womit ich völlig schieflag.

»Damit meint er nichts anderes, als dass keine andere Frau im Spiel ist und er dich nicht betrügt«, verriet Hannes mir.

»Ob ich ihm das glauben kann?«

Ein kleiner Zweifel nagte immer noch an mir, über den ich sprechen musste. Aber ausgerechnet mit Hannes? Was redete ich denn da für einen Blödsinn! Wenn jemand in Gefahr war, Dummheiten zu machen, dann war ich es.

»Da fragst du den Falschen«, sagte er, verlangsamte sein Tempo und sah zu mir rüber. »Mareike, ich kenne deinen Alex nicht. Ich kann nicht einschätzen, was er für ein Mensch ist und ob du ihm alles abnehmen kannst, was er dir erzählt. Bist du eifersüchtig? Oder nur misstrauisch?«

Das Wort *eifersüchtig* machte mich stutzig, in all den Jahren war ich nie eifersüchtig gewesen. Alex hatte mir auch nie einen Anlass gegeben, ihm nicht zu vertrauen. Wieso zweifelte ich dann jetzt?

»Ich weiß selbst nicht, was mit mir los ist. Das hat bestimmt mit meinem Geburtstag zu tun. Sonst bin ich nicht so dünnhäutig und zerbreche mir den Kopf über so einen Kleinkram.«

Inzwischen hatten wir den Leuchtturm erreicht. Sein Licht und die massive Bauweise in rotem Backsteinklinker strahlten etwas Tröstliches aus. »Lass uns hinaufgehen. Mal seh'n, wie die Welt von oben aussieht und ob meine Probleme dann kleiner werden.«

Wir sicherten unsere Räder, lösten die Eintrittskarten und stiegen hintereinander Stufe für Stufe nach oben. Wir kamen ins Schnaufen und schafften es nicht in einem Rutsch, die zweihundertzweiundfünfzig Stufen nach oben zu steigen. Nach der Hälfte legten wir eine Pause ein, bis sich unser Atem beruhigt hatte. Unseren Muskelkater ignorierten wir, so gut es ging. Er war zum Glück nicht so heftig geworden, wie befürchtet. Die Salbe, mit der ich alles einbalsamiert hatte, hatte wahre Wunder vollbracht. Die restlichen Treppenstufen schafften wir dann auch noch. Oben angekommen wehte uns ein heftiger Wind entgegen, von dem unten nichts zu spüren gewesen war.

»Schau mal, wie klein das alles aussieht.« Hannes zeigte auf die Inseln rechts und links von Norderney. »Von hier aus sieht man erst mal so richtig, wie winzig Baltrum ist. Warst du da schon mal?«, fragte er.

»Nein, mich zieht's immer wieder nach Norderney. Aber es reizt mich schon, für ein paar Tage hinzufahren. Eine

Freundin von mir schwärmt von Langeoog, sie kann nicht verstehen, was ich an Norderney so sehr liebe.«

»Muss man auch nicht verstehen, das ist das Norderneyfeeling. Entweder packt es einen, dann fährt man immer wieder hin, oder man lässt es bleiben. Die persönlichen Vorlieben sind nun mal sehr unterschiedlich. Der eine mag dies, der andere das. Ich war schon auf allen Inseln. Als die Kinder klein waren, haben wir unseren Urlaub immer auf Juist verbracht. Der Strand ist für Familien mit kleinen Kindern ein einziger, großer Sandkasten, es geht ganz seicht ins Wasser. Seit wir uns getrennt haben, bin ich nie wieder da gewesen«, erzählte Hannes. Wir machten auf der Aussichtsplattform weiter die Runde und blickten nun auf das Wattenmeer und die Dünenlandschaft. »Von da an habe ich auch keine Wattwanderung mehr gemacht.«

»Die könnten wir ja zusammen machen. Ich habe noch keinen Plan, wie ich meinen Geburtstag verbringen will«, schlug ich vor. »Oder wir setzen mit der Inselfähre nach Juist über. Dazu hätte ich auch große Lust.«

»Lass uns nachher mal schauen, wie die Gezeiten sind und ob überhaupt Ausflugsfahrten auf andere Inseln angeboten werden. Dann entscheiden wir das spontan.«

Ebbe und Flut für den nächsten Tag hatte ich für mein Projekt Flaschenpost bereits recherchiert. Heute Abend, bei Ebbe, wollte ich sie zu Wasser lassen. Aber vorher musste ich noch ein ruhiges Plätzchen finden, an dem ich den Brief schreiben konnte, der mit der Flasche auf die Reise gehen sollte. Ich hatte Hannes noch nicht mitgeteilt, dass wir nicht den ganzen Tag heute miteinander verbringen konnten.

»Wahre Begeisterung ist das nicht«, rief ich Hannes gegen den Wind entgegen. Wattwandern oder Inselausflug waren wohl nicht das, was er sich vorstellte. »Wollen wir wieder runtergehen? Ist ganz schön kalt hier oben.« Ich fröstelte langsam, außerdem hatten wir auch alles gesehen.

»Ich habe Lust auf Kaffee und Kuchen. Du auch?« Hannes sah mich erwartungsvoll an.

»Gute Idee. In der Meierei soll es leckeren Kuchen geben. Oder wir fahren zur *Weißen Düne*«, schlug ich vor.

12

In der Meierei herrschte Hochbetrieb, das merkten wir bereits, als wir einen Parkplatz für unsere Räder suchten. An einem langen Tisch, der zur Hälfte besetzt war, fanden wir im Garten aber noch einen Platz, der sogar ein wenig von der Sonne beschienen wurde. Die Kuchen und Torten waren selbst gebacken, einer sah leckerer aus als der andere. Mir lief das Wasser im Mund zusammen, als ich vor der Vitrine stand und mich nur schwer entscheiden konnte. Wie meistens nahm ich Apfelkuchen mit Sahne, den backte ich zu Hause auch oft.

»Ich könnte ewig hier sitzen und mich quer durch die Karte schlemmen«, meinte Hannes, als er die Krümel auf seinem Teller aufpickte.

»Dann mach das doch«, sagte ich halb scherzhaft und weihte ihn in meine weiteren Pläne für den Nachmittag ein. »Ich werde mich jetzt wieder aufs Fahrrad schwingen und mir ein ruhigeres Plätzchen suchen, wo ich ungestört bin.« Hannes zog die Augenbrauen hoch, er hatte wohl schon andere Pläne, mit mir zusammen. »Es gibt eine Sache, die ich unbedingt erledigen will. Dafür muss ich aber allein sein«, erklärte ich.

»Du willst mich loswerden?« Er lachte. »Gehe ich dir schon auf die Nerven?«

»Nein, auf keinen Fall will ich dich loswerden«, sagte ich, gab ihm einen Kuss und versprach, den Abend mit ihm zu verbringen. »Du langweilst dich bestimmt nicht ohne mich. Ich melde mich, wenn ich das erledigt habe, und dann können wir in meinen Geburtstag hineinfeiern.« Ich stand auf, warf ihm eine Kusshand zu und freute mich auf das, was ich vorhatte, und auf die Stunden für mich allein. Meine Tochter nannte diese kleinen Auszeiten *Me-Time*. Ich musste mich unbedingt noch bei ihr melden, wenn ich keinen Stress mit ihr wollte.

Über die schmalen Wege durch die Dünen radelte ich zur *Weißen Düne*. Wie nicht anders zu erwarten, war es auch hier sehr voll. Ich hatte gehofft, mich in einen der Strandkörbe des Lokals zurückziehen zu können. Langsam schritt ich die Terrasse ab, doch meine Hoffnung, ein ruhiges Plätzchen für mich zu finden, schwand zusehends. Alternativ würde ich mein Badelaken im Sand ausbreiten, auch wenn das unbequem war zum Schreiben. Beim letzten Strandkorb hatte ich großes Glück, soeben erhob sich ein Pärchen und überließ mir den Logenplatz mit Fußstütze und Ablage. Herrlich! Ich breitete mich sofort darin aus, den Strandkorb wollte ich nicht so schnell wieder verlassen. Noch bevor die Bedienung bei mir war, versuchte ich mich an einer schnellen Zeichnung nach einer neuen Methode, zu der mich ein Buch inspiriert hatte. Die Herausforderung bestand darin, mit nur einer Linie etwas abzubilden.

Mein Motiv war meine Sonnenbrille, die ich ohne

Absetzen des Stifts aufs Papier brachte. Es machte Spaß, ich fand immer neue Motive und dachte an nichts anderes als den durchgehenden Strich. Kein Gedanke an Alex. Kein Gedanke an Hannes. Kein Gedanke an Sechs-Null! Je mehr ich meinen Kopf ausschaltete und entschlossen drauflos kritzelte, desto besser wurde das Ergebnis.

Ich bestellte ein Glas Weißwein, bei dem mir eine andere Technik in den Sinn kam, die ich nun auch ausprobieren wollte.

Bevor ich meinen Salon eröffnet hatte … Ausgerechnet hier fielen mir diese Stunden wieder ein. Wir hatten mit völlig verrückten Methoden experimentiert. Eine davon waren Selbstporträts gewesen, die wir mit geschlossenen Augen und ohne den Stift abzusetzen, anfertigen sollten. Bei den ersten Versuchen schummelten alle Kursteilnehmer, wir blinzelten und wollten unbedingt ein super Ergebnis erzielen. Unsere Kursleiterin ertappte uns jedoch und wir mussten immer wieder von vorne anfangen. Nach mehreren Versuchen verloren wir unsere Scheu und die Angst vor einer Skizze, die für fremde Blicke nicht geeignet war, und ließen uns darauf ein. Die anschließende Bildbesprechung würde ich nicht vergessen. Die Zeichnungen waren so witzig, so skurril, wir hatten Tränen gelacht.

Bei näherer Betrachtung fanden wir sogar Ähnlichkeiten und staunten, was man alles hineininterpretieren konnte. Jede von uns sah sich durch diese Übung in einem völlig neuen Licht. Manche Bilder waren schräg, echt abgefahren, aber überall spiegelte sich ein Teil von uns darin wider. Mit Aquarellfarben konnten wir den Porträts noch ein wenig mehr Leben einhauchen. Um sie nicht zu vermasseln, durfte man die Farben nur ganz sparsam einsetzen. In einer meiner Mappen musste es noch Zeichnungen aus der Zeit geben, da war ich mir ziemlich sicher. Es gab Dinge, an denen ich hing, obwohl ich gut loslassen konnte und mich schon von vielem getrennt hatte. Zu Hause musste ich die Mappe unbedingt hervorholen und mir die einzelnen Blätter noch einmal ansehen.

Die Sonne schien mir ins Gesicht, während ich an die entspannten Stunden mit den *Frauen vom Strich,* so hatten wir unsere Zeichengruppe scherzhaft genannt, zurückdachte. Mit neuem Mut und einem feinen Tröpfchen im Glas schloss ich meine Augen, konzentrierte mich nur auf mich und stellte mir die Frage: Wie sehe ich aus? Beginnend von einem Punkt mitten auf dem Block, an dem ich mir meine Nase dachte, zeichnete ich, ohne den Stift abzusetzen und ohne zu blinzeln, ein wirres Selbstbildnis. Ich musste laut lachen beim Betrachten, mein linkes Auge war zur Hälfte über die Gesichtskontur hinausgerutscht. Mein Mund hingegen war gut getroffen. *Mareike, Ende fünfzig* vermerkte ich darunter und setzte das heutige Datum dazu. Dann zeichnete ich gleich noch ein Selbstporträt und noch eins. Mein Strich wurde immer schwungvoller und sicherer und nach dem letzten Bildnis schwor ich mir, meine Freude am Zeichnen mitzunehmen in mein neues Lebensjahrzehnt und mir regelmäßig Zeit dafür zu nehmen.

»Darf man mal gucken?«, fragte eine junge Kellnerin, die mich wohl schon länger beobachtete.

»Nein, darf man nicht«, erwiderte ich freundlich lächelnd und drehte den Block um. Die junge Frau störte sich nicht daran. Sie plauderte munter drauflos, erzählte von ihrem Kunststudium und dass sie diese Übung kannte. Schließlich zeigte ich ihr die letzte Skizze. Sie fand sie megagut und gelungen. Lächelnd ging sie wieder an ihre Arbeit, und ich widmete mich meiner Idee mit der Flaschenpost, wegen der ich schließlich hier saß.

Ich bestellte einen zweiten Wein, setzte meine Sonnen-

brille auf und begann einen Brief an den Finder der Flasche
zu schreiben.

Lieber Unbekannter, liebe Unbekannte,

ich weiß, es ist unwahrscheinlich, dass diese Flaschenpost jemals gefunden wird, aber falls doch, sollst du, lieber Finder, wissen, wer dahintersteckt und sie ins Meer geworfen hat.

Mein Name ist Mareike und ich bin heute noch neunundfünfzig Jahre jung. Morgen habe ich Geburtstag, dann werde ich sechzig Jahre alt. Ich mache ein paar Tage Urlaub auf Norderney, das ist eine deutsche Insel in der Nordsee, weil mich viele Fragen umtreiben, die mit dem Älterwerden zusammenhängen. Du willst wissen, ob ich die Antworten schon gefunden habe? Nein. Habe ich nicht, jedenfalls nicht alle.

Etwas ist mir jedoch klar geworden, das kann ich schon mal verraten: Ich will nicht in meinem Trott bleiben wie bisher! Ich will mehr erleben und Zeit für mich und meine Liebsten haben. Ich will freie Tage für mich und ich würde so gern öfters mal an den Wochenenden wegfahren. Kurzreisen machen, fremde Städte besuchen und neugierig sein und staunen, zur Berlinale fahren und viereckige Augen kriegen vom vielen Filmegucken, oder, oder, oder. Es gibt so vieles in meinem Leben, das ich noch nicht gemacht habe. Meistens fehlte mir das Geld oder der passende Partner, die

Zeit oder ich war zu ängstlich und habe mich einfach nicht getraut und es auf später verschoben. Doch jetzt, mit reichlich Lebenserfahrung kann ich nur sagen: Später ist früher, als man glaubt.

In meinem Salon, ich bin Friseurin und liebe meinen Beruf, werde ich mit so vielen Schicksalen konfrontiert, die mich immer wieder aufhorchen lassen. Das Leben kann sich von heute auf morgen radikal ändern, schlimmstenfalls vorbei sein. Und jetzt, mit sechzig, habe ich mehr als die Hälfte meines Lebens hinter mir. Meine Zeit wird immer kostbarer.

Aber das weißt du selbst, lieber Strandläufer und Flaschensammler. Wenn nicht, betrachte meine Botschaft als Erinnerung, dein Leben so zu leben, dass es dir Freude macht. Lache, liebe und lebe und gehe deinen eigenen Weg, auf dem du dich sicher und wohl fühlst und der dir eine schöne Aussicht bietet.

Hach! Das hat jetzt aber gutgetan, das rauszulassen. Atmest du auch gerade auf?

Heute Nacht, wenn die Nordsee alles mit sich nimmt, dann geht meine Flasche auf die Reise. Wundere dich nicht über die Zeichnung, die du darin findest. Es ist ein Selbstporträt, so ähnlich sehe ich aus. Und wundere dich auch nicht über die Blüten, die dann wohl längst vertrocknet oder schon zu Staub zerfallen sind. Die habe ich einem wunderschönen, meinem ersten Brautstrauß *entnommen, den der Wind mir bei meiner Anreise vor die Füße wehte. Verrückt, nicht wahr? Aber so ist das Leben. Es ist verrückt und wundervoll.*

Und ich bin ein Wunderweib! Habe ich mir sagen lassen. Meine Welt steht Kopf! Ich liebe es, ich liebe das Leben und will noch ganz viel davon.

Alles Gute auch für dich, geheimnisvoller Schatzsucher, von dem Wunderweib Mareike

Ich atmete laut aus, als ich den Stift absetzte und das Blatt zusammenrollte, ohne es noch einmal durchzulesen und womöglich zu korrigieren. Vorsichtshalber tütete ich es in einen Gefrierbeutel ein, dann schob ich meinen Brief durch den Flaschenhals in den Bauch der Weinflasche von unserem ersten Abend im Strandkorb, an dem Hannes mich gegen das Grau des Alltags geküsst hatte. Die Blüten, zusammen mit einem Taschentuch *für Freudentränen,* hatte ich schon in meiner Villa hineingesteckt. Ich verschloss die Flasche so fest es ging. Heute Nacht würde ich sie aussetzen. Allein. Nur für mich.

Allmählich wurde es Zeit, den Heimweg anzutreten, damit ich noch duschen konnte vor meinem Abschied von den Fünfzigern. Leicht und beschwingt verließ ich das Lokal. Ich war voller Pläne, mit mir zufrieden und innerlich aufgeräumt. Ich musste nur noch den Weg vom Wollen ins Tun finden.

Aber damit wollte ich heute noch nicht beginnen. Heute wollte ich den Abend genießen, den Sonnenuntergang feiern, küssen und leichtsinnig das alte Jahrzehnt ausklingen lassen.

13

Mit meiner geheimnisvollen Flasche im Rucksack, einer Packung Wunderkerzen und etwas zu knabbern machte ich es mir schon vor der verabredeten Zeit in meinem Strandkorb gemütlich. Ich betrachtete die vorbeilaufenden Menschen, die sich wieder einmal in der Nähe der Milchbar zum Sundowner versammelten. Auf meinen Knien lag der Skizzenblock, bereit, meine Eindrücke festzuhalten. Ich war so angefixt, mich lockte die Herausforderung, Figuren, Menschen und Tiere zu zeichnen.

Es gelang mir nicht besonders gut, denn immer, wenn ich ein Motiv entdeckt hatte, bewegte sich die Person und ich musste den Stift wieder fallen lassen. So kam ich nicht voran. Ich sah mich um und fokussierte mich auf eine Möwe, die reglos auf einer Laterne an der Promenade thronte, als wäre sie die Strandaufsicht höchstpersönlich. Der Vogel war ein dankbares Objekt, dennoch beeilte ich mich. Sobald er die Flügel ausbreitete, war es vorbei und die Skizze würde unvollendet bleiben.

Mit dem Skizzenblock hatte Kerstin mir eine Riesenfreude gemacht. Sie mochte meine Bilder und Zeichnungen schon immer gern und freute sich wie ein Schneekönig, wenn ich ihr eins meiner Werke schenkte. Es machte mich glücklich, sie an ihren Wänden zu sehen, wenn ich sie besuchte. Sofort kam die Erinnerung an den Augenblick zurück, in dem sie entstanden waren. Und nun hatte sie mit ihrem Geschenk meine Freude am Zeichnen wieder zum Leben erweckt, dafür würde ich ihr ewig dankbar sein.

Zur Sicherheit fotografierte ich die echte Möwe und die Skizze und pflegte beides in meinen Status ein, mit dem ich meine Freunde und Bekannten auf dem Laufenden hielt und ihnen zeigte, dass es mir gut ging und wie ich mir die Zeit vertrieb. Wenn ich an einem Tag mal nichts postete, machte meine Tochter sich Sorgen und mir ein schlechtes Gewissen.

Wir hatten nach meiner Radtour miteinander telefoniert und ich hatte ihr glaubhaft rübergebracht, dass ich mich nicht einsam fühlte, nicht traurig oder melancholisch war. Sie war die Erste, die auf mein Statusfoto reagierte und sich ein Aquarell der kleinen Tilda wünschte. Ich könnte auch ein Foto als Vorlage nehmen, meinte sie mit einem Zwinkersmiley unter dem Text.

Beim Ausspähen des nächsten Motivs sah ich Hannes um die Ecke biegen und packte mein Skizzenbuch an die Seite. Aber nicht zu weit weg, da er mir Modell sitzen sollte. Sein feines, klassisches Profil war anfängerfreundlich, das würde mir nicht allzu große Schwierigkeiten bereiten. Außerdem hätte ich ein sehr persönliches Andenken an ihn und unsere Strandkorbküsse, falls wir uns nach den Inseltagen nicht wiedersahen, was ziemlich wahrscheinlich war. Sicher war ich mir allerdings nicht, ich fühlte mich einfach zu wohl in seiner Nähe. Hannes übte eine so starke Anziehung auf mich aus, die mich erschreckte.

»Hey, schönes Wunderweib«, sagte er mit einem Lächeln, das einer Zahnpastawerbung alle Ehre machte, als er sich zu mir in den Strandkorb setzte. Zu unseren Füßen verstaute er seine Kamera. »Für später. Damit ich dich nicht vergesse, falls wir uns nicht wiedersehen.«

»Dafür hat man doch ein Handy«, wunderte ich mich.

»Ja, das stimmt, aber mit der Kamera habe ich mehr Möglichkeiten. Ich bringe sie nachher wieder zurück ins Hotel, ich will nur ein paar Fotos von dir machen, wenn die letzten Sonnenstrahlen herüberscheinen. Ich liebe das Abendlicht besonders, es ist so warm und lässt dich noch schöner aussehen.«

»Wenn du meinst«, sagte ich und griff seinen Gedanken auf, ob es ein Wiedersehen gab. »Ich habe vorhin auch daran gedacht, ob wir uns nach Norderney aus den Augen verlieren werden oder nicht.« Wir sahen uns an und konnten es nicht beantworten. »Deshalb wollte ich dich fragen, ob du mir Modell sitzen magst.«

»Zum Malen oder für Fotos?«, meinte Hannes. Er setzte sich schräg hin und strich sich mit der Hand über das markante Kinn.

»Zeichnen!«, bestätigte ich. »Ich habe mich heute Nachmittag richtig warmgezeichnet, schau mal, was dabei rausgekommen ist.« Ich blätterte mein Skizzenbuch auf und beschrieb die Technik meiner Selbstporträts. Hannes' Mundwinkel zogen sich beim Betrachten der skurrilen Kritzeleien immer weiter nach oben. Er erkenne mich darin wieder, behauptete er.

»Das ist großartig. Das Beste, was mir in letzter Zeit unter die Augen gekommen ist. Darf ich auch mal?« Er studierte den Verlauf der Linie, die sich über das schwere Papier kringelte und sich überkreuzte und durch diese Irrungen und

Wirrungen heiter und lebendig wirkte. »Wenn du mich lässt, sitze ich dir danach auch Modell.«

»Das ist Erpressung!«

»Mittel zum Zweck«, nannte Hannes es, nahm mir den Bleistift ab und blätterte die aufgeschlagene Seite in meinem Skizzenbuch um. Er sah in die Ferne und sammelte sich, dann schloss er die Augen, tippte mit der bleiernen Spitze auf das raue Papier und porträtierte sich so, wie er sich vor seinem geistigen Auge sah.

»Fertig!«, rief er, als er glaubte, nichts mehr vergessen zu haben. Langsam öffnete er die Augen und lachte über sein Kunstwerk. »Ist meine Nase wirklich so spitz?«, fragte er. »Und wo sind meine Lippen geblieben?« Er hatte sie komplett weggelassen, der Mund war bloß eine Linie, die am rechten Ohr begann, einen leichten Bogen beschrieb und kurz vor dem anderen Ohr endete.

»Sehr zutreffend«, neckte ich ihn. »Besonders der große Mund.«

»Mit dem ich sehr gut küssen kann«, sprach er es aus und küsste mich. Sehr gut. Sehr leidenschaftlich. Mit dem Geschmack nach mehr.

»Hab ich noch einen zweiten Versuch?«

»Auf alle Fälle«, räumte ich großzügig ein und überließ ihm wieder den Stift. Als er mit geschlossenen Augen zeichnete, konnte ich es nicht lassen, ein Foto von ihm zu machen. Er wirkte trotz seiner Konzentration gelöst und heiter. Seine Zungenspitze schaute ein winziges Stückchen zwischen seinen Lippen hervor. Einfach herrlich!

Ein Bild von einem Mann war mein Titel für die Skizze. Als Andenken war sie viel wertvoller als ein Versuch von mir, ihn zu skizzieren.

»Absolut zutreffend der Titel.« Hannes grinste und schrieb ihn oben an den Rand. »Schenke ich dir.«

»Das Bild von einem Mann? Oder das Mannsbild?«, fragte ich übermütig.

»Such es dir aus. Oder nimm beides«, bot er an. »Oder lass uns einen Prosecco trinken, wenn dir die Entscheidung dann leichter fällt.«

»Ich hätte gern alles, inklusive Prosecco«, flüsterte ich.

»Ich auch«, erwiderte Hannes an meinem Ohr. »Es liegt bei dir, ob wir uns nach der *Meerzeit* wiedersehen. Auf mich wartet niemand, aber in deinem Leben gibt es einen Mann namens Alex, der dir wichtig ist.«

»Hmm«, gab ich nachdenklich von mir. »Wir sind uns vertraut, und wenn wir zusammen sind, ist auch alles gut. Die anfängliche Verliebtheit hat natürlich nachgelassen, das ist jedoch bei allen Paaren so, die ich kenne. Aber —«

»Aber was?«, hakte Hannes nach.

»Ich bin mir nicht mehr sicher, ob es funktionieren kann, mit Alex zusammen alt zu werden.« Erschrocken hielt ich mir die Hand vor den Mund, nachdem ich es ausgesprochen hatte. Wie kam ich dazu, ihm so etwas Privates zu erzählen?

»Wieso bist du so unsicher?«, hinterfragte Hannes mein Geständnis. Ohne lange nachzudenken, beantwortete ich seine Frage.

»Weil wir zu wenig Zeit füreinander haben. Ich bin den ganzen Tag in meinem Friseursalon, und Alex ist ständig auf Reisen, auch am Wochenende, so wie jetzt. In den nächsten Jahren wird sich bei ihm daran nichts ändern. Inzwischen frage ich mich immer öfter, ob ich so weiterleben will. Ich möchte mehr gemeinsame Abenteuer.«

»Hast du das schon mal angesprochen?«

»Na ja, wie man's nimmt. Wenn wir uns sehen, haben wir keinen Bock darauf, Probleme zu wälzen. Alex wird ständig mit Problemen konfrontiert und wenn er dann zu mir kommt, möchte er sich entspannen. Er braucht dann Abstand. Und meistens auch einen guten Haarschnitt.«

»Ach so.« Wir ließen unsere Gläser aneinander klingen. Als mich unvermittelt ein Sonnenstrahl im Gesicht kitzelte, sprang Hannes wie vom Blitz getroffen auf. In diesem Licht wollte er mich fotografieren.

»Viele Paare bleiben nur aus Gewohnheit oder Bequemlichkeit zusammen. Aber ob das letztendlich glücklich macht?«, bemerkte er, als er die Kamera wieder beiseitelegte.

»Ich weiß, ich sollte mit Alex darüber reden. Das steht weit oben auf meiner Agenda sechzig plus.«

»Fein. Dann können wir das Thema für heute ruhen lassen. Oder hast du noch etwas auf dem Herzen?«

»Nee. Ich habe jetzt Lust zu feiern. Und ich hätte gern eine Decke, es ist frisch geworden.«

»Kommt sofort«, sagte Hannes und tat so, als könnte er zaubern. Er packte seine Fotosachen zusammen, stand auf und versprach mir, in sieben Minuten mit einer Decke zurück zu sein.

»Sieben Minuten?« Ungläubig schaute ich auf die Uhr. Bis zu meinem Geburtstag war es nur noch eine Stunde und ich musste unbedingt meine Flasche auf die Reise schicken. »Die Zeit läuft«, sagte ich und stellte meinen Timer. Hannes sprang auf und ich sah ihm hinterher, wie er mit langen Schritten zu seinem Hotel sprintete.

Sollte ich die Wartezeit nutzen und zum Wasser runterlaufen, damit ich meine Post verschicken konnte? Es war immer noch nicht stockfinster, aber bis zur Wasserkante dauerte es garantiert fünf Minuten, vielleicht sogar länger. Und zurück musste ich ja auch. Jetzt waren es nur noch sechs Minuten.

Mit einem Husch hüpfte ich aus meinem Korb und sah mich suchend nach der Treppe um, die von der Promenade auf den Strand hinunterführte. Ich musste bis zur Milchbar laufen, das würde wieder eine Minute dauern. Nein, ich entschied mich dagegen, es jetzt zu tun. Hannes sollte mitkommen und mich bis ans Wasser begleiten. Dann würde ich ihn bitten, mich ein paar Minuten allein zu lassen, wofür er sicherlich Verständnis hatte.

Ich setzte mich wieder auf meinen angewärmten Platz und sah auf die Uhr. Noch zwei Minuten. Noch eine Minute, noch dreißig Sekunden. Immer noch kein Hannes in Sicht.

14

Er war immer noch nicht wieder da. Allmählich wurde ich unruhig und fragte mich, wo Hannes blieb. Seine sieben Minuten waren längst verstrichen. Ich hatte es doch gewusst, dass er den Sprint in der kurzen Zeit unmöglich schaffen konnte.

Hoffentlich war ihm nichts passiert! Was, wenn er gestürzt war und hilflos auf der Straße lag? Oder Opfer eines Überfalls geworden war, was ich für unwahrscheinlich hielt. Schon oft war ich zu später Stunde allein durch die Straßen und Gassen der Insel oder über die menschenleere Strandpromenade gelaufen, ohne Angst zu haben. Im Gegenteil. Ich fühlte mich sicherer als zu Hause in der Stadt. Sollte ich ihn suchen gehen? Nein. Zehn Minuten Verlängerung gab ich ihm noch und versuchte, mich nicht über ihn zu ärgern, was mir nicht wirklich gelang. Wenn ich das geahnt hätte, würde meine Flaschenpost jetzt schon in der Nordsee schwimmen.

Zehn Minuten später beschloss ich, zur Milchbar rüberzuschlendern. Ich mochte nicht allein sein, ich wollte unter Menschen sein und nicht anfangen, zu grübeln. Als ich gerade aufstehen wollte, entdeckte ich Hannes, der im Laufschritt über die Rasenfläche eilte.

»Entschuldige tausendmal. Es ist doch später geworden. Ich hoffe, du bist nicht sauer«, schnaufte er abgehetzt und ließ sich neben mich in den Strandkorb fallen. »Ich habe mich mit der Zeit überschätzt.«

»Dumm gelaufen. Ich bin nicht sauer, aber verärgert«, brummte ich. »Du hättest wenigstens eine Nachricht schicken und Bescheid sagen können, dass es später wird.«

»Wollte ich auch«, stieß er außer Atem hervor. »Ich habe mein Handy gesucht, es ist weg.«

»Sicher?« Das erklärte natürlich alles. »Vielleicht hast du es hier im Strandkorb vergessen«, vermutete ich und krabbelte mit den Fingern in alle Ritzen. Nichts. Hier konnte er es nicht verloren haben.

»Ruf mich mal an, damit wir es hören können.«

»Gute Idee. Das hatte ich sowieso gerade vor.«

»Du bist doch sauer.«

»Nein«, widersprach ich und legte meine Hand in seinen Nacken, sodass er mir in die Augen sehen musste. »Ich wollte dir nur mitteilen, dass ich am Strand bin. Also, dass ich hingehen wollte.«

Ich tippte seine Nummer ein. Augenblicklich ertönte ein gedämpfter Klingelton, den er als seinen identifizierte. Sehen konnten wir das Handy nicht sofort. Erst als wir den Korb umkreisten, entdeckten wir es in einigen Metern Entfernung auf dem Rasen liegend zwischen der Kaiserstraße und der Strandpromenade.

»Da bist du ja, du kleiner Ausreißer«, rief Hannes glücklich, nahm es auf und untersuchte es auf mögliche Beschädigungen. Ich stand daneben und lachte, bis mir die Tränen kamen.

»Und der kleine Ausreißer bleibt auch bei dir«, setzte ich mit den Worten nach, die uns zusammengeführt hatten.

Hannes verstand die Anspielung sofort und prustete nun auch los. »Bin ich froh, dass ich es wiederhabe. Du glaubst nicht, wie aufgeschmissen ich ohne es bin. Meine ganzen Kontakte sind da drin.«

»Du hattest es vorhin eilig, dabei ist es dir bestimmt aus der Tasche gerutscht«, vermutete ich. Wir rückten in unserem Strandkorb eng zusammen und hielten uns an den Händen. »Dein Glück scheint ein zuverlässiger Partner zu sein«, sagte ich. »Ich hatte schon befürchtet, dass dir etwas passiert ist.«

»Wirklich? Du hast dir Sorgen gemacht?«, fragte er zärtlich. »Um mich?«

Ich nickte und kuschelte mich noch mehr an ihn. »Ja, um dich. Und um mich. Denn dann wäre nix daraus geworden, mit dir in meinen Geburtstag zu feiern«, sagte ich stockend, mit Blick auf die Uhr. »Gut, dass du da bist. In einer halben Stunde ist es so weit.«

Hannes küsste mich zärtlich, und die Decke, die er extra für mich geholt hatte, brauchte ich nicht mehr. Kalt war mir nicht mehr. »Weshalb wolltest du eigentlich zum Strand runter?«, fragte er nach. »Es ist stockdunkel und viel zu gefährlich nachts allein am Meer.«

»Wegen meiner Flaschenpost. Es ist Ebbe, dann kann das Meer sie besser mitnehmen und spült sie nicht immer wieder an den Strand.«

»Verstehe. Du musst sie also heute noch ins Meer werfen«, fasste er zusammen. »Wat mutt, dat mutt«, sagte er schmunzelnd. »Dann komme ich aber mit. Ich lasse dich nicht allein über den Strand laufen. Mein Gott, wie leichtsinnig von dir!« In seinen Augen blitzte es, irgendwas führte er im Schilde.

»Super.« Ich freute mich über sein Verständnis. »Du

musst mich aber ein paar Minuten allein lassen, wenn es so weit ist. Und versprich mir, keine Fotos zu machen und nicht zu sprechen. Ich hoffe, du kannst das verstehen.«

»Worauf warten wir noch? Lass uns gehen«, sagte Hannes, verstaute unsere Decke in seinem Rucksack und holte daraus eine Taschenlampe hervor. In Windeseile waren wir an der schmalen Eisentreppe, die auf den Strandabschnitt führte, und liefen Hand in Hand über den weichen Sand, dem Rauschen des Meeres entgegen.

»Hast du ein mitternächtliches Picknick geplant?«, fragte ich wegen seines Rucksacks, der gut gefüllt aussah. »Was schleppst du denn alles mit dir herum?«

»Geburtstagsüberraschung!«, sagte er und machte mich neugierig. Er konnte es nicht erwarten, dass die Uhr zwölf schlug, und ich noch weniger. »Deshalb ist es auch später geworden, als ich dachte.«

———

Unten am Wasser war die Luft deutlich kälter und die leichte Meeresbrise, vor der wir im Strandkorb geschützt gewesen waren, ließ mich frösteln. Hannes war darauf eingestellt, unter einer leichten Windjacke trug er einen dicken Rollkragenpullover. Als ich mir die Arme rieb und mich an ihn kuschelte, holte er aus seinem Rucksack auch einen warmen Rolli für mich hervor.

»Habe ich mir doch gedacht, dass es dir zu kalt wird«, meinte er. »Aber du musstest ja unbedingt die Schuhe ausziehen.« Unsere Sneakers baumelten seitlich an seinem Gepäck, mit hochgekrempelten Jeans liefen wir über den feuchten, schweren Sand, der von Muscheln überschwemmt war.

»Ist das nicht traumhaft?« Ich zeigte zum Himmel mit seinen funkelnden Sternenbildern, von denen ich nur wenige kannte, und dem Vollmond, der halb verdeckt unter einem Wolkenschleier hervorschaute. Von der Nachbarinsel Juist fielen Lichtsprenkel aufs Meer und um uns herum war alles still, bis auf das Plätschern und Gluckern der Nordsee. Die Luft roch viel intensiver, als ich es tagsüber wahrgenommen hatte. Der Strand erstreckte sich unendlich weit, noch immer hatten wir die Wasserkante nicht erreicht.

»Horch mal, die Stille«, sagte ich und blieb stehen. »Findest du nicht auch, dass es sich anhört, als würde das Meer leise seufzen, wenn es sich zurückzieht?«

Regungslos standen wir da und lauschten dem sanften Rauschen. Das Wasser schwappte uns bis vor die Füße und zog sich mit dem Versprechen, bald wiederzukehren, zurück. Ich bat Hannes, sich ein paar Schritte zu entfernen, und holte die Flasche aus meinem Beutel.

»Beeil dich«, rief Hannes mir zu. »In zehn Minuten ist Mitternacht.« Ich erkannte seine Umrisse nur noch schemenhaft, aber ich fühlte ihn in meiner Nähe.

Das Wasser wich zurück und ich stand verzaubert da, mit meiner Flasche im Arm, die ich wie eine liebe Freundin an mich drückte, von der ich mich verabschieden musste. Zum allerletzten Mal vergewisserte ich mich, dass sie gut verschlossen war, dann hielt ich sie in das fahle Licht des Vollmonds. Das kleine Kunstwerk meiner Gefühle im Innern, das den Abschluss eines Lebensabschnitts symbolisierte, war voller Magie und Power, die auf mich übersprang, als ich die Flaschenpost dem Meer übergab. Für einen Moment stand die Zeit still. Die Weinflasche wurde von der nächsten Woge erfasst und hinausgetragen ins Meer. Verträumt sah ich ihr hinterher, wie sie sich auf dem glucksenden Wasser wiegte, wie in den Armen eines Liebhabers.

Auf einmal stand Hannes hinter mir und umfing mich mit seinen Armen. Er sagte kein Wort, es tat gut, ihn so nahe bei mir zu fühlen. Er umfing mich mit Zärtlichkeit und ich konnte mich hineingleiten lassen, wie die Flasche auf dem Wasser, die durch die Nacht schaukelte.

»Happy Birthday, liebe Mareike«, flüsterte er an meinem Ohr, ich konnte seine Lippen spüren. Ich wollte mich ihm zuwenden und ihn küssen, aber ich sollte genau so bleiben, wie ich war und mich um Himmels willen nicht umdrehen.

»Was hast du vor?«, flüsterte ich.

»Überraschung«, raunte er.

Erwartungsvoll richtete ich meinen Blick auf das schwarz schimmernde Meer. Von meiner Flaschenpost war nichts mehr zu sehen. Einen besseren Zeitpunkt hätte ich nicht wählen können, sinnierte ich, als hinter mir der Sound eines Saxophons die Stille durchdrang.

Im Zeitlupentempo drehte ich mich zu Hannes um, der nur wenige Schritte von mir entfernt dastand und für mich *Happy Birthday* spielte. Im Sand verteilt versprühten Wunderkerzen ihre zauberhaften Funken, die sich auf der glänzenden Oberfläche des Instruments widerspiegelten. Reglos stand ich da, mit bloßen Füßen im feuchten Sand, und eine Gänsehaut breitete sich auf meinem ganzen Körper aus, obwohl ich innerlich glühte. Mit feuchten Augen lauschte ich den kraftvollen Tönen, die mich tief im Innern berührten.

Als der letzte Akkord verklungen war, packte Hannes das Saxophon sorgsam wieder weg, streckte mir die Hände entgegen, zog mich an sich und gratulierte mir.

»Mögen sich deine Träume erfüllen, liebste Mareike.«

»Danke, Hannes«, schniefte ich. »Das ist das schönste Geschenk, das ich jemals bekommen habe.« Ich schmiegte mich an ihn und war mir sicher, dass ich diese Nacht nie im Leben vergessen würde. »Ich hätte da noch einen Wunsch. Nein, eigentlich sind es zwei«, sagte ich glückselig und wischte mir die Tränen ab.

Erwartungsvoll sah er mich an.

»Spiel bitte noch etwas für mich. Egal was. Es ist so fantastisch, ich bekomme Gänsehaut, sobald du das Saxophon an deine Lippen setzt.«

»Den Wunsch erfülle ich dir gern«, sagte er. »Ich spiele auch noch mehr, wenn ich dich damit glücklich machen kann. Und was ist dein zweiter Wunsch?«

»Ich möchte die Nacht mit dir verbringen. Dich fühlen. Ganz nahe. Ganz innig. Schlaf mit mir. Diese Nacht soll nur uns beiden gehören«, flüsterte ich ihm zu.

Hannes öffnete den Mund und vergaß, ihn wieder zu schließen. Schließlich nahm er wieder sein Saxophon zur Hand und spielte für mich zunächst *You're Beautiful* und danach noch den Song *Diamonds in the Sky*. Der satte Sound des Instruments verhallte mit den letzten Klängen über dem Meer, als wir eng umschlungen den Strand hinter uns ließen.

15

Auf dem ganzen Weg bis zu seinem Hotel wechselten wir kein Wort. Das, was wir uns zu sagen hatten, sagten wir mit unseren Blicken. Ich war selbst überrascht von mir. Noch nie hatte ich einem Mann so direkt gesagt, dass ich mit ihm schlafen wolle. Ich tat es einer Eingebung folgend und war mir hundertprozentig sicher, dass es das Richtige war. Die Worte waren mir aus dem Herzen über die Lippen gekommen.

Das Polsterbett in Hannes' Hotelzimmer erschien mir viel größer und einladender, als ich es in Erinnerung hatte. Leise Selbstzweifel kamen kurz auf, doch Hannes nahm sie mir mit seiner liebevollen Art, die mir zeigte, dass es auch für ihn etwas Besonderes war.

»Komm her zu mir«, sagte er von der Bettkante aus und öffnete mir seine Arme. Langsam bewegte ich mich auf ihn zu, ohne eine Idee, wie es jetzt weitergehen sollte. Im Film würden wir uns wahrscheinlich die Kleider vom Leib reißen und übereinander herfallen. Aber dies hier war kein Film, es war echt, es war nicht gespielt. Es war viel prickelnder, viel, viel schöner.

»Wir könnten uns unter der Dusche aufwärmen«, regte er an, stand auf und legte zwei Bademäntel aufs Bett. Ganz nahe zog er mich zu sich heran, ich fühlte, wie sein Herz klopfte. Er streichelte mir über die Hüften abwärts und legte seine Hände auf meine Rundungen.

»Meine Rückseite hast du ja schon nackt gesehen. Bist du bereit für die Frontansicht?«, fragte er leise und begann, sich auszuziehen.

In seinen Augen brannte sehnsuchtsvolles Verlangen und in meiner Mitte pochte es heiß. Wir standen einander gegenüber und legten Stück für Stück unsere Kleidung ab, ohne den Blick voneinander zu lösen.

In der Dusche hatten wir auch zu zweit reichlich Bewegungsfreiheit. Unter dem warmen Geplätscher lösten wir unsere Unsicherheiten mit Küssen und zärtlichen Berührungen vollkommen auf. Auf Hannes' Brust, über seinem Herzen, verriet eine lange Narbe, dass sein Leben es nicht immer gut mit ihm gemeint hatte. Ich fuhr mit dem Finger sanft darüber, er hatte ein schwaches Herz, das war offensichtlich.

»Herzinfarkt«, sagte er leise, als könnte er meine Gedanken lesen. »Ist schon einige Jahr her, inzwischen habe ich mich gut davon erholt und kann wieder alles machen, fast so wie vorher. Auch Sex. Nur Stress sollte ich vermeiden, der könnte bei mir tödlich enden.«

»Dann wollen wir uns gegenseitig lieber keinen Stress machen«, sagte ich leise schmunzelnd und bat ihn, mir zu zeigen, was er mit *Slow Sex* meinte, als er davon erzählt hatte. »Zeig mir, wie's geht.«

Hannes berührte mich auf eine leichte und unaufgeregte Art, die mein Verlangen immer mehr, bis ins Unermessliche steigerte. Ich stöhnte auf, als er langsam und sanft und doch kraftvoll in mich eindrang und wir uns dabei in die Augen schauten. In mir explodierte ein Feuerwerk, das mich ins Nirgendwo trug und schweben ließ. Wie betäubt fand ich später unfassbar glücklich zu mir zurück.

»Danke«, hauchte ich und kuschelte mich an ihn.

»Ich danke dir, Mareike«, raunte Hannes mir zu. »Es gibt nichts Schöneres und Erregenderes als eine Frau, die ihre Lust annehmen und Berührungen mit allen Sinnen genießen und sich fallen lassen kann.«

Wir wickelten uns wieder in unsere Bademäntel, und Hannes erzählte mir von seinem Herzinfarkt und was sich seitdem in seinem Leben verändert hatte. Der Infarkt, er hatte sich vorher nicht angekündigt, war ein Ereignis, das ihn aufgerüttelt und aus der Bahn geworfen hatte. Eine Bahn, die nicht besonders gradlinig war, sondern einer Achterbahn glich. »Ich hatte mir selbst wahnsinnig viel Druck gemacht, mit meinem Perfektionswahn. Das war im Job so und auch in meinem Privatleben.«

»Warst du in einer Beziehung, als es passierte?«

»Ja und nein. Meine damalige Freundin war fast zwanzig Jahre jünger, sehr hübsch und voller Power, was mich ungemein faszinierte. Sie war Stewardess, bei einem Flug nach New York lernten wir uns kennen und verliebten uns ineinander. Ich wollte ihr und mir beweisen, dass ich noch mithalten konnte. Wenn wir zusammen waren, verbrachten wir keinen Abend auf dem Sofa. Als ich umkippte, war sie nicht da, sie flog durch die Welt und ich in die Klinik. Zum Glück war ich in meinem Büro, als es passierte, und meine Sekretärin saß nebenan, die Tür war nur angelehnt. Sie hat mir das Leben gerettet, sie wusste sofort, was los war und auch, was zu tun war.«

»Und deine Freundin? Wie hat sie darauf reagiert?«, wollte ich weiterhin wissen.

»Sie hat mich in der Reha besucht und ich tat ihr

furchtbar leid. Das konnte ich nicht ertragen. Unsere Beziehung war auch nicht von langer Dauer, wenn man es überhaupt so bezeichnen will. Wir hatten Spaß zusammen und gingen gern miteinander aus und gern miteinander ins Bett. Mein Leben hat sich drastisch verändert seitdem.«

»Das glaube ich dir sofort.« Ich schob meine Hand unter seinen Bademantel und ließ sie auf seiner Narbe ruhen. »Ist es nicht erschreckend, erst in eine lebensbedrohliche Situation geraten zu müssen, um zu erkennen, dass es so nicht weitergehen kann?«

»So ist das Leben. Du glaubst gar nicht, wie dankbar ich bin, hier mit dir auf dem Bett zu liegen. Und auch, dass ich es wieder schaffe, zehn Kilometer zu joggen. Aber das Beste ist, dass ich meinen Perfektionismus losgeworden bin.«

»Das war wohl am schwierigsten, oder?«

»Es ist mir nicht leichtgefallen. Aber ich hatte gute Unterstützung durch einen Therapeuten, der mich begleitet hat. Wie ist es denn bei dir? Äußerliche Narben sind mir nicht aufgefallen.«

»Ich bin ein Glückskind«, sagte ich. »Mir geht es gut. Ich bin gesund, finanziell unabhängig und ich hatte eine schöne Kindheit, an die ich mich gern erinnere. Übrigens liebe ich es, auf dem Sofa zu liegen und Serien zu gucken«, sagte ich unvermittelt. »Nach einem anstrengenden Tag finde ich das wahnsinnig entspannend. Oder etwas Feines kochen, das ist wie Meditation.«

»Ja? Du kochst gern?«

»Noch lieber backe ich. Am Wochenende gibt's bei mir immer Kuchen. Dann kommt meine Tochter oft mit Mann und Baby vorbei, das sind so meine Highlights.«

»Darf ich auch mal vorbeikommen?« Wir sahen uns an, und als ich mit der Antwort zögerte, sagte Hannes: »Ich kann gut Gemüse schnippeln, Soßen abschmecken und selbst gebackenen Kuchen essen.«

»Wenn das so ist, bist du herzlich eingeladen.« Den Gedanken an Alex, der beim Stichwort *Kuchen* in meinem Kopf auftauchte, schob ich schnell beiseite. »Ich würde mich freuen.«

Da wir nun alles Wesentliche besprochen hatten, feierten wir mit einem Prosecco das Leben, das Älterwerden und die verjüngende Wirkung von gutem Sex. Dieses spezielle Anti-Aging wollten wir unbedingt in unsere Leben integrieren.

»Was für ein Tag«, murmelte ich noch, bevor ich in den Schlaf hinüberglitt.

»Was für eine Nacht«, ergänzte Hannes.

Nach nur ein paar Stunden Schlaf wachte ich auf und konnte nicht wieder wegdösen. Hannes lag auf dem Rücken, seine Hand ruhte auf meinem Bauch, er atmete tief und gleichmäßig. Es war noch nicht einmal sechs Uhr früh und es war wohl besser, wenn ich nicht blieb, sondern in meine Villa zurückging.

Lautlos huschte ich aus dem Bett, zog mich an und suchte meine Sachen zusammen. Ich wollte Hannes nicht aufwecken, beugte mich nur für einen gehauchten Abschiedskuss über ihn, aber ausgerechnet in dem Moment blinzelte er zu mir hoch.

»Mareike«, murmelte er und setzte sich auf, als er sah, dass ich schon angezogen war.

»Träum weiter«, flüsterte ich. »Ich gehe zurück in meine Villa, ich konnte nicht wieder einschlafen.«

»Bleib doch noch. Ich dachte, wir frühstücken zusammen.«

»Hey, nicht traurig sein. Aber ich glaube, es ist besser,

wenn ich zum Frühstück in meiner Pension bin und wenn niemand mitkriegt, dass ich nicht dort übernachtet habe.«

»Wegen Alex?«

»Nein«, sagte ich entschieden. »Es ist, weil ich glaube, dass meine Freundinnen sich noch eine Überraschung für mich ausgedacht haben. Die haben der Frühstücksfee bestimmt geflüstert, dass ich heute Geburtstag habe und sie mich verwöhnen sollen.«

»Sicher?«

»Ja. Was soll die Frage? Denkst du etwa, es könnte mir leidtun, was letzte Nacht geschehen ist? Das tut es nicht, das kann ich dir versprechen. Du hast mir das beste und schönste Geschenk gemacht, gern wieder.«

»Dann sehen wir uns nachher? Nach dem Frühstück?«

»Ja, mein Lieber. Ich melde mich, wenn ich so weit bin. Ich will diesen Tag doch auch mit dir verbringen.«

Ich setzte mich zu ihm auf die Bettkante und war kurz versucht, zu ihm unter die Decke zu schlüpfen. Es war verlockend. Aber ich fühlte mich auch meinen Freundinnen gegenüber verpflichtet, ich wollte sie nicht enttäuschen und erst recht nicht, dass sie von meinem nächtlichen Abenteuer erfuhren.

16

Es war genau so, wie ich es mir gedacht hatte, abgesehen von dem kleinen Haushund, der mich freudig begrüßte, als ich leise meine Pension betrat und durchs Treppenhaus schlich.

»Moin. So früh schon unterwegs?« Die Chefin des Hauses hatte mich auf frischer Tat ertappt. »Ich kenne das«, sagte sie. »Wenn ich nicht schlafen kann, mache ich auch meistens einen Spaziergang ans Meer.«

»Hmm.« So viel Plauderei am frühen Morgen war mir zu viel. Ich nickte ihr freundlich zu und hoffte, damit alles gesagt zu haben, aber sie schnackte munter weiter.

»Man wird ja auch nicht alle Tage sechzig. Herzlichen Glückwunsch zum Geburtstag«, zwitscherte sie fröhlich, ohne Anspielung auf meine Augenringe, die von einer kurzen Nacht zeugten. »Kaffee ist noch nicht fertig. Legen Sie sich doch noch ein bisschen aufs Ohr und dann erscheinen Sie wieder zum Spätstück.« Sie lachte über ihre spitzfindige Bemerkung, für die ich nur ein müdes Lächeln übrighatte und die ich mit einem unterdrückten Gähnen beantwortete.

Ich schlich weiter nach oben, kuschelte mich in mein Bett

mit den Herzluftballons an den Pfosten und stellte meinen Wecker auf halb zehn.

Die Frühstücksfee empfing mich mit einem Glückwunsch am Eingang zum Frühstücksraum und zählte auf, welche Spezialitäten heute auf dem Speiseplan standen. Während wir plauderten, ließ sie durchblicken, dass mich noch eine Überraschung erwartete.

Beim Anblick des liebevoll gedeckten Tischs und der bunten Girlande, mit der mein Platz geschmückt war, ging ich davon aus, dass sie das mit der Überraschung meinte. Eine Geburtstagskerze brannte und ein üppiger Blumenstrauß stand mitten auf dem Tisch. Als ich mich setzte, sah ich erst, dass ein zweites Gedeck aufgelegt war, und bekam Fragezeichen in den Augen.

»Für wen ist das?«, fragte ich wenig erfreut. Wieso setzten sie mir ausgerechnet heute einen anderen Gast an meinen Tisch?

»Wir haben uns überlegt, dass es doch viel schöner ist, wenn man am Geburtstag nicht allein frühstücken muss.«

»Ich darf aber schon anfangen? Oder muss ich noch warten, bis mein Tischnachbar da ist?«, grummelte ich und bediente mich am Kaffee. »Es ist ja nett gemeint, aber eigentlich möchte ich lieber ungestört sein. Ich wollte mir in Ruhe die Glückwünsche auf meinem Handy ansehen.« Demonstrativ drehte ich mein Handy um und freute mich über etliche Nachrichten, die seit Mitternacht eingegangen waren.

»Da kommt Ihr Tischnachbar ja schon.« Die Frühstücksfee lachte spitzbübisch und trat einen Schritt zur Seite.

»Alex?«, rief ich erstaunt aus.

Mit federnden Schritten und ausgebreiteten Armen eilte er zu mir und freute sich über mein dummes Gesicht.

»Die Überraschung ist geglückt, könnte man sagen«, rief er grinsend und nahm mich in den Arm. »Happy Birthday, Mareike, mein Mädchen.« Vor allen Leuten gab er mir einen innigen Geburtstagskuss. Das war wieder einmal typisch für ihn.

»Wieso bist du hier?«, stotterte ich. »Ich dachte, du bist im Allgäu.«

»War ich auch. Aber nur bis Samstag. Glaubst du denn wirklich, ich lasse dich an deinem runden Geburtstag allein?« Er grinste übermütig, setzte sich und bedankte sich bei der Frühstücksfee für ihre Unterstützung und die gelungene Geheimhaltung. Ich konnte keinen Bissen runterkriegen, Alex' unangemeldeter Besuch brachte meine Pläne komplett durcheinander. »Freust du dich denn gar nicht?«, fragte er angesichts meiner verhaltenen Reaktion. Er hatte anscheinend einen Gefühlsausbruch von mir erwartet. Normalerweise hätte ich auch so reagiert, aber nach der letzten Nacht war alles anders.

»Doch. Ich bin völlig platt und gerührt«, gab ich wahrheitsgemäß zu. »Aber du hättest nicht so ein Geheimnis darum machen müssen. Ich hätte mich viel mehr gefreut, wenn ich das schon bei meiner Abreise gewusst hätte.«

»Ich war mir nicht sicher, ob du dich wirklich gefreut hättest«, bekannte er. »Du siehst richtig gut erholt aus. Du strahlst, wie sich das für ein Geburtstagskind gehört.«

»Ja? Tue ich das?«, fragte ich verlegen, eigentlich sah ich doch immer so aus. »Bist du eben erst angekommen mit der Fähre?« Ich sah auf die Uhr, er war extra wegen mir früh losgefahren. Alex war echt süß, wie er so dasaß und sich wie ein kleiner Junge freute, der mir einen Streich gespielt hatte.

Er nickte. Alex würde niemals mit vollem Mund sprechen. Das war eine Eigenschaft, die ich an ihm schätzte, er hatte gute Manieren.

»Und wie lange bleibst du? Hast du vielleicht das Upgrade meiner Zimmerbuchung veranlasst?«

»Hm. Ich war so frei. Und ich habe deinen Urlaub noch bis Samstag verlängert, damit wir zwei uns eine schöne Zeit machen können. Das wolltest du doch. Wie du siehst, habe ich das Unmögliche möglich gemacht.«

»*Was* hast du? Meinen Urlaub verlängert, ohne mich zu fragen? Hör mal, ich kann meinen Salon nicht ohne weiteres so lange allein lassen. Und du bleibst auch so lange auf Norderney?«

»Doch, kannst du. Ich habe mit Kerstin alles geregelt. Sie vertritt dich ausgezeichnet. Der Salon läuft auch mal ein paar Tage ohne dich.« Ich wusste nicht, ob ich mich freuen oder mich über ihn ärgern sollte. »Man muss auch mal loslassen können«, schob er hinterher und bestrich sich ein Croissant mit Butter.

Nach einem ausgiebigen Frühstück wollte ich Alex mein schnuckeliges Apartment zeigen, doch in der Tür blieb ich wie erstarrt stehen. Mitten im Zimmer stand sein Gepäck! »Habe mich heimlich reingeschmuggelt, die sympathische Frühstücksdame hatte dich deswegen so lange abgelenkt. Hat sie gut gemacht, nicht wahr? Du hast nichts davon gemerkt.« Wieder grinste er, sein Plan war aufgegangen. Ich war hin- und hergerissen, meine Gefühle schwankten zwischen Wut und Begeisterung über so viel Einfallsreichtum.

»Nun komm erst mal her, Mareike. Wir haben uns noch gar nicht richtig begrüßt«, sagte er leise, nahm mich in den Arm und küsste mich leidenschaftlich. Wie gewohnt erwiderte ich den Kuss, vielleicht nicht ganz so innig, denn mir war nicht danach, jetzt mit ihm ins Bett zu gehen.

»Dann heben wir uns das für später auf«, meinte er und

unterbreitete mir seine Ideen für den heutigen und für die nächsten Tage.

»Alex, du kannst nicht einfach über meine Zeit bestimmen«, beschwerte ich mich. »Das weißt du genau. Das ärgert mich und macht mir Stress.«

»Wir können das alles ändern, wenn es dir nicht gefällt«, räumte er ein. »Du hast Geburtstag. Du darfst dir was wünschen. Bist du gut reingekommen oder hast du schon geschlafen?«

Was für eine Frage! Wenn ich jetzt die Wahrheit sagte, war der Tag gelaufen.

»Bin ganz ruhig reingekommen. Um Mitternacht habe ich einen Sekt getrunken, dabei dem Meeresrauschen gelauscht und dann bin ich ins Bett gegangen«, verriet ich ihm meine Wahrheit, die noch nicht einmal gelogen war.

»Was hältst du von einem Spaziergang zur Milchbar? Wir können uns dort in die Sonne setzen und etwas chillen. Gefällt dir das?« Fragend sah er mich an, auch wenn es nur eine rhetorische Frage war. Für Alex stand bereits fest, dass wir es so machen würden.

»Geh du ruhig schon vor, ich komme gleich nach«, sagte ich. »Ich habe Leonie versprochen, sie heute Vormittag anzurufen. Sonst macht sie sich wieder Sorgen.«

»Bestell ihr herzliche Grüße von mir. Schade, dass sie nicht mitkommen konnte. Ich suche uns schon mal ein schönes Plätzchen, meine Süße. Steht dir gut, deine neue Frisur.« Er strich mir über den Kopf, als wollte er meine Frisur zerstrubbeln. »Kannst du mir heute oder morgen vielleicht die Haare schneiden? Du hast deine Schere doch sicher dabei.«

Auf diese Frage hatte ich nur gewartet. Ich schmunzelte in mich hinein. »Wusste ich's doch.«

Alex hauchte mir einen flüchtigen Abschiedskuss auf die

Wange, warf einen Blick auf seine Uhr und machte sich bestens gestimmt auf den Weg zu dem angesagten Strandlokal.

»Uff.«

Wenig später verließ auch ich meine Villa, nachdem ich die Glückwünsche meiner Tochter entgegengenommen und kurz mit ihr telefoniert hatte, was immer ein wenig schwierig war. Ungestört reden konnten wir nur, wenn die Kleine schlief, aber auch dann wirbelte Leonie noch herum und erledigte tausend Dinge nebenbei. Ihr Organisationstalent musste sie wohl von mir geerbt haben. Anschließend schrieb ich Hannes schweren Herzens eine WhatsApp-Nachricht, in der ich ihm mitteilte, dass wir uns heute nicht mehr treffen konnten, und nannte ihm auch den Grund.

Ausnahmsweise schlug ich nicht den direkten Weg zur Milchbar ein. Ein Stück weiter vorne ging ich an den Strand runter und lief zu der Stelle, an der ich meine Flaschenpost ins Wasser gelassen hatte. Erfreut nahm ich zur Kenntnis, dass sie nirgends zu sehen war. So sollte es sein.

Ich brauchte frischen Wind in meinen Gedanken, die pausenlos von Alex zu Hannes sprangen und wieder zurück. Sollte oder musste ich Alex von dem charmanten Hochzeitsfotografen erzählen? Auch davon, wie nahe wir uns in der kurzen Zeit gekommen waren? Besser nicht, entschied ich. Oder doch? Wie würde Alex, mein Lieblingsmensch, so nannte ich ihn, darauf reagieren, wenn ich ihn jemandem vorstellte? Mit gewohnter Gelassenheit? Würde er versuchen, sich selbst zu coachen und sich seine Wunderfragen stellen? Oder sollte ich eine völlig neue Seite an ihm kennenlernen? Einen verletzlichen Mann, der vor Eifersucht Amok lief? Nein. Das konnte ich mir bei aller Fantasie nicht vorstellen. Ich musste sogar kichern bei dem Gedanken daran, wie er mir eine Szene machte. Nein, so war er nicht. Alex würde still leiden und sich mir gegenüber nichts anmerken lassen.

Zwischendurch sah ich auf mein Handy, ich wartete auf eine Nachricht von Hannes. Zugestellt worden war meine Nachricht, das besagten die blauen Häkchen im Chat. Aber das war auch alles. Hatte ich Hannes gekränkt oder war ich einfach zu ungeduldig? Verloren hatte er sein Handy bestimmt nicht schon wieder.

17

Das anhaltend schöne Sommerwetter lud dazu ein, sich in einen Liegestuhl zu fläzen und bei einem sommerlichen Getränk vor sich hin zu dösen. Das ging nicht nur mir so. Sämtliche Sitzgelegenheiten des beliebten Strandlokals waren von Sonnenhungrigen belegt. Suchend sah ich mich nach Alex um, bestimmt saß er an einem der Tische, die besonders heiß begehrt waren. Er hatte ein unglaubliches Talent, überall den besten Platz zu ergattern.

Als ich ihn tatsächlich dort entdeckte, stolperte mein Herz vor Freude. Er saß zwischen meinen Freundinnen Kerstin und Tanja. Sie strahlten mit der Sonne um die Wette, als sie mich erblickten. Das war das reinste Komplott, das sie hinter meinem Rücken geschmiedet hatten. Und dann sah ich Hannes, der direkt neben ihnen am Tisch saß. Ich bekam Schnappatmung, als er sich bei meinem Anblick erhob und mit ausgestreckten Armen auf mich zukam.

Meine Freundinnen waren zum Glück schneller, sie drückten mich mit viel Trallala, und Hannes hielt in der Bewegung inne und trat den Rückzug an. Ob Alex auf ihn aufmerksam geworden war, konnte ich nicht einschätzen. Hinter seiner Sonnenbrille erweckte er den Anschein, als hätte er Hannes nicht gesehen. Auch das war eine Eigenschaft, die er meisterlich beherrschte. Alex konnte sich abgrenzen, sich distanzieren von allem, was ihm nicht wichtig erschien.

»Ihr seid ja verrückt!«, rief ich meinen Freundinnen in Dauerschleife zu, als sie mir gratulierten und noch ein Geschenk überreichten. »Ihr habt mir doch schon die super Inselzeit geschenkt und das Skizzenbuch und alles für den Insellauf. Ihr seid total verrückt. Und nun seid ihr auch noch hier! Womit habe ich euch verdient?«

»Freundinnen hat man, die muss man sich nicht verdienen. Hast du geglaubt, wir überlassen dich an deinem sechzigsten Geburtstag mutterseelenallein deinem Schicksal? So gut solltest du uns kennen und wissen, dass wir für jeden Spaß zu haben sind. Dein Gesicht eben, das hättest du mal sehen sollen. Du hast ausgesehen, als stünde Neptun mit seinem Dreizack vor dir und wollte dich mitnehmen in seine Abgründe.« Wir kicherten bei der Vorstellung und alberten herum, so wie damals, als wir uns vor über vierzig Jahren kennengelernt hatten.

Kerstin und ich kannten uns aus der Berufsschule, seitdem hatten wir uns immer gegenseitig die Haare gemacht. Wir probierten alles aus und trugen stets den neuesten Style. Manchmal überschätzten wir uns und mussten mit niederschmetternden Ergebnissen leben. Ganz krass war unser Experiment mit der Dauerwelle gewesen. Wir hatten uns anschließend selbst nicht wiedererkannt. Da hatte nur eins geholfen: die Haare mussten ab. Von da an liefen wir mit einem Kurzhaarschnitt herum.

Schnell waren wir Freundinnen geworden und hatten uns geschworen, immer füreinander da zu sein. Daran hatte sich bis heute nichts geändert. Es war auch kein Problem für uns, dass Kerstin jetzt meine Angestellte war. Sie vertrat mich, wenn ich mal frei hatte, und ich wusste, dass ich mich immer auf sie verlassen konnte.

Als ich den Knoten des Geschenkbands auseinanderfummelte, erkundigte Tanja sich nach dem gutaussehenden älteren Herrn vom Nebentisch. Sie wollte wissen, woher ich ihn kannte.

»Das ist Hannes. Den habe ich bei der Hochzeit am Strand kennengelernt«, sagte ich mit fester Stimme. »Ich habe euch doch von dem Brautstrauß erzählt, und wie er«, ich machte eine Kopfbewegung in seine Richtung, »dann ankam und ihn zurückforderte. Er ist der Hochzeitsfotograf. Total netter Typ«, erzählte ich möglichst emotionslos. Keine Ahnung, ob meine Freundinnen etwas merkten, sie kannten mich wie kaum jemand anders, ihnen konnte ich nichts vormachen.

»Ach der.« Kerstin zwinkerte mir zu, stand auf und ging zu Hannes an den Tisch. Sie lud ihn ein, sich zu uns zu setzen.

»Du bist Fotograf?«, verwickelte sie ihn ins Gespräch und fragte, ob er so nett wäre, ein paar Fotos von dem Geburtstagskind mit ihrem Liebsten und ihren Freundinnen zu machen.

»Ich habe meine Fotoausrüstung nicht dabei«, wehrte er ab, was Tanja aber nicht gelten ließ. Sie gab ihm ihr Handy, das auch sehr gute Fotos machte. Wir rutschten alle zusammen, Alex legte seinen Arm um mich und schenkte mir für das Foto einen tiefen Blick, dem ich kaum standhalten konnte. Das machte er sonst nie. Hannes hielt den tiefen Blick im Bild fest, auch die Freundinnenposen und verzog nicht eine Miene.

Erst danach kam ich dazu, mein Geschenk auszupacken.

Alex kümmerte sich um unsere Getränke und ich gab mir größte Mühe, nicht vertraulich mit Hannes zu reden und Abstand zu halten. Meine WhatsApp-Nachricht musste er inzwischen gelesen haben, er verhielt sich tadellos, war zurückhaltend, aufmerksam und sehr charmant zu uns allen. Kerstin und Tanja hingen an seinen Lippen, als er seine Version mit dem Brautstrauß zum Besten gab. Alex wirkte gelangweilt.

Ich blätterte in meinem neuen Fotobuch, das meine Freundinnen mir geschenkt hatten. Die schönsten und lustigsten Aufnahmen unserer gemeinsamen Erlebnisse hatten sie zusammengetragen und mit witzigen Kommentaren versehen. Beim Durchblättern stellte sich heraus, dass wir unsere runden Geburtstage immer zusammen gefeiert hatten. Den Beweis hielt ich jetzt in Händen. Von Tanja und mir gab es sogar ein Foto an meinem zehnten Geburtstag. Wir trugen beide Zöpfe, wie fast alle Mädchen in der Klasse. Was sahen wir brav und anständig aus!

»Wie lange bleibt ihr denn?«, fragte ich die beiden, meinte aber hauptsächlich Kerstin, da der Laden ohne Kerstin und mich nicht lief. Zumindest war ich überzeugt davon.

»Zu kurz«, erwiderten sie wie aus einem Munde. »Viel zu kurz, wenn man sich den Wetterbericht ansieht. Aber dir, liebes Geburtstagskind, haben die paar Tage schon was gebracht. Du siehst richtig frisch und entspannt aus«, bemerkte Tanja, ohne zu ahnen, wie angespannt ich war.

»Du siehst wirklich nicht aus wie eine Sechzigjährige«, setzte Kerstin nach, was mir megapeinlich war. Das hatten wohl auch ein paar andere Leute mitbekommen. »Ich bleibe nur heute auf der Insel. Morgen früh geht's mit der ersten Fähre zurück, damit ich mittags wieder im Salon bin. Habe ich alles gut organisiert, du musst dir wirklich keine Gedanken machen.«

»Das ist soo lieb von dir, dass du dir das antust.«

»Ich tue mir nichts an«, protestierte sie. »Ich tue dir was Gutes. Und die restlichen Tage, die Alex deinen Urlaub verlängert hat, sind mit mir abgesprochen. Wir konnten die Termine so umlegen, dass kein Kunde gemeckert hat.«

»Wow!« Das hatten die beiden fein eingefädelt.

Dass eine Katastrophe auf mich zurollte, ahnte ich bereits, als ich Gretje mit ihrem Begleiter auf mich zukommen sah. Einen Geburtstagsgruß per Handy hatte sie mir am frühen Morgen schon zukommen lassen und sich nach meinem Befinden erkundigt.

Sie winkte mir fröhlich zu, und ich überlegte, wie ich sie davon abhalten konnte, Blödsinn zu erzählen. Sie glaubte immer noch, Hannes wäre der Idiot, von dem ich am Anleger gesprochen hatte. Ich war nicht schnell genug, die alte Dame positionierte sich schon bei uns am Tisch und schmetterte lautstark und von ganzem Herzen *Happy Birthday* für mich. Als sie fertig war und meine Gäste klatschten, nahm sie die kleine Gesellschaft genauer unter die Lupe. »Moin, Alex«, begrüßte sie Hannes leise kichernd. »Hast du Verstärkung mitgebracht?« Damit meinte sie den echten Alex, dem sie nun verschmitzt zulächelte. »Noch ein Idiot?« Damit verwirrte sie den echten Alex komplett. »Ich bin Gretje und ich hab dat Mädchen hier«, sie klopfte mir freundschaftlich auf die Schulter, »gleich nach ihrer Ankunft kennengelernt. Mareike, hast du schon erzählt, wie witzig das war?« Sie kiekste erneut und sah ihren Freund an.

Tanja und Kerstin amüsierten sich über die alte Lady und rutschten gleich für Gretje und Piet ein Stück zur Seite. Meine beiden Männer musterten sich verstohlen und hielten sich mit Bemerkungen zurück. Gretje hatte bereits für Verwirrung gesorgt, aber nun war sie im Begriff, das noch zu steigern. »Und du, wie heißt du denn?«, wandte sie sich an den echten Alex, der sich mit seinem Namen vorstellte. Sie schaute von einem zum andern und meinte: »Zwei Kerle auf einmal, die Alex heißen? Das ist ja lustig.« Sie klatschte in die Hände und schickte Piet los zum Getränkeholen.

»Darauf gibt's erst mal 'ne Runde Sanddornlikörchen«, sagte sie. »Den spendiere ich. Hat ganz viele Fittamine, damit wir auch schön gesund bleiben.«

Hannes war die Verwechslung unangenehm, er versuchte, das Missverständnis aus dem Weg zu räumen.

»Da hast du wohl was falsch verstanden«, sagte er zu Gretje, die sich mit meinen Mädels amüsierte. »Ich bin vielleicht ein Idiot, aber ich bin nicht Alex. Ich heiße Hannes.«

»Und warum hast du mir das nicht schon gesagt, als ich euch beim Italiener getroffen habe?«

»Habe ich doch«, verteidigte er sich. »Aber da war es so voll und so laut, wahrscheinlich hast du es nicht verstanden.« Hannes und ich wechselten einen Blick. Was war denn plötzlich in ihn gefahren?

Entspannter wurde es erst wieder, als Piet mit den Likörchen kam und wir auf die Gesundheit, die Liebe und sämtliche liebenswerten Idioten anstießen. Gretje war aufgekratzt. Mit ihrem schrägen Humor brachte sie uns zwar zum Lachen, aber als sie mit ihrem Begleiter von dannen zog, machte ich drei Kreuzzeichen. Zusammen mit den beiden alten Ostfriesen verabschiedete sich auch Hannes. Ich merkte ihm an, wie enttäuscht er war. Ich war es auch.

Später bummelten wir zum Nordstrand, mieteten Strandkörbe und futterten den Kuchen, den Tanja für mich gebacken und mit auf die Reise genommen hatte. Alex wurde von der vielen Schlemmerei und der frischen Luft ganz schläfrig. Er hatte einen langen Tag gehabt, er brauchte ein wenig Ruhe und Erholung. Tanja döste auch immer wieder ein, kein Wunder, so ein Strandkorb war wie geschaffen dafür.

»Komm, lass uns ein bisschen am Wasser entlanglaufen«, schlug Kerstin vor. Sie liebte es genauso wie ich, den feuchten Meeresboden unter den Fußsohlen zu spüren und Muscheln zu sammeln.

»Wieso hattest du eigentlich nicht so einen Bammel vor deinem Sechzigsten?«, fragte ich sie nach einer Weile. Sie war nicht viel älter als ich, nur ein paar Monate. Im Gegensatz zu mir hatte sie darüber nie ein Wort verloren.

»Weil es mir nicht so wichtig ist, wie alt man ist. Solange im Kopf alles beieinander ist und wir gesund sind, ist das doch völlig unwichtig. Aber ich kann dich auch verstehen«, sagte sie. »Vielleicht ist es anders, wenn man verheiratet ist oder in einer festen Beziehung lebt, in der man sich wohlfühlt und gut aufgehoben.«

»Ja, kann sein. Aber eigentlich bin ich mit meinem Leben sehr zufrieden. Ich habe ja meinen Alex.«

»Eigentlich«, sagte sie in dem Ton, der immer etwas nach sich zog. »Und uneigentlich?«, kam dann auch die nächste Frage.

»Ach, ich weiß auch nicht«, wich ich aus. »Es ist komplizierter, als ich dachte.«

»Sag mal, Mareike, was ist zwischen dir und diesem Hannes?«, wechselte sie ohne Vorwarnung das Thema. Das war auch nicht besser. Kerstin hatte feine Antennen, sie hatte etwas gemerkt.

»Was meinst du? Was soll zwischen uns sein?«

»Nun tu doch nicht so. Ich habe doch Augen im Kopf. Wie ihr euch angesehen habt! Und Alex gegenüber bist du anders als sonst. Irgendwie reservierter, zurückhaltender.«

»Glaubst du, Alex hat was gemerkt?«

»Hm.« Sie nickte vielsagend und sah mir in die Augen. »Alex ist ein Schatz, das weißt du. Er hat es nicht verdient, wenn du Spielchen mit ihm spielst. Er ist ein Guter.«

Wir blickten beide auf die Schaumkronen, die sich weiter hinten im Meer kräuselten, und schwiegen.

»Hannes und ich haben letzte Nacht in meinen Geburtstag hineingefeiert«, gestand ich zögernd. »Er hat mir ein Ständchen gebracht.«

»So wie diese Gretje?«, kicherte Kerstin, wurde aber schnell wieder ernst.

»Nein«, sagte ich und kicherte mit ihr, wie in unseren jungen Jahren. »Mit dem Saxophon. Am Strand. Bei Vollmond. Es war unglaublich romantisch.« Ich seufzte tief auf bei der Erinnerung.

»Und dann habt ihr euch geküsst.« Das war keine Frage, das war ihre logische Schlussfolgerung.

Ich nickte.

»Nur geküsst?«

Was sollte ich darauf antworten? Ich bückte mich und sammelte Muscheln auf, nur um sie nicht ansehen zu müssen. Als ich wieder hochkam, stand Kerstin immer noch an derselben Stelle und sah mich ungerührt an.

»Nicht nur geküsst«, flüsterte ich verlegen. Aber meine Augen leuchteten wohl bei der Erinnerung.

»Gratuliere!«, sagte Kerstin, grinste mich an und drückte mich, als hätte ich gerade Gold bei den Bundesjugendspielen gewonnen. Nur, dass es kein sportlicher Wettkampf, sondern eine Herausforderung des Herzens war.

»Wieso grinst du so dämlich?«, wollte ich wissen. »Bist du nicht entsetzt?«

»Kein bisschen, nur überrascht«, sagte sie. »Und so, wie du aussiehst, muss es etwas Besonderes gewesen sein.«

»Ja, das war es auch. Ich fühle mich unheimlich stark zu ihm hingezogen, frag mich nicht, warum.«

»Ich freue mich jedenfalls, dich so glücklich zu sehen. Vielleicht ist das der Anstoß, den du brauchtest, um dir klar zu werden, was du willst. Soweit ich weiß, denkst du schon länger darüber nach, ob und wie es mit Alex und dir weitergehen soll. Stimmt's?«

»Hm«, brummelte ich.

»Bitte sprich mit Alex und mach ihm nichts vor. Er wird es verstehen, denke ich. Versprichst du mir das?«

»Zehn Jahre sind wir jetzt zusammen. Eine schöne, lange Zeit, die ich nicht missen möchte.«

»Versprichst du mir, dass du mit Alex redest?«, wiederholte Kerstin noch einmal.

»Ja, ich verspreche es dir. Das hatte ich mir sowieso vorgenommen.«

»Gut. Ist Hannes verheiratet oder gibt es schon eine Frau in seinem Leben?«

»Nee. Er ist Single. Er war lange verheiratet und hat zwei erwachsene Kinder. Hannes glaubt, er ist nicht beziehungsfähig, aber er mag Frauen. Und gutes Essen.«

»Das passt doch schon mal. Willst du ihn vom Gegenteil überzeugen?«

Ich schüttelte den Kopf. »Auf keinen Fall. Da muss er von allein draufkommen, dass es eine Bereicherung sein kann, wenn man fest zusammen ist und sich aufeinander verlassen kann. Und nun lass uns zurückgehen und die beiden Schlafmützen aufwecken. Wir wollen doch den Sonnenuntergang genießen. Danke, Kerstin, für deine Offenheit, es hat mir gutgetan, mit dir darüber zu reden. Schade, dass du morgen schon wieder fährst.«

»Einer muss sich schließlich darum kümmern, dass das Geld reinkommt«, sagte sie, legte mir den Arm um die Schultern, und so gingen wir zurück zu Alex und Tanja.

18

»Soll ich dir noch die Haare schneiden?«, fragte ich Alex, als wir auf meinem Zimmer waren, und entnahm die Schere dem Etui.

»Bist du nicht zu müde?«

»Deinen Kopf kenne ich so gut, bei dir muss ich kaum hingucken.« Alex sah mich zweifelnd an. »Setz dich hierher, na, komm schon. Ich habe seit dem Sanddornschnaps nichts mehr getrunken, du hast nichts zu befürchten.«

»Wenn schon, dann aber bitte mit Kopfmassage und Aromaduft.«

»Sollst du bekommen.«

Ich hielt ihm die kleinen Fläschchen unter die Nase und ließ ihn schnuppern. Er entschied sich für den, der für Klarheit stand. Mit einem Schmunzeln hüllte ich ihn in den wohlriechenden Nebel ein, ehe ich mit Hingabe seine Kopfhaut, die Ohren und den Nacken massierte. Wir sprachen nicht, Alex stöhnte vor Wonne nur manchmal auf, wie er es immer bei mir tat, wenn er sich entspannte. Ich war völlig vertieft in die Behandlung, als er in die Stille hinein fragte: »Auf einer

Skala von eins bis zehn, wo steht da unsere Beziehung für dich?«

»Wie bitte?«

»Ich weiß, dass dich das nervt, aber trotzdem. Wo siehst du unsere Beziehung auf einer Skala zwischen eins und zehn?«

»Und du?«, antwortete ich mit einer Gegenfrage, die Schere klappernd in der Hand. Wenn er jetzt etwas Falsches sagte, konnte das böse Folgen haben.

»Mareike, ich bin mir nicht sicher, auf welcher Stufe wir stehen. Ich kann es dir nicht sagen und ich habe das unbestimmte Gefühl, dass sich seit einiger Zeit zwischen uns etwas verändert.«

»Das Gefühl habe ich auch«, gestand ich. »Soll ich dir jetzt wirklich noch die Haare schneiden?«, vergewisserte ich mich, es war schon spät, fast Mitternacht.

»Bitte, Mareike«, sagte er, lehnte sich wieder zurück und schloss die Augen. »Mach nur. So viel zu schneiden, gibt es ja nicht.«

»Na gut. Wenn du darauf bestehst. Aber dann sei jetzt still, sonst wird das nichts. Wenn ich fertig bin, beantworte ich dir auch deine Zauberfrage.«

Was in seinem Kopf vorging, als ich ihn bearbeitete, hätte ich zu gern gewusst. Ich war sehr damit beschäftigt, ihn gut aussehen zu lassen und meine Gefühle einzuordnen. Das war so leicht nicht. Alex war mein Freund, mein Partner, meine Beziehung auf Distanz, der Mann, den ich von Herzen gernhatte. Aber war es noch Liebe?

Die anfängliche Verliebtheit, die sich nach seinem ersten Besuch in meinem Salon eingestellt hatte, war abgeflaut. Aber das war ja völlig normal mit der Zeit. Ich dachte daran zurück wie es gewesen war, als wir uns kennengelernt hatten und ich mich in ihn verliebt hatte. Hatte ich mich auch so stark zu ihm hingezogen gefühlt, wie das bei Hannes der Fall war?

Es war anders gewesen. Alex war nach einem Seminar in unserer Stadt ohne Termin in meinen Salon gekommen, eine Seminarteilnehmerin hatte mich empfohlen. Und dann stand er da, setzte sich in unsere Kaffeeecke und wartete über eine Stunde, bis ich ihn dazwischenschieben konnte.

Ich hatte gespürt, wie die Anspannung des Tages in meinem Friseurstuhl von ihm abgefallen war und er sich regenerierte. Er erzählte von seinem Job, dem Auftrag, den er bei mir in der Wartezeit noch schnell an Land gezogen hatte, und behauptete, ich sei sein Glücksbringer.

Als ich den Salon abends abschloss und nur noch aufs Sofa wollte, stand er vor der Ladentür und fragte, ob er mich zum Essen einladen dürfe. So etwas war mir in meiner ganzen Laufbahn noch nicht passiert. Es schmeichelte meinem Ego, dass dieser gutaussehende und dazu noch erfolgreiche junge Mann mich ältere Frau einlud. Damals sah ich mich tatsächlich als ältere Frau, dabei war ich erst Ende vierzig. Ich schätzte ihn deutlich jünger ein und fragte mich, ob er überhaupt schon vierzig Jahre zählte. Als ich ihn auf sein Alter ansprach, meinte er nur, er sei älter, als er aussähe, und betonte, dass das nicht wichtig sei. Sein fragendes »Oder?« löste in mir eine Gedankenlawine aus. Er stieß etwas in mir an, das Langzeitwirkung zeigte. Alex wurde so etwas wie eine Verjüngungspille mit Depotwirkung für mich. Man musste sie nur alle zwei Wochen einwerfen, um einen dauerhaften Effekt zu erzielen.

Ich grinste vor mich hin, als er jetzt mit seiner lockigen Mähne vor mir saß, die ich bändigen sollte. Er sah immer noch verdammt gut aus. Mit dem Älterwerden gewann er zunehmend an Attraktivität. Und es gab genug Frauen, die sofort mit mir tauschen würden. Das klang zumindest heraus, wenn er nach einem Gruppencoaching zu mir fuhr und seinen Erfolg mit mir teilte.

Das schätzte er am meisten an mir, meine Fähigkeit zuzuhören, und hin und wieder eine interessierte Frage zu stellen. Oder aber, ihm meine laienhafte Meinung zu einem schwierigen Thema darzulegen. Wenn es in meiner Wohnung dann auch noch nach frisch gebackenem Kuchen duftete, war Alex selig und unsere Nächte angefüllt mit Liebe und Begehren.

Das Begehren ließ mit der Zeit nach, besonders bei Alex. Phasenweise war es auch bei mir so, die Wechseljahre machten sich bemerkbar. Meine Hormonschwankungen konnten aber auch ins Gegenteil umschlagen, ich hatte Lust auf Sex, und dann war Alex nicht da oder er war nicht in Stimmung. Wenn wir miteinander schliefen, war es gut, mit viel zärtlichem Gefühl. Ich berührte ihn gern und liebte es, wenn er den Coach mit seiner Kleidung ablegte und nur noch Mann war.

Mit einem tiefen Seufzer fuhr ich ihm zum Schluss durchs Haar und schlang von hinten meine Arme um ihn.

»Haare gut - alles gut«, sagte ich und gab ihm einen Kuss auf den Kopf.

»Nee, ganz so ist das nicht. Es ist nicht alles gut, das merken wir doch beide«, kam es leise von ihm. »Hast du über meine Frage nachgedacht?«

»Hm«, sagte ich und reichte ihm den Handspiegel, in dem er sich von allen Seiten betrachtete. »Haare gut, aber es ist nicht alles gut. Zu welchem Ergebnis bist du gekommen?«

Ich zuckte mit den Schultern. Im Spiegel kreuzten sich unsere Blicke und ich schlug vor, das Gespräch auf morgen zu vertagen. »Lieber Alex, du weißt, dass ich deine Methoden in unserem Privatleben nicht mag. Aber nun greife ich auch mal zu einer.«

Verwundert sah er auf, legte den Spiegel beiseite und zog mich an sich heran. »Was denn?«

»Ich möchte, dass wir beide aufschreiben, wo wir uns in unserer Beziehung sehen, und die Zettel verdeckt auf den Tisch legen. Sonst sind wir nicht unvoreingenommen und die Antwort wäre nicht objektiv.«

»Guter Vorschlag. Du hast was von mir gelernt«, bemerkte er mit seinem jungenhaften Schmunzeln und griff zu meinem Skizzenblock auf der Kommode. Noch ehe ich ihm den Block aus der Hand reißen konnte, hatte er ihn schon aufgeschlagen und starrte auf meine Zeichnungen.

»Ist das von dir?« Er blätterte um und blieb an dem Selbstporträt von Hannes hängen, auf dem man ihn nicht unbedingt erkennen konnte. Dumm nur, dass sein Name und das Datum darunterstanden. »Seine Skizze? Oder hast du ihn porträtiert?« Alex riss ein leeres Blatt ab und klappte den Block wieder zu. »Ich hatte von Anfang an das Gefühl, dass da was ist zwischen euch. Dann habe ich mich also nicht getäuscht.«

»Wir haben im Strandkorb gesessen und uns mit den Skizzen die Zeit vertrieben«, versuchte ich, es zu verharmlosen.

»Mareike, ich kenne dich. Ich kann in dir lesen wie in einem offenen Buch.«

»Und was liest du?«

»Dass du schwindelst, lese ich. Und auch, dass du ihn magst. Vielleicht sogar mehr als das. Versuch gar nicht erst, dich da rauszureden.«

Bedröppelt stand ich mit den Stiften in der Hand vor ihm und konnte nichts erwidern. Es stimmte alles. »Wollen wir nicht trotzdem den Zettel ausfüllen? Jeder für sich. Jetzt?«

»Ja. Aber umdrehen sollten wir sie erst morgen früh«, sagte Alex.

»Gemeinsam!«, schob ich noch hinterher.

»Eine Bitte habe ich«, sagte Alex leise. »Macht es dir was aus, wenn der Brautstrauß und die Luftballons im Bad übernachten? Ich kann hier sonst nicht schlafen.«

»Verstehe«, erwiderte ich und kam seinem Wunsch nach.

Wie so oft gingen wir gemeinsam ins Bett und kuschelten uns auch in dieser Nacht aneinander. Vielleicht war es die Verzweiflung, etwas Liebgewonnenes zu verlieren und keine weiteren Nächte miteinander zu teilen. Ich mochte es, wenn er sich an mich schmiegte, eine Hand auf meiner Hüfte und sein Atem in meinem Nacken. Als ich mich zu ihm umdrehte und wir Bauch an Bauch lagen, krabbelte er mit seinen Fingern unter mein Schlafshirt und nach oben zu meinen Brüsten, und ich genoss seine Zärtlichkeiten mit allen Sinnen. Nicht nur das, ich drängte mich ihm entgegen.

In dieser Nacht liebten wir uns mit einer Innigkeit, die ich schon verloren geglaubt hatte. Wir sagten nichts, wir fühlten einander nur und schliefen eng beieinander ein.

Den Schlaf, der in der Nacht zuvor zu kurz gekommen war, holte ich in dieser nach. Es machte mich nachdenklich, dass ich nach diesem Geburtstag überhaupt zur Ruhe gekommen war. Beim Aufwachen erschrak ich allerdings, Alex lag nicht mehr neben mir. Mit einem Satz war ich aus dem Bett und sah mich um.

Sein Koffer stand hinter den Vorhängen verborgen, erleichtert atmete ich auf, als ich ihn da stehen sah. Alex war noch nicht abgereist. Das hätte ich ihm auch nicht verziehen, wenn er, ohne ein Wort zu sagen, abgehauen wäre.

Auf der Kommode lagen unsere Zettel mit der Bewertung unseres Gefühlschaos einträchtig nebeneinander. Ich musste sie nur umdrehen, als ich aber die Nachricht auf seinem Blatt las, riss ich mich zusammen.

Es wäre tatsächlich nicht fair, aber auf ihn zu warten, war zermürbend.

Ich war fast am Verhungern, als Alex befremdlich heiter von seinem Strandspaziergang zurückkehrte. Nun hieß es Farbe bekennen. Ich trat an die Kommode, streckte meine Hand aus und kreiste über den abgerissenen Stückchen Papier, die für unsere gemeinsame Zukunft von Bedeutung waren.

»Lass uns erst frühstücken gehen«, schlug Alex vor. »Sonst verpassen wir es und das wäre schade.«

»Du denkst mal wieder praktisch«, sagte ich mit einem Lächeln und ließ den Arm sinken. »Vermutlich hat mein Privatcoach mal wieder recht. Wir sollten uns erst stärken.«

So wie er es immer tat, legte Alex den Arm um meine Schultern, als wir hinuntergingen in den Frühstücksraum und uns an den gedeckten Tisch setzten. Die Chefin des Hauses wünschte uns einen schönen, guten Morgen und erkundigte sich bei Alex, ob er mit dem Zimmer zufrieden sei. Wenig später sahen wir sie mit ihrem süßen, kleinen Vierbeiner die Straße entlanglaufen.

Von Kerstin ploppte eine Nachricht auf. Sie saß schon im Zug und wünschte mir, die restlichen Tage noch das Seeklima genießen zu können. Tanja hatte sich ebenfalls gemeldet und angefragt, was wir heute unternehmen und wann wir uns treffen wollten. Heute und morgen weilte sie noch auf der Insel und stellte sich vor, mit uns zusammen die schönsten Plätze zu erkunden.

Alex war, so wie ich, in sein Handy vertieft. Er schrieb mit gerunzelter Stirn Nachrichten, die er normalerweise diktierte. Aber das konnte er hier schlecht machen.

»Alles in Ordnung bei dir?«, fragte ich zaghaft.

»Ja, nichts Dramatisches. Ich muss nur mal wieder besonders flexibel sein. Ein Termin muss verschoben werden, das gestaltet sich gerade schwierig. Aber darum kümmere ich mich später. Ich denke, wir haben Wichtigeres zu tun.« Er wischte sich mit der Serviette über den Mund, trank seinen letzten Schluck Kaffee aus und nickte mir zu. »Lass uns nach oben gehen.«

19

»Augen zu«, sagte Alex, als wir vor der Kommode standen und die Zettelchen lüften wollten.

»Auf mein Kommando drehen wir sie um«, entschied ich. »Eins – zwei – drei!«

Als wir die Augen öffneten, mussten wir beide lachen. Auf beiden Zetteln stand die Zahl Sieben.

»Du auch?«, fragte ich. So viel Übereinstimmung hatten wir nicht erwartet.

»Das hätte ich nicht gedacht«, meinte Alex und gab mir einen freundschaftlichen Kuss, bevor die nächste Frage von ihm kam, mit der ich insgeheim gerechnet hatte. »Was brauchst du, damit du zu acht oder neun kommst?« Darauf war ich vorbereitet, ich stellte sie mir ja seit Längerem.

»Ich denke, das weißt du«, wich ich aus. »Ich brauche mehr Nähe, auch räumliche Nähe, und gemeinsame Unternehmungen, mehr Zeit für uns. Aber ich weiß selbst, wie schwierig das für uns ist. Und du? Was brauchst du?«

»Mareike, ich möchte dir nicht zu nahe treten, aber ich bin damit zufrieden, wie es zwischen uns ist. Du bist eine wunderbare Frau, mit dir kann ich über alles reden, du bist großzügig und hast so ein großes Herz. Du bist klug und besitzt eine natürliche Menschenkenntnis, die nicht antrainiert ist, sondern auf Lebenserfahrung beruht. Aber du bist auch eine unverbesserliche Romantikerin und damit komme ich nicht klar.« Er zeigte auf die Luftballons, die wieder an ihrem alten Platz gute Laune verbreiteten, und den Brautstrauß auf der Kommode.

Ich schluckte. Jedes Wort von ihm traf zu. »Das ist dein Problem?«, stellte ich fest. »Fühlst du dich eingeengt von mir?« Ich gab ihm alle Freiheiten, die er brauchte, und hatte nie ein Wort darüber verloren. Ich teilte sogar seine Auffassung, nach der Heiraten überbewertet wurde und man auch ohne Trauschein eine glückliche Beziehung führen konnte.

»Weißt du was?«

Ich schüttelte den Kopf.

»Ich glaube, wir sollten rausgehen und uns draußen unterhalten. Beim Laufen spricht es sich besser.«

Diese Erfahrung hatte ich selbst oft genug gemacht. Es kam mir sehr entgegen, unser klärendes Gespräch an einem anderen Ort zu führen. Der Brautstrauß stand wie ein Schiedsrichter zwischen uns.

Wir schlugen den Weg zur Strandpromenade ein und gingen runter ans Meer. Der Wellengang war heute stärker als in den vergangenen Tagen, und der Wind blies kräftig aus Nordwest.

»Weißt du, ich habe den Eindruck, ich kann dir nicht gerecht werden, so wie du es verdient hast. Das Gefühl habe ich schon lange und ich schäme mich dafür. Es ist nicht okay, aber es ist auch kein Grund zum Heiraten oder um unsere Beziehung zu beenden.«

»Versteh das nicht falsch, aber es ist nicht so, dass ich unbedingt heiraten möchte. Aber ich wünsche mir eine gemeinsame Zukunft. Einen Mann, mit dem ich mir zumindest vorstellen kann, zusammen älter zu werden.«

»Ach, mein Mädchen«, sagte Alex und nahm meine Hand. Wir gingen langsam weiter, es fühlte sich warm und gut an. »Ich verstehe, was du mir sagen willst. Aber ganz tief in dir träumst du von einem Ring am Finger, einem gemeinsamen Leben mit Reisen und viel Family-Time. Auch wenn ich nicht romantisch veranlagt bin, so habe ich doch sehr feine Antennen für das, was nicht ausgesprochen wird.«

»Ich weiß.«

»Als ich vorhin am Wasser war, habe ich eine Entscheidung getroffen«, sagte er, blieb stehen und sah mich an. Ich erwiderte seinen Blick. Ich ahnte, was kommen würde.

»Du willst dich von mir trennen«, sagte ich. Es war keine Frage, es war eine Feststellung. Was sonst konnte er sich überlegt haben?

»Ganz so krass würde ich es nicht ausdrücken.« Er fuhr sich durchs Haar, blickte auf die Horizontlinie und eröffnete mir, was ihm durch den Kopf gegangen war: »Ich denke, wir sollten eine Beziehungspause einlegen.«

»Wie? Du meinst für einen Monat? Oder ein halbes Jahr? Oder wie?« Das Wort *Beziehungspause* störte mich gewaltig. Das Leben machte keine Pausen. In mir sperrte sich etwas, auch wenn ich das nicht wollte.

»Nur so lange, bis du für dich herausgefunden hast, was du wirklich willst und ob du mich überhaupt noch willst«, sagte Alex.

»Nein, Alex«, entgegnete ich mit aller Klarheit. »Ich bin nicht dein Pausenclown. Ich will keine Beziehungspause. Ich will eine echte Partnerschaft mit Verständnis und Verantwortung füreinander und gemeinsamen Interessen.«

»Ich habe Verständnis und bin ein verantwortungsvoller Mensch«, erwiderte er von sich überzeugt. »Und gemeinsame

Interessen haben wir genug. Sieh mal, du kochst und backst gern, und ich liebe deine Küche.«

»So viel zu gemeinsamen Interessen«, sagte ich leise lachend. Der Mann hatte ein unbeschreibliches Talent, Dinge so auszulegen, wie sie für ihn passend schienen.

»Und was schlägst du vor?«

»Ach Alex ...« Mir traten Tränen in die Augen, als ich ihn ansah. »Wir hatten eine schöne Zeit zusammen, ich habe viel von dir gelernt und ich schätze dich sehr. Aber ich glaube, unsere Wege führen nicht zusammen. Niemals. Wir stehen an einer Kreuzung und jeder von uns will einen anderen Weg einschlagen. Geh du deinen, ich werde meinen auch finden.« Mir war eisig kalt. Der Wind fegte den Sand vor sich her, es tat weh, wenn er einem die feinen Körnchen ins Gesicht blies.

»Eine schöne Metapher«, sagte Alex, legte den Arm um mich und wärmte mich. »Gedacht hatte ich auch daran, aber das mochte ich dir nicht antun. Lass uns zurückgehen, dann kann ich noch die Nachmittagsfähre nehmen.«

»Du Heuchler!« Ich knuffte ihn in die Seite. »Du hast dir längst eine Fähre ausgeguckt.«

»Na ja. Es bringt doch nichts, wenn ich länger hierbleibe und du gedanklich bei diesem Hannes bist«, gab er zu bedenken. »Es passt schon. Dann kann ich von zu Hause aus noch ein paar liegengebliebene Aufgaben erledigen. Aber du kannst natürlich noch bleiben. Das Zimmer ist bis Samstag bezahlt.«

»Hannes hat nichts damit zu tun«, widersprach ich und fand mich selbst nicht gerade überzeugend.

»Sicher?«, zweifelte Alex an meinen Worten. »Ist ein interessanter Mann, dein Hannes. Vielleicht findest du bei ihm das, wovon du träumst. Ich wünsche es dir jedenfalls von ganzem Herzen.«

»Danke, Alex.« Ich drückte seine Hand. »Es wäre schön, wenn wir uns nicht aus den Augen verlieren und wenn wir in Freundschaft verbunden bleiben würden.«

»Das wünsche ich mir auch, meine liebe Mareike«, sagte er. »In den nächsten Wochen sollten wir uns aber gegenseitig in Ruhe lassen. Ich glaube, das ist besser.«

»Ja, wahrscheinlich«, murmelte ich.

Es würde mir bestimmt nicht leichtfallen, keine Whats-App-Nachricht zu schicken, und, wie ich mich kannte, würde ich ihn auf seinem Instagram-Account stalken. Nur um zu sehen, was er machte und ob es ihm gut ging.

»Nun guck doch nicht so traurig, Mareike. Es ist nicht allein deine Entscheidung, es ist *unsere* Entscheidung. Danke für alles.« Alex zog mich an sich und ein letztes Mal küssten wir uns zärtlich.

Alex packte seine Sachen fix zusammen, er wollte den Bus zum Hafen nehmen, der in der nächsten halben Stunde fuhr. Ich bot an, ihn zu begleiten und ihm nachzuwinken, doch damit war er nicht einverstanden. Er hasste Abschiede sowieso, und dieser hier ließ ihn nicht so kalt, wie er vorgab. Er war nicht mehr der coole Typ, er war verletzt, das merkte ich ihm an.

Noch einmal wuschelte ich ihm durch die Haare. Es war doch gut, dass ich sie gestern noch geschnitten hatte.

»Haare gut – alles gut«, sagte ich halb scherzend, um die Stimmung ein wenig aufzuheitern. Das war jetzt der passende Spruch. Alex sprang darauf an und fragte, ob ich ihm künftig immer noch die Haare schneiden würde.

»Klar mache ich das. Aber dann mit Termin und in meinem Salon.« Nach einem Abschiedsküsschen sah ich zu, wie die Bustüren sich hinter ihm schlossen.

20

Von der roten Bank nahe der Bushaltestelle aus, rief ich Tanja an. Ich brauchte jemanden, mit dem ich reden konnte. Wozu hat man schließlich Freundinnen, wenn man sich innerlich leer, traurig und verlassen fühlt?

»Na endlich«, zwitscherte sie fröhlich. »Ich dachte schon, ihr habt euch aufs Zimmer verkrochen und holt einiges nach, weil ihr euch so lange nicht gesehen habt. Wie sind denn nun eure Pläne für heute?«

»Wir haben uns getrennt«, sagte ich leise und versuchte, die aufsteigenden Tränen zurückzuhalten. Ich musste aufs Zimmer gehen, von meinem Kummer sollte niemand etwas mitbekommen, auch keine Fremden, die zufällig vorbeiliefen.

»Habe ich mich verhört?«, fragte Tanja nach. »Ihr habt euch getrennt? Alex und du?«

Ich schniefte und nickte, was sie natürlich nicht sehen konnte.

»Weinst du?«

»Hm. Geht aber gleich vorbei. Alex sitzt jetzt im Bus, er ist auf dem Weg zum Hafen, er reist ab«, sagte ich tonlos. »Es ist die richtige Entscheidung, aber es tut ein bisschen weh. Kannst du vorbeikommen?«

»Natürlich«, versprach Tanja. »In zwanzig Minuten bin ich bei dir. Aus unserer Fahrradtour heute wird dann wohl nichts.«

»Bei dem fiesen Wind hast du sowieso keine Lust dazu.« Tanja mit ihrer unerschöpflichen Energie wäre bestimmt gern noch ein bisschen über die Insel gefahren. Es tat mir furchtbar leid, weil das ihr letzter Urlaubstag war, aber ich fühlte mich dazu nicht in der Lage. »Wollen wir uns an meinem Strandkorb treffen? Wir stellen ihn mit dem Rücken zum Wind, dann sind wir geschützt und können in Ruhe quatschen.«

Ich nannte ihr die Nummer und gab ihr mit auf den Weg, sich warm anzuziehen. »Bring eine Decke mit, wir wollen ja nicht erfrieren.«

Zwanzig Minuten später hockten wir aneinandergekuschelt zusammen, vor uns auf den kleinen Ablagen zwei riesige Tortenstücke. Tanja hatte sie auf dem Weg zu mir beim besten Bäcker der Insel besorgt. Kaffee hatte sie auch mitgebracht, den mussten wir schnell trinken, so lange er noch heiß war.

»Mareike, sieh mich mal an«, sagte sie und studierte jede Linie meines Gesichts, wenn ich mich nicht täuschte. Jedenfalls kam es mir ewig lang vor. Sie sagte nichts und ich musste unwillkürlich schmunzeln. Ich hätte meinen Skizzenblock mitnehmen sollen. Ein blind gezeichnetes Selbstporträt hätte sich heute gelohnt und uns erheitert. Wann hat man schon mal die Gelegenheit dazu, ein Selbstbildnis mit Tränen in den Augen zu zeichnen?

»Du siehst bemerkenswert gut aus. Trotz allem«, kommentierte sie mein Äußeres nach eingehender Prüfung.

»Haare gut – alles gut«, murmelte ich meinen Slogan, den ich immer gern zum Besten gab.

»Dann ist ja alles gut.« Sie strich mir übers Haar und bat mich, zu erzählen, was vorgefallen war. Als alles Wesentliche gesagt war, meinte sie, es war sehr mutig von mir, einen Schlussstrich zu ziehen.

»War der Brautstrauß der Auslöser für diesen Schritt? Oder der Hochzeitsfotograf? Oder hattest du vorher schon mit dem Gedanken, dich von ihm zu trennen, gespielt?«

»Ich weiß nicht. Vielleicht war es tatsächlich der Blumenstrauß. Der hat in mir etwas wachgerüttelt und das hat mich nicht mehr losgelassen.« Ich zeigte ihr noch einmal die Fotos von dem Strauß und auch die, auf denen ich ihn mit meinen Händen umklammerte und nicht wieder hergeben wollte.

»Ich hab gedacht, das ist ein Zeichen. Verstehst du, was ich meine? Ich hab's ja nicht so mit Esoterik oder Magie, aber in dem Augenblick, in dem die Blumen vor meinen Füßen landeten und ich mich nur bücken und sie aufheben musste, da klopfte mein Herz wie verrückt.«

»Verstehe, was du meinst«, sagte Tanja.

»Immer wenn ich einer Frau eine Hochzeitsfrisur gezaubert habe, ist ein Funke ihrer Vorfreude auf mich übergesprungen und ich habe mir nichts sehnlicher gewünscht, als auch einmal dieses Leuchten in den Augen zu haben und über eine gemeinsame Zukunft nachzudenken.«

»Du glaubst immer noch an die Liebe«, bemerkte Tanja, als wäre es eine ärztliche Diagnose. »An die Liebe, die ein Leben lang hält.«

»Ist wohl so«, flüsterte ich. »Daran hat sich nichts geändert, auch wenn ich keine zwanzig mehr bin. Vielleicht bin ich eine hoffnungslose Romantikerin.« Es waren Alex' Worte, die noch in mir nachhallten. »Und mal ehrlich, Tanja, auch wenn das gemeinsame Leben nur zehn oder zwanzig Jahre dauert, ist es das doch wert. Oder? Wie siehst du das?«

Tanjas erste Ehe war eine Katastrophe gewesen, aus der sie gerade noch rechtzeitig hatte aussteigen können. Danach hatte sie lange Zeit die Nase voll von Männern. Doch irgendwann gab hatte sie ihrem Kollegen Ralf eine Chance gegeben, den sie immer nett gefunden, aber nie beachtet hatte. Danach war es vorbei mit ihrem Spruch: »Ich heirate nie wieder! Ich bin doch nicht verrückt.« Sie öffnete ihr Herz noch einmal für die Liebe und heiratete ein zweites Mal. Inzwischen waren die beiden schon mehr als zwanzig Jahre glücklich miteinander.

»Wenn man das Gefühl hat, es ist Liebe, dann sollte man ihr eine Chance geben, egal wie alt man ist«, sagte sie nachdenklich. »Immer! Und man sollte nicht den Fehler machen und gleich aufgeben, wenn nicht mehr alles rosarot ist.«

»Meinst du, es war ein Fehler?«

»War es Liebe zwischen dir und Alex?«, fragte sie direkt heraus und war dann doch etwas verunsichert, als ich nicht sofort antwortete. »Ich meine nur, wenn ihr zusammen irgendwo aufgetaucht seid, habt ihr immer einen sehr harmonischen Eindruck gemacht. Es war so süß, wie liebevoll und wertschätzend ihr miteinander umgegangen seid.«

»Diese Frage habe ich mir auch schon gestellt«, gab ich zu. »Alex ist ein großartiger Mann, daran gibt es keinen Zweifel. Wir waren immer gern zusammen, anfangs war ich richtig verknallt. Alex hat das wohl weniger romantisch gesehen als ich. Unsere Beziehung passte in sein Lebensmodell, für ihn war es eher Freundschaft plus. Wir haben nie von Liebe gesprochen, es war auch nicht wichtig. Es war in Ordnung so«, reflektierte ich. »In dem Moment, in dem der Brautstrauß auf mich zukam, war ich davon überzeugt, der ist für mich bestimmt. Ich fühlte mich wie eine Braut, obwohl ich hundertprozentig sicher sein konnte, dass Alex mir niemals einen Heiratsantrag macht. Das war uns nicht wichtig. Bis vor kurzem dachte ich das auch noch. Aber Einstellungen und Gefühle sind nicht in Stein gemeißelt. Die kann man anpassen und die muss man neu überdenken, wenn es sich nicht mehr richtig anfühlt.«

Es wurde kalt und wir wechselten vom Strandkorb in die nahe gelegene Milchbar, wo wir einen Platz in der Ecke auf dem Sofa fanden. Hier war es warm und gemütlich. Wir holten uns einen heißen Punsch, dabei sprach Tanja mich auf Hannes an. Sie wollte herausfinden, welche Rolle er in der ganzen Geschichte spielte, das ließ ihr keine Ruhe.

»Lass es gut sein, Tanja«, sagte ich, da ich nicht näher darauf eingehen wollte. »Es ist alles noch viel zu frisch, alles in der Schwebe. Ich weiß selbst nicht, wo ich stehe. Ich kann nur sagen, dass ich mich stark zu ihm hingezogen fühle. Wir haben den Insellauf zusammen gemacht, dabei hat er mir im wahrsten Sinne des Wortes den Rücken gestärkt. Wir sind zusammen ins Ziel gelaufen und waren bis obenhin voll mit Glückshormonen. Du kannst dir gar nicht vorstellen, was das für ein Gefühl ist. Das ist wie ein Rausch.«

»Deine Augen leuchten, wenn du von ihm sprichst«, bemerkte sie. »Wann siehst du ihn denn wieder?«

»Keine Ahnung. Ich weiß es nicht.«

»Oh! Das ist nicht gut.«

»Er ist auch heute abgereist, aber das war von Anfang an so geplant. Das hat nichts mit Alex zu tun. Ich hätte ihm nur gern noch Tschüss gesagt.«

»Du Arme.«

»Wir werden uns wiedersehen, da bin ich mir sicher. Die wenigen Tage, die wir hatten, die waren so intensiv, das ist unglaublich. Das war kein kleiner Urlaubsflirt einer alternden Lady.«

»Habt ihr ...?« Tanja sah mir ins Gesicht, ihre Direktheit haute mich mal wieder um.

»Ja«, hauchte ich. Mehr wollte ich von unserer Liebesnacht nicht preisgeben, auch nicht meiner besten Freundin.

»Du bist ja ein Herzchen.« Sie grinste mich an. »Da lässt man dich einmal allein in Urlaub fahren ... Du überraschst mich. Das hätte ich dir nicht zugetraut.«

»Ich mir auch nicht!«, erwiderte ich, stand auf und bestellte an der Bar einen Abschiedscocktail für uns.

»Ab morgen bist du wieder allein auf der Insel.« Tanja klang besorgt. »Wie blöd, dass ich nicht länger bleiben kann.«

»Ist nicht schlimm. Ich find's in der momentanen Situation ganz angenehm, Zeit für mich zu haben. Es ist wahnsinnig viel passiert in den letzten Tagen, das muss sich erst mal setzen. Weißt du, ich bin irgendwie zwiegespalten. Ich bin erleichtert, dass wir über alles gesprochen und dabei herausgefunden haben, dass es nicht mehr passt. Es macht mich aber auch traurig und es tut weh«, sagte ich, dann wechselte ich das Thema. »Mit welcher Fähre fährst du morgen?«

»Halb zwölf.«

»Fein. Dann kann ich noch winken.«

»Musst du aber nicht«, rief Tanja abwehrend, freute sich aber trotzdem, als ich das sagte.

21

Heute Morgen, als ich allein in meinem Bett aufgewacht und der erste Blick auf die Herzluftballons gefallen war, blitzte eine Idee auf, die mir sofort gute Laune machte und die ich in den verbleibenden Tagen umsetzen wollte. Dass Alex meinen Urlaub verlängert hatte, war ein großzügiges Geschenk von ihm gewesen, nur dass ich jetzt mit mir allein war. Langweilig würde mir bestimmt nicht werden, ich hatte ja meinen Skizzenblock, den ich jederzeit aus meiner Tasche holen konnte. Heute wollte ich Muscheln und Schneckenhäuser so naturgetreu wie möglich skizzieren. Neben Stillleben reizten mich immer noch die Selbstporträts mit geschlossenen Augen. Diese Kritzeleien machten so viel Spaß, es waren echte Stimmungsaufheller.

Als ich meinen ersten Kaffee schlürfte, legte mir die Frühstücksfee den Veranstaltungskalender kommentarlos auf den Tisch, als ich sie bat, das zweite Gedeck wieder abzuräumen. Sie sah mich bedauernd an, fragte aber nicht weiter nach dem Warum und Wieso, sondern gab mir ein paar gute Tipps, was man auf der Insel unbedingt einmal gesehen oder gemacht haben sollte. Zu ihren Favoriten zählte eine Wanderung zum Wrack, das am östlichen Ende der Insel vor sich hin rostete.

»Der Weg zieht sich endlos lang hin«, bemerkte ein Gast, der unsere Unterhaltung interessiert verfolgte.

Die Tipps waren bestimmt gut gemeint, aber etwas in mir sträubte sich, meine Zeit zu verplanen. Mir war danach, nichts weiter zu tun als das, was seit Jahren zu kurz kam: Ich wollte mich treiben lassen und in den Tag hineinleben. Das brauchte ich, um mich neu zu ordnen, meine innere Balance wiederzufinden und meiner Zufriedenheit und meinen Glücksmomenten nachzuspüren. Seit letztem Donnerstag war so viel passiert, wie sonst nicht einmal in einem Jahr. Es war *too much*.

Mittags war ich am Hafen, um mich, wie versprochen, von Tanja zu verabschieden. Wir drückten uns ein letztes Mal, dann reihte sie sich in die Wartenden ein, die wieder aufs Festland mussten. Suchend blickte ich zu dem Fährschiff hoch. Tanja wollte auf das oberste Deck, dort entdeckte ich sie dann auch. Sie winkte und rief mir etwas zu, von dem ich nur ein paar Wortfetzen aufschnappte.

»Pass auf dich auf«, sollte das wohl heißen. Ich nickte und warf ihr mit beiden Händen Luftküsschen zu, die sie schwungvoll und lachend zurückwarf. Das Kusshändchenwerfen war mit den Jahren zu einem Ritual zwischen uns geworden, das uns wohl unser Leben lang begleiten würde.

Die Aufbruchstimmung am Hafen hatte etwas Kribbelndes, ich liebte es. Das Fährschiff legte ab und ich sah der *Frisia* lange nach, bis nur noch ein weißer Fleck in weiter Ferne von ihr übrigblieb. Ich dachte an meine Lieblingsmenschen, von denen keiner mehr auf der Insel weilte, nur ein warmes Gefühl blieb mir von ihnen. Von Menschen umgeben zu sein, die an mich dachten und auf die ich mich verlassen konnte, machte mich glücklich, auch wenn das Wiedersehen mit Alex anders ausgefallen war als erwartet.

Vom Hafen aus lief ich zur neuen Aussichtsplattform am Postweg, hinterher wollte ich noch den Planetenweg erkunden, der ganz in der Nähe vorbeiführte. Der freundliche Inselausrufer hatte mir davon vorgeschwärmt, sodass ich mir die Planeten mal aus der Nähe ansehen und etwas für meine Bildung tun wollte. Auch die Kleingartensiedlung hatte er mir ans Herz gelegt. Wenn ich noch Lust hatte, würde ich hingehen und nachschauen, ob es den Gartenzwergen auf der Insel gutging.

Die Aussichtsplattform sah von Weitem aus wie ein Holzwürfel auf Stelzen. Vor dem Grün der Dünen und dem blaugrauen Himmel hob sich das helle Holz wunderschön ab. Über einen langen Pfad lief ich in Serpentinen hinauf zu der Hütte und wurde mit einem herrlichen Rundblick belohnt, den ich in meinem Skizzenbuch einigermaßen gelungen festhielt. Ich blätterte eine Seite weiter und schrieb mitten auf das neue Blatt die Worte:

MEHR ZEIT

Ich kringelte sie ein und setzte so viele Linien daran, bis mein Kreis wie die Kinderzeichnung einer Sonne aussah. Wenn ich dem jetzt noch Leben einhauchen könnte, würde meine kleine Sonne leuchten. Doch wie stellte man das an?

Ich stieg von der Aussichtsdüne wieder hinab und stand wenig später vor dem ersten Planeten auf dem Lehrpfad. Gerade wollte ich lesen, was die Schautafel Wissenswertes hergab, als Kerstin sich meldete. Normalerweise bekam ich erst abends, wenn der Laden geschlossen war, ein Lebenszeichen von ihr, so wie wir es vereinbart hatten. Ich musste doch wissen, ob in meinem Salon auch alles reibungslos lief.

»Moin Kerstin«, empfing ich sie gut gelaunt nach Norderneyer Art. »Was gibt's? Ist etwas passiert?« Das konnte ich mir eigentlich nicht vorstellen. Gespannt wartete ich ab, was sie zu sagen hatte.

»Mach dir keine Sorgen, es ist alles gut. Ich wollte nur wissen, wann du wieder im Salon bist. Du bleibst noch bis Samstag auf der Insel, ist das richtig?«

»Braucht ihr Verstärkung?«, fragte ich beunruhigt nach und dachte daran, vielleicht schon früher zu fahren. Meine Arbeit und meine Leute im Salon vermisste ich trotz allem ein wenig. Mein Team funktionierte gut und der Job machte ihnen Spaß. In meinem Haarstudio gab es keine Probleme mit ständigem Personalwechsel. Wer einmal bei mir gelandet war und sich wohlfühlte, blieb für immer.

»Nein, das nicht. Ich dachte nur, dass du am Samstag nach Ladenschluss kurz vorbeischauen könntest, wegen der Übergabe und vielleicht auf ein Pläuschen. Muss aber nicht sein, wir können uns sonst auch erst am Montag im Salon treffen«, sagte Kerstin.

Ich hörte die gewohnten Geräusche, ein Föhn summte an meinem Ohr, leises Stimmengemurmel im Hintergrund vernahm ich und auch das Plätschern des Wassers. Ach, wie ich das vermisste!

»Das ist eine gute Idee«, rief ich enthusiastisch. »Bis vierzehn Uhr bin ich auf alle Fälle wieder im Lande. Ich schaue dann gleich vorbei. Kannst du mir ein belegtes Brötchen oder einen kleinen Snack besorgen? Ich bin garantiert ausgehungert, wenn ich ankomme.«

»Natürlich!« Kerstin lachte, sie kannte meinen Appetit. »Dann kann ich unser Date fest einplanen?«

»Ja, sicher. Kannst dich auf mich verlassen.«

»Das tue ich doch immer. Sonst alles gut bei dir?«, erkundigte sie sich nach meiner Stimmungslage. »Hast du von Hannes oder von Alex noch was gehört?«

»Hannes ist momentan in Süddeutschland. Er hat mir eine kurze WhatsApp-Nachricht geschickt mit herzlichen Grüßen und Bedauern, dass wir uns nicht voneinander verabschieden konnten. Von Alex habe ich nichts gehört, aber der hat genug um die Ohren. Wir haben vereinbart, eine Sendepause einzulegen. Und jetzt, wo die alle weg sind, fange ich erst richtig an, mich zu erholen. Es ist so toll, mal nichts tun zu müssen. Ich weiß gar nicht, wann ich zum letzten Mal eine ganze Woche Urlaub hatte.«

»Das kann ich dir wohl sagen.« Kerstin lachte am anderen Ende der Leitung. »Das war, als Leonie mit ihrem Freund zusammengezogen ist und du bei ihr gemalert und beim Umzug geholfen hast.«

»Stimmt. Aber Erholungsurlaub war das nicht.« Ich erinnerte mich noch gut daran. Das lag jetzt aber auch schon fünf Jahre zurück.

Ich setzte meine Wanderung zu den anderen Planeten nicht bis zum Ende fort. Für heute hatte ich genug gesehen, gelernt hatte ich auch etwas, und meine Füße brauchten eine Pause. Bis jetzt hatte ich in diesem Urlaub bereits mehr Schritte zurückgelegt als sonst in einem ganzen Monat.

Für den Rest des Tages war Relaxen angesagt.

Mein Entspannungsprogramm startete ich mit einem Stück Kuchen auf der Terrasse der Marienhöhe. Ich schaute aufs Meer, Juist war heute klar und deutlich zu erkennen, auch die Windräder auf dem Festland. Fischkutter mit ihren Netzen und einem Schwarm Möwen darüber zogen vorbei, und weiter hinten kreuzten zwei Fähren ihren Weg.

Während ich den Milchschaum von meinem Cappuccino löffelte, überlegte ich ernsthaft, schon am Freitag nach Hause zu fahren, und sah mir die Bahnverbindungen an. Da ich ohne Auto auf der Insel war, konnte ich zurückfahren, wann ich wollte, und musste keinen Platz auf der Fähre buchen.

Wenn ich einen Tag früher abreiste, entkam ich wahrscheinlich dem vorhergesagten Wettertief, das mit Starkregen und orkanartigen Böen zu Recht als echtes Schietwetter bezeichnet werden konnte. Als die Spatzen die letzten Krümel von meinem Teller pickten, stand mein Entschluss fest. Am Freitagnachmittag ging es wieder in Richtung Heimat. Ich konnte dann noch einen leckeren Kuchen backen, der bei meinen Leuten im Salon sicher gut ankommen würde, wenn ich ihn am Samstag mitnahm. Jetzt wollte ich nur noch ein paar Mitbringsel für meine Liebsten besorgen.

Guter Dinge bummelte ich durch den Ort, dabei konnte ich meine Augen nicht vor den Friseursalons verschließen. Ich fühlte mich magisch von ihnen angezogen, ich musste hineinschnuppern.

Im ersten Haarstudio waren alle Plätze ausgelastet und auf meine Frage nach einem Termin konnte man mir frühestens in drei Tagen einen anbieten. Beiläufig erkundigte ich mich, ob noch eine Friseurin gesucht wurde. Daraufhin bot man mir einen Kaffee an, und die Chefin des Ladens setzte sich zu mir. Sie seufzte tief und verriet, dass sie lieber heute als morgen eine neue Mitarbeiterin einstellen würde, es aber ausgesprochen schwierig sei. Als sie herausfand, dass ich vom Fach war, bot sie mir einen Job an, was für mich natürlich nicht interessant war. Enttäuscht machte sie sich wieder an die Arbeit, sie hätte mich gern eingestellt. Bei den anderen Salons erging es mir ebenso. Sollte ich im Urlaub mal knapp bei Kasse sein, könnte ich sofort bei den Friseuren der Insel aushelfen. Das hatte etwas Beruhigendes.

Im Sanddornlädchen wollte ich eine Kleinigkeit für meine Tochter kaufen. Sie liebte die feinen Sanddornhappen, deren betörender Duft einem das Wasser im Munde zusammenlaufen ließ. Ich entschied mich für eine Geschenkpackung der Pralinen, nahm aber auch noch einen Tee und ein Sanddorngelee ohne Zuckerzusatz mit. Mir war das viel zu sauer, aber Leonie stand auf so was. Meine weiteren Besorgungen hatte ich innerhalb einer Stunde erledigt. Die vielen netten Geschäfte und kleinen Boutiquen machten es mir leicht, etwas Schönes zu finden und Geld auszugeben. Es blieb bei der kleinen Shoppingtour, mein Trolley war voll, und zu Hause in meinem Kleiderschrank musste ich sowieso Platz schaffen.

Als ich alle Mitbringsel beisammenhatte, zog ich mich zurück in meinen Strandkorb, legte die Beine hoch und döste in der Sonne, die hinter den Wolken hervorkam. Ich schlug meinen neuen Norderney-Krimi auf, den mir die freundliche Verkäuferin der Inselbuchhandlung wärmstens empfohlen hatte und mich dabei auf eine Lesung des Autors aufmerksam gemacht hatte, die am nächsten Abend stattfand. Die Krimilesung wäre der perfekte Abschluss für meinen turbulenten Urlaub, kurzentschlossen hatte ich eine Eintrittskarte gekauft.

Beim Blättern in den Seiten rutschte das Lesezeichen heraus und klemmte in den Ritzen des Strandkorbgeflechts fest. Als ich es wieder herausholen wollte, ertastete ich einen Gegenstand, der nicht von mir sein konnte. Vorsichtig griff ich danach und bekam ein Papiertütchen zu fassen. Als ich es in der Hand hielt, klopfte mein Herz wie verrückt. *Wunderweib Mareike* stand darauf, das konnte nur von Hannes sein. Mit zittrigen Fingern knibbelte ich den Klebefilm ab und spähte neugierig hinein.

»Moin, Mareike, altes Mädchen«, rief in diesem Augenblick Frau Gretje lautstark zu mir rüber, die ohne ihren Begleiter über die Promenade flanierte und nun auf mich zukam. Schnell brachte ich das kleine Geschenk vor ihren neugierigen Blicken in Sicherheit.

»Moin, Gretje«, grüßte auch ich, möglichst cool. Sie sollte nicht merken, wie aufgewühlt ich war. »Das alte Mädchen nimmst du aber zurück!«

»Hat dein Idiot dich wieder im Stich gelassen?«, stichelte sie und setzte sich, ohne zu fragen, zu mir in den Strandkorb.

»Es gibt keinen Idioten mehr«, sagte ich. »Dank dir«, schob ich nach, auch wenn das nicht ganz korrekt war.

»Echt? Und nun bist du sauer auf mich? Ich konnte das doch nicht wissen, dass der Alex, den wir beim Italiener getroffen hatten, nicht der richtige Alex und auch nicht dein Idiot war. Hat er dir deshalb Stress gemacht?«

»Welchen meinst du denn?«

»Na, den echten Alex. Der, mit dem du an deinem Geburtstag zusammengesessen hast.«

»Ach Gretje«, gab ich seufzend von mir. »Es ist kompliziert.«

»Na, dann erzähl mal. Ich habe heute nichts mehr vor, wir können in aller Ruhe schnacken. Aber vorher besorge ich uns einen Sanddornpunsch.«

»So lange wollte ich gar nicht hierbleiben«, murmelte ich, was Gretje souverän ignorierte.

»Dann trinken wir dat Zeug ein bisschen schneller«, sagte sie schmunzelnd und lief schon los. »Und halt mir den Platz warm!«

Das würde sicher ein paar Minuten dauern, bis Gretje zurückkehrte, davon konnte man ausgehen. Mit klopfendem Herzen holte ich das Geschenktütchen wieder hervor. Ich traute mich kaum, hineinzugreifen, tat es dann aber doch und hielt eine Kette mit einem Anhänger in der Hand, auf dem die Koordinaten der Insel standen. Auf dem beiliegenden Gruß-kärtchen las ich:

Zur Erinnerung an einen unvergesslichen Lauf und eine unvergessliche Nacht.
Hätte mich gern mit einem Kuss von dir verab-schiedet,

Hannes.

Mit zittrigen Fingern legte ich mir die Kette um den Hals und drapierte ein Tuch darüber, damit Gretje es nicht sah.

Was für eine Überraschung! Und wie raffiniert von ihm, es in unserem Strandkorb zu verstecken. Zum Glück hatte ich mich noch einmal hineingesetzt. Nicht auszudenken, wenn es ein anderer gefunden und behalten hätte. Vor Rührung hätte ich heulen können, Gretjes Punsch kam gerade recht.

»Na Mädchen, dann erzähl mal«, forderte sie mich auf, von meinen beiden Verehrern zu berichten und was aus ihnen geworden war. Wortreich erzählte ich, wie sehr ich mich über den Besuch meines Freundes und meiner Freundinnen gefreut hatte und wie traurig ich war, dass ich Hannes vor seiner Abreise nicht mehr hatte Tschüss sagen können. Und als die alte Dame sich nach meinem Beziehungsstatus erkundigte, gab ich meinen aktuellen Status bekannt.

»Ein unvergesslicher Geburtstag.« Ich nahm einen tiefen Atemzug und legte meine Finger unwillkürlich an die Kette um meinen Hals, als wollte ich mich versichern, dass ich das nicht alles nur geträumt hatte.

»Dann hat dir die *Meerzeit* ja was gebracht«, fasste die alte Dame zusammen.

Fragend sah ich sie an. Mir leuchtete nicht ein, worauf sie hinauswollte.

»Als du angekommen bist, brauchtest du einen Idioten. Und jetzt, eine Woche später, hast du eingesehen, dass du keinen Idioten in deinem Leben brauchst.« Sie griente und stieß mit mir darauf an.

»Wenn man es so betrachtet«, sagte ich nachdenklich, »habe ich mich ganz ordentlich weiterentwickelt.«

»Das nennt man Altersweisheit«, kicherte Gretje, erhob sich aus dem Strandkorb und marschierte noch einmal los, um die leeren Gläser gegen zwei volle zu tauschen.

22

Am Freitagmorgen war der Himmel wolkenverhangen und im *Norderneyer Morgen* las ich einen humorvollen Bericht des Wetterfroschs über die Kapriolen der Witterung des heutigen Tages. Wenn man dem glauben durfte, sollte es gegen Abend zu heftigen Sturmböen mit bis zu Windstärke zehn kommen. Die Einstellung des Fährverkehrs konnte nicht ausgeschlossen werden. Als ich das realisierte, stand für mich fest, dass ich die Mittagsfähre nehmen und nicht länger auf der Insel bleiben würde. Es war gut möglich, dass ich anderenfalls heute nicht mehr wegkam. Das Risiko war mir zu hoch, das wollte ich nicht eingehen.

Nach einer guten Woche Nichtstun fühlte ich mich mehr als erholt. Ich hatte genug von der Faulenzerei, ich war total gechillt. Mir fehlte der alltägliche Trubel in meinem Salon. Mit der gestrigen Krimilesung hatte ich meiner Inselzeit einen glänzenden Abschluss gegeben. Die Buchvorstellung durch den Autor hatte mich mörderisch gut unterhalten. Der Experte für Mord und Totschlag brachte uns zum Lachen, führte auf falsche Fährten und steigerte die Spannung mit jedem Satz, den er vortrug, bis zu der spannendsten Stelle, an der er das Buch zuklappte, da er uns den Spaß am Selbstlesen nicht vermiesen wollte. Ich war so hingerissen gewesen, dass ich für Kerstin einen Krimi gekauft und das Buch mit einer persönlichen Widmung versehen lassen hatte.

Zufällig hatte ich auch Konstantin noch einmal bei der Veranstaltung getroffen. Ich war davon ausgegangen, dass er nicht mehr auf der Insel weilte und mit Alex ein Seminar leitete. Als ich ihn in der Pause darauf ansprach, erzählte er offenherzig von seiner Geheimhaltungspflicht gegenüber Alex, der seinen Überraschungsbesuch anlässlich meines Geburtstags von langer Hand geplant hatte. Die Überraschung war ihm gelungen!

Mir war zum Heulen zumute gewesen, als ich das erfahren hatte. Wie konnte ich meinen Freund bloß so falsch einschätzen? Es lag an mir, ich hatte es vermasselt. Das dachte ich aber nur einen Augenblick lang. Als ich das Kettchen um meinen Hals berührte, war alles wieder gut, es war die richtige Entscheidung, getrennte Wege zu gehen. Konstantin erzählte mir von Alex' neuestem Podcast mit dem Thema Loslassen. Den musste ich mir unbedingt anhören, vielleicht, wenn ich in dem kleinen Café am Hafen auf die Fähre wartete. Einen Cappuccino mit Herz wollte ich mir zum Abschluss noch gönnen.

Meine Sachen waren schnell gepackt, und als ich damit fertig war, lief ich noch einmal an den Strand und verabschiedete mich auf meine Weise von Norderney. Noch einmal nahm ich dieses Inselfeeling in mich auf, atmete die würzige Luft und schaute aufs Wasser und auf die Wolken, die über den düsteren Himmel jagten. Das miserable Schietwetter konnte schneller über uns hereinbrechen, als vom Wetterfrosch vorhergesagt.

»Wir würden uns freuen, Sie wieder in unserem Hause begrüßen zu dürfen«, verabschiedete mich die Hotelbesitzerin schmunzelnd beim Anblick der Herzluftballons an meinem Trolley. Ich hatte sie gut festgebunden, die brauchte ich noch. Mein Brautstrauß reiste in Noppenfolie verpackt in einem Paket vor. Er sollte den Transport wohlbehalten überstehen, nicht eine Blüte sollte abgeknickt werden.

»Ich mich auch«, erwiderte ich, kraulte dem kleinen Haushund das Fell und machte mich zu Fuß auf den Weg zum Hafen. Die Leute, denen ich begegnete, lächelten mir zu, manche wünschten mir Glück und alles Gute. Sah ich etwa aus wie eine Braut? Auf keinen Fall! An meiner Seite fehlte die zweite Person, der Mensch, den ich liebte.

Fröhlich zog ich an den Strandlokalen vorbei, dachte an meinen Geburtstag und die Panik, mit der ich diesem Tag begegnet war. Guten Gewissens konnte ich jetzt sagen, dass es gar nicht so schlimm gewesen war, es hatte überhaupt nicht wehgetan. Über Nacht waren auch keine neuen Fältchen hinzugekommen. Wieso hatte ich mich so davor gefürchtet? Wieso hatte mich das Ereignis so runtergezogen? Ich verstand es selbst nicht mehr. Wenn man mich jetzt nach meinem Alter fragte, hatte ich kein Problem mehr damit, es zu nennen.

Auf Höhe der Strandkörbe beim Standesamtsbadekarren legte ich einen Zwischenstopp ein, so, wie ich es auf der Hinreise gemacht hatte. Es fand gerade keine Trauung statt, die Festung der Liebenden war mit einem dicken Tau abgesperrt. Das hinderte mich jedoch nicht daran, hindurchzuschlüpfen. Ich wollte noch einmal die Atmosphäre dieses besonderen Orts schnuppern und bei der Gelegenheit meine geniale Idee in die Tat umsetzen.

Der Strandkorb gegenüber des Hochzeitskarrens war mein Favorit. Ich nahm darin Platz und träumte davon, wie es wäre, in dem kleinsten Standesamt zu sitzen. Als Braut, mit

Blick aufs Meer, mit Blick auf eine gemeinsame Zukunft. Nachdem ich mir ausgemalt hatte, wie das wäre, löste ich die Herzluftballons von meinem Koffer. In jeder Hand zappelte einer in der Luft, ich wünschte ihnen alles Liebe und sah den Herzen nach, wie sie vom Wind immer höher und immer weiter weggetrieben wurden, bis nur noch ein roter und ein weißer Punkt vor einem schmuddelig grauen Himmel übrigblieben.

»Herzen am Himmel«, flüsterte ich und betrachtete gerührt die vielen Schnappschüsse von meinen Herzen am Himmel. Ich schickte Hannes ein Foto, ohne Text.

Und dann dachte ich an Alex und schickte ihm auch eins, für ihn jedoch mit dem Kommentar:

Loslassen!

Mit einem Grinsen im Gesicht und einer riesigen Portion Vorfreude auf zu Hause setzte ich meinen Weg fort, dabei ging ich im Kopf die Kuchenrezepte durch, auf die ich Lust hatte. Auf meine Terrasse und meinen kleinen Garten freute ich mich am allermeisten, das war mein Ort zum Auftanken. Hoffentlich war nicht alles vertrocknet.

Mit meinen Luftballons hatte ich viel Zeit vertrödelt. Als ich am Abfertigungsterminal ankam, lag meine Fähre schon zur Abfahrt bereit im Hafen, für einen Cappuccino blieb mir keine Zeit.

23

Was war das schön, wieder zu Hause zu sein! Ich liebte es, kurz mal wegzufahren, und noch mehr liebte ich es, wieder nach Hause zu kommen. Meine Pflanzen lebten alle noch und die Post lag vorsortiert auf dem Küchentisch. Leonie hatte schon immer gern kleine Stapel gemacht, hier waren es nun Werbung, Zeitschriften, Geschäftliches und Glückwünsche.

Ich schrieb ihr sofort eine Nachricht, als ich das sah, und bedankte mich für ihren Einsatz. Es dauerte nicht lange, da klingelte auch schon mein Telefon und ich hatte sie persönlich in der Leitung.

»Hallo Mama, ich dachte, du kommst morgen erst wieder«, begrüßte sie mich. »Ist alles gut oder wieso bist du früher abgereist?« Meine Helikoptertochter machte sich schon wieder Sorgen um ihre Mutter.

»Ich hatte einfach ein bisschen Sehnsucht nach euch«, sagte ich fröhlich, berichtete aber dann von den Wetteraussichten und meinem Glück, dass ich noch mit der letzten Fähre aufs Festland gekommen war.

»Dann sehen wir uns am Wochenende?«, fragte sie. »Sonntag?«

»Gern. Ich will gleich einen Kuchen backen. Welchen wünschst du dir denn?«

»Bitte etwas mit Obst. Erdbeerkuchen wäre super.«

»Fein. Dann will ich mal schnell einkaufen gehen, hoffentlich bekomme ich noch frische Erdbeeren. Morgen treffe ich mich mit Kerstin, die will ich mit einem Stück Kuchen überraschen.«

»Gehst du zu ihr oder trefft ihr euch im Salon?«, fragte sie nach, was ziemlich untypisch für sie war. Wieso interessierte sie das? Sie fragte doch sonst nicht danach.

»Wir machen Übergabe. Ich muss doch über den neuesten Tratsch informiert sein und mich selbst davon überzeugen, dass meine Leute auch ohne mich ausgekommen sind.«

Leonie fing an zu kichern. Ich wusste nicht, ob das mir galt oder ob sie ihre Kleine bespaßte.

———

Kerstin hatte alles im Griff. So sah es jedenfalls aus, als ich vor meinem Friseursalon stand und die Auslagen anschaute. Die Fensterfront blitzte sauber in der Nachmittagssonne und in der Ladentür hing das Schild *CLOSED*, genau so, wie ich es auch handhabte.

Wie vereinbart klopfte ich an die Glastür und wartete, bis Kerstin mir aufschloss. Sie kam vor die Tür und drückte mich so herzlich, als hätten wir uns Jahre nicht gesehen.

»Wie schön, dass du wieder da bist.« Erstaunt schaute sie auf die Kuchenform in meiner Hand. »Ich dachte, du wolltest heute fahren?«

»Und ich dachte, wir wollten etwas besprechen und Übergabe machen. Willst du mich nicht reinlassen?«

»Ähm. Doch, klar«, erwiderte sie mit ihrem typischen Grinsen, das sie immer aufsetzte, wenn sie etwas ausheckte. Endlich riss sie die Tür weit auf und schob mich an der Wartelounge vorbei in meinen Salon.

Aus heiterem Himmel wurde es unruhig und dann erklang das Lied *Happy Birthday*. Geistesgegenwärtig nahm sie mir den Kuchen aus der Hand, der unweigerlich zu Boden gegangen wäre, und stimmte mit ein.

»Hey, wie seid ihr denn drauf?«, rief ich, als sie verstummten und ich merkte, wie meine Augen feucht wurden. Sie waren alle gekommen, um mir zu gratulieren. Tanja war da und auch meine Tochter mit der Kleinen.

Kerstin legte freundschaftlich den Arm um mich und führte mich in unseren kleinen Innenhof, in dem eine reich gedeckte Kaffeetafel zum Schlemmen einlud. Mein Stuhl war mit einer bunten Girlande geschmückt, und ein pinker Luftballon mit einer dicken weißen *Sechzig!* darauf schwebte über meinem Kopf.

»Was fällt euch denn ein, mich so zu überrumpeln! Ich wollte doch gar nicht feiern.«

»Aber wir wollen dich feiern! Wir haben die beste Chefin der Welt. Wir wünschen dir alles Gute und die Erfüllung deiner Träume. Und uns wünschen wir, dass du uns noch lange erhalten bleibst«, kam es von meinem Team. Dann ließ unsere Auszubildende die Sektkorken knallen, unser Floris teilte Kaffee und Kuchen aus und Leonie setzte sich mit Baby neben mich und raunte mir zu, wie gut ich aussähe.

Die Story mit dem Brautstrauß hatte sich schon herumgesprochen, nun waren alle heiß darauf, sie noch einmal persönlich von mir zu hören.

»Hast du ihn mitgebracht?«, fragte Floris, der nicht nur ein begnadeter Friseur war, sondern auch wie kein anderer ein Händchen für schöne Dekoration hatte.

»Nein, er ist noch nicht angekommen«, beantwortete ich seine Frage. »Ich habe ihn extra mit der Post versandt. In meinem Koffer hätte er die Reise nicht überlebt.« Ich musste versprechen, den Brautstrauß mitzubringen in den Salon, dort wollte ich ihm ohnehin ein schönes Plätzchen geben.

Leonie wurde zappelig, je mehr ich erzählte. Als sie vor Neugier fast platzte, beugte sie sich zu mir rüber, senkte ihre Stimme und fragte: »Hat Alex dir schon einen Antrag gemacht?«

»Wie kommst du denn auf die Idee?«, entgegnete ich flüsternd und überlegte für einen Augenblick, ob ich mit der Wahrheit rausrücken sollte. Doch hier an der Kaffeetafel konnte ich ihr unmöglich sagen, dass wir uns getrennt hatten. Meine Tochter mochte und schätzte ihn, sie war glücklich, dass ich so einen tollen Mann gefunden hatte. Für Leonie würde eine Welt zusammenbrechen, da war ich mir ziemlich sicher. Ich musste ihr unbedingt reinen Wein einschenken, bevor sich eine meiner Freundinnen verplapperte. Aber nicht heute. »Das erzähle ich dir morgen«, sagte ich. »Es bleibt doch bei unserer Verabredung?«

»Ach Mama, mach es doch nicht so spannend!« In ihren Augen sah ich schon Hochzeitsglocken läuten. Mein Mädchen war auch so eine Romantikerin wie ich, auch wenn sie das nicht zeigte und protestierte, wenn ich sie so nannte.

»So lange wirst du es wohl noch aushalten müssen. Morgen mehr dazu, jetzt wird gefeiert.«

»Na gut«, grummelte sie. »Lange kann ich nicht mehr mit euch feiern.« Verliebt schaute sie in den Kinderwagen, Tilda sah uns mit großen Augen an und gluckste fröhlich. »Wir müssen nach Hause, es dauert nicht mehr lange, dann wird sie unruhig.«

»Schon gut. Du warst wenigstens da und wir haben uns heute schon gesehen, womit ich überhaupt nicht gerechnet habe. Vielen Dank fürs Blumengießen und die kleinen Stapel meiner Post.«

»Ist doch selbstverständlich, Mama«, sagte sie lächelnd, verputzte noch schnell ein zweites Stück Kuchen, danach verabschiedete sie sich von uns.

Von unseren Kuchen blieb nicht viel übrig, wir unterhielten uns so angeregt, tauschten uns über den neuesten Tratsch und Klatsch aus und probierten uns durch sämtliche Sorten. Tanja zauberte später einen Grill herbei, als Kerstin mich in eine stille Ecke des Salons entführte.

»Ich wollte mit dir noch über –«, fing sie an, doch an dieser Stelle fiel ich ihr ins Wort.

»Nein, bitte nicht«, unterbrach ich sie. »Frag nicht nach ihm.«

»Wollte ich doch auch gar nicht. Das wirst du mir mit Sicherheit von allein erzählen.«

»Oh sorry, worüber wolltest du noch mit mir reden?«

»Letzte Woche ist Elina hier gewesen. Ich soll dich auch herzlich von ihr grüßen. Wenn sie es schafft, will sie noch vorbeikommen«, begann Kerstin und erzählte von Elinas Plänen. Meine ehemalige Mitarbeiterin wollte gern für ein paar Stunden wieder bei uns anfangen.

»Ist die Kleine denn schon im Kindergarten?«, entfuhr es mir überrascht. Waren schon vier oder fünf Jahre vergangen, seitdem sie bei uns aufgehört hatte? Mit Ende dreißig wurde sie schwanger, sie hatte nicht mehr damit gerechnet. Elina und ihr Mann waren überglücklich, als das Baby gesund zur Welt gekommen war. Nach der Elternzeit kündigte sie dann, zu meinem Bedauern. Die ersten Jahre wollte sie ganz für die Kleine da sein und später vielleicht zu uns zurückkehren.

»Was hältst du davon, wenn sie wieder bei uns anfängt?«, fragte ich Kerstin. Bei Personalentscheidungen war mir ihre Meinung wichtig.

»Es wäre super. Ich würde es absolut begrüßen. Du weißt doch selber, wie gut wir noch eine zusätzliche Kraft mit ein paar Stunden brauchen können. Dein Geschäft läuft einfach zu gut. Außerdem kennt Elina unseren Salon und steht hinter dem Konzept. Und sie ist zuverlässig.«

»Hm.« Ich nickte. All das war mir auch durch den Kopf gegangen. »Hat sie gesagt, wann sie heute vorbeikommen wollte?«

»Sie kommt gleich.« Kerstin grinste und zeigte mir die Nachricht auf ihrem Handy.

»Ach Kerstin, da hast du ja schon wieder was hinter meinem Rücken ausgeheckt«, sagte ich.

Lachend gesellten wir uns wieder zu den anderen, die jetzt am Grill auf Würstchen oder vegetarische Köstlichkeiten warteten. Tanja und ihr Mann Ralf versorgten uns, sie machten das ziemlich professionell und hatten Spaß am Brutzeln des Grillguts.

»Na, war es wieder schön auf deiner Insel?«, fragte Ralf, legte die Grillzange aus der Hand und schmatzte mir einen Geburtstagskuss auf die Wange.

»Es hat mir richtig gutgetan«, sagte ich mit strahlenden Augen. »Das hätte ich gern öfter.«

»Mach doch. Du kannst es dir doch leisten.«

»Stimmt. Daran sollte es nicht scheitern«, erwiderte ich. Meine Finanzen sahen gut aus, ich konnte locker öfter mal für ein Wochenende rüberfahren. Das Problem war nur, dass es so gut wie keine Unterkünfte gab, die unter einer Woche oder zumindest fünf Tagen vermieteten.

»Das ist nicht immer so einfach, wenn man selbständig ist.«

Ralf brummelte etwas und legte mir ein besonders zartes Hähnchenbrustfilet auf den Teller. Als es an der Ladentür klingelte, eilte Kerstin sofort hin und kam mit Elina zu uns zurück.

Elina war noch hübscher geworden. Sie war so frisch und bezaubernd und wenn sie lächelte, ging die Sonne auf. Sie hatte damals einige Stammkunden, die würden sich bestimmt freuen, wenn sie wieder bei uns angestellt war.

»Toll, dass du noch vorbeikommen konntest«, begrüßte ich sie und nahm ein hübsch verpacktes Geschenk entgegen.

»Kerstin hat mir eben erst erzählt, dass du wieder bei uns anfangen möchtest. An wie viele Stunden in der Woche hast du denn gedacht? Und an welche Tage?«, fragte ich sie nach ihren Vorstellungen.

»Samstags wäre mir am liebsten«, sagte Elina. »Dann ist mein Mann zu Hause und mit Kindergartenferien gibt's dann auch keine Probleme. Für den Anfang wäre das echt gut.«

»Samstags?«, wiederholte ich ungläubig. Damit, dass sie am Wochenende arbeiten wollte, hatte ich nicht gerechnet. Da gab es nichts zu überlegen, ihr Angebot war ein Geschenk des Himmels.

Elina nickte, ich hatte sie richtig verstanden. Zum ersten August oder zum September hoffte sie, wieder bei uns einsteigen zu können.

»Das ist perfekt!«, sagte ich und klatschte vor Freude in die Hände. »Dich hat der Himmel geschickt. Ich mache den Vertrag fertig und schicke ihn dir zu. Aber nun komm mit und feiere noch ein bisschen mit uns.«

»Mareike«, rief sie erfreut und strahlte mich an, »du glaubst gar nicht, wie toll das ist. Danke, dass du einverstanden bist. Du bist so ein Schatz!« Überglücklich nahm sie mich in den Arm und drückte mich. »Willst du gar nicht nachschauen, was in dem Päckchen ist?«

»Aber sicher doch«, sagte ich und löste behutsam das feine Schleifenband. Als ich den Deckel der Verpackung öffnete, winkte mir das Pfötchen einer roten Winkekatze entgegen. Sie sollte mir Glück bringen.

»Hat die Farbe eine besondere Bedeutung?«, fragte ich nach. Elina hatte sich bestimmt etwas dabei gedacht.

»Rot ist die Liebe«, sagte sie. »Hättest du lieber eine andere Farbe? Gold für Reichtum? Oder Lila für Kreativität? Oder Mintgrün für Gesundheit? Ich kann es umtauschen, gar kein Problem.«

»Schau mal, sie fühlt sich schon ganz wohl bei mir.« Ich zeigte auf den Glücksbringer, den ich auf einem Sims abgestellt hatte. »Liebe ist mir immer willkommen in meinem Leben. Davon kann man doch gar nicht genug haben. Darf ich die auch mitnehmen nach Hause oder soll sie im Salon bleiben?«

»Mach das, wie du willst. Gib ihr einen schönen Platz, den Rest erledigt die Katze für dich. Verlass dich drauf.«

»Ich lasse mich überraschen«, schmunzelte ich. »Aber nun komm mit, die anderen freuen sich auch, dich zu sehen.«

24

Wir hatten noch lange zusammengesessen und ich hatte es genossen, mich verwöhnen zu lassen, Geschenke auszupacken und über Mode, Haarfarben und die neuesten Trends zu plaudern. Als ich mich abends verabschiedete, war die Party noch nicht zu Ende, aber mich lockten mein Garten und mein Sofa. Sollten die anderen ruhig noch weitermachen.

Ich hatte Hannes ein paar Fotos von unserer Feier geschickt und wunderte mich, dass ich nichts von ihm hörte. Vermutlich nahm die Familie ihn so in Beschlag, dass er keine Zeit oder Gelegenheit fand, zu antworten. Ich hoffte natürlich, dass er sich nicht von mir eingeengt oder vereinnahmt fühlte, oder er mit seinen Gefühlen für mich nicht umgehen konnte und Abstand brauchte.

Von Alex war allerdings eine Mail auf meinem Handy eingetroffen. Er hatte sich riesig über das Luftballonfoto gefreut und es auch gleich kommentiert.

Was man liebt, soll man loslassen.
Kommt es zurück, dann bleibt es bei dir.

Beim Lesen musste ich grinsen, es war mit Sicherheit ein Zitat, das er im Coaching gern mit auf den Weg gab.

Meine Mundwinkel zogen sich noch weiter in die Höhe, als ich den restlichen Text überflog.

Liebe Mareike,

mein Vorschlag mit der Beziehungspause, auf den du recht heftig reagiert hast, war echt blöd. Ich kann deine Reaktion verstehen und will dir nur sagen: Vergiss mein Geschwätz von gestern. Wir müssen uns auch keine Kontaktabstinenz auferlegen. Ich würde mich freuen, wenn wir miteinander telefonieren oder schreiben, wann immer wir Lust dazu haben. Oder auch, dass ich mal auf eine Stippvisite vorbeikommen darf. Denk mal drüber nach.

Immer noch dein Freund,
Alex.

Interessant. Das war wieder etwas, womit ich nicht gerechnet hatte. Was für ein rasanter Beginn meines neuen Lebensjahrs!

Alex' Zeilen las ich gleich ein zweites Mal. Er machte einen Schritt auf mich zu, anders konnte man es nicht interpretieren.

Spontan antwortete ich ihm und stimmte ihm in allen Punkten voll zu. Dann stichelte ich aber doch ein wenig.

Kann es sein, dass du das alles nur schreibst, weil du Lust auf selbst gebackenen Kuchen hast?

JA! Ich kann aber erst in vierzehn Tagen vorbeischauen. Würdest du dich darüber freuen?

Bis jetzt steht kein anderer Termin in meinem Kalender. Falls etwas dazwischenkommt, melde ich mich.

Hannes und Alex brachten mein Gefühlsleben mal wieder ganz schön durcheinander. Umso doller freute ich mich auf den Besuch meiner Tochter mit der kleinen Tilda. Wenn sie mich mit ihren großen Kinderaugen ansah und lachte, war alles andere nicht mehr so wichtig.

Pünktlich zur Kaffeezeit stand Leonie vor der Tür, allerdings ohne Kinderwagen. Sie war allein gekommen. »Wo ist denn mein süßes kleines Enkelkind?« fragte ich und zog ein langes Gesicht.

»Sie schläft noch«, beruhigte Leonie mich. »Jonas bringt sie nachher mit. Ist aber doch auch mal ganz schön, wenn wir ungestört sind. Du glaubst gar nicht, wie sehr ich das genieße, wenn ich mal ohne Baby unterwegs sein kann.«

Wir setzten uns auf die Terrasse, dabei wechselte ich automatisch in den *Verwöhn-das-Kind-Modus*, der wohl den meisten Müttern mit der Muttermilch einschießt und nie endet. Leonie rückte sich einen bequemen Korbstuhl in die Sonne, lehnte sich zurück und ließ es sich gern gefallen, von vorne bis hinten bedient zu werden.

»Ein bisschen Muttivation tut immer noch gut.« Sie seufzte und entspannte sich noch mehr, als mein guter Kaffee in ihrer Tasse dampfte. »Und nun, Mama«, sagte sie, »nun rück endlich damit raus, dass ihr euch an deinem Geburtstag verlobt habt. Alex hat dir doch hoffentlich endlich einen Antrag gemacht?«

»Verlobt?« Ich musste laut lachen. »Wer verlobt sich denn heute noch? Bin ich dafür nicht ein bisschen zu alt?«

»Verloben ist wieder ganz angesagt«, klärte Leonie mich auf. »Das kann man in jedem Alter. Also Mama!«

Eindringlich musterte sie mich, es fiel mir schwer, ihrem Blick standzuhalten. Noch schwieriger war es, die richtigen Worte für die News zu finden, mit denen ich sie konfrontieren musste.

»Nein, Leonie«, sagte ich dann wieder ernst. »Wir haben uns nicht verlobt. Im Gegenteil.«

»Was?« Leonie erwachte aus ihrer chilligen Position, sie setzte sich kerzengerade auf, riss die Augen weit auf und fragte stockend: »Sag jetzt nicht, ihr habt heimlich auf Norderney geheiratet?«

»Völlig daneben«, sagte ich, um ihren Gefühlsüberschwang zu bremsen. »Alex und ich sind zu der Überzeugung gekommen, dass es besser ist, wenn wir getrennte Wege gehen. Aber in aller Freundschaft.«

»Mama, willst du mich veräppeln?« Sie wurde bleich und rollte mit den Augen. »Bitte sag mir, dass das ein dummer Scherz war.« Ungläubig starrte sie mich an und vergaß, den Mund wieder zu schließen.

»Nein, Leonie, das ist kein Witz. Wir haben uns getrennt«, sagte ich.

»Hat Alex mit dir Schluss gemacht? Ging es von ihm aus?« Sie wollte es ganz genau wissen. »Ich kann das einfach nicht glauben. Ihr habt euch doch immer gut verstanden. Und ihr seid schon wahnsinnig lange zusammen. Das wirft man doch nicht einfach so weg.«

»Nun reg dich mal nicht so auf. Alex hat nicht ›mit mir Schluss gemacht‹, wie du es nennst«, sagte ich. »Wir hatten beide schon seit einiger Zeit das Gefühl, dass unsere Beziehung nicht auf die Ewigkeit ausgerichtet ist. Alex und ich sind nun mal kein Paar, das zusammen alt werden kann. Er liebt seine Firma über alles, und dann seine ständige Herumreiserei … Wir haben so wenig Zeit füreinander, das nervt mich immer mehr. Ich stelle mir mein Leben anders vor. Das ist mir im Urlaub endgültig klar geworden.«

»Dann hast du mit ihm Schluss gemacht?«, schrie sie mit quietschender Stimme. »Bist du noch ganz bei Trost? So einen tollen, einfühlsamen und gutaussehenden Mann lässt man doch nicht laufen. Oh, Mama!« Sie packte sich an den Kopf und verdrehte die Augen, wie sie es immer machte, wenn ich ihr peinlich war oder sie mich für nicht zurechnungsfähig hielt.

»Du willst mich anscheinend nicht verstehen«, sagte ich ruhig und begann, bewusst tief zu atmen und langsam von zehn rückwärts runterzuzählen. Das war auch eine Stressbewältigungsmethode von Alex, die ich von ihm übernommen hatte. »Leonie, ich bin jetzt sechzig und ich habe immer noch Träume und Wünsche, auch wenn du dir das nicht vorstellen kannst. Ich will einen Partner, mit dem ich etwas unternehmen kann. Am Wochenende mal wegfahren, zusammen ins Kino oder essen gehen. Tanzen, Konzerte besuchen und all das, was zu zweit mehr Spaß macht«, zählte ich auf. »Kannst du das wirklich nicht verstehen?«

»Aber dafür hast du doch Freundinnen«, warf sie ein.

»Du bist ja süß! Meine Freundinnen sind bis auf wenige Ausnahmen alle verheiratet oder sonst wie liiert. Außerdem ist das nicht dasselbe.«

»Hast du mit Alex denn nie darüber gesprochen, wie du dir die Zukunft vorstellst?« Zweifelnd sah sie mich an.

»Doch. Habe ich. Vielleicht nicht eindringlich genug. Für ihn bin ich die ideale Partnerin, er sieht keine Notwendigkeit, etwas zu verändern«, sagte ich. »Na ja, und außerdem habe ich auf Norderney jemanden kennengelernt, der –«

»Mama!«, schrie mein Kind jetzt hysterisch auf. »Erzähl mir bitte nicht, dass du dich in einen anderen Mann verliebt hast. In deinem Alter? Ich glaube, deine Hormone spielen verrückt. Eigentlich müsstest du mit den Wechseljahren doch längst durch sein.« Zutiefst schockiert funkelte sie mich an. »Nach den paar Tagen glaubst du doch nicht etwa, deinen Mister Right gefunden zu haben?«

»Von Verlieben habe ich nichts gesagt«, versuchte ich, sie wieder einzufangen. »Und er ist auch nicht mein Mister Right. Wir haben uns am ersten Tag zufällig kennengelernt und wir fühlen uns sehr zueinander hingezogen.«

Leonie nahm von dem Kuchen nach und hielt den Mund. Ich konnte ihr ansehen, wie es in ihrem Kopf ratterte. Diese Nachricht musste sie erst mal verdauen. Mir sollte es recht sein. Ich hatte nicht vor, mich vor ihr zu rechtfertigen. Wofür auch?

»Bist du dir sicher, dass du Alex nicht zurückhaben willst?«, fragte sie nun etwas freundlicher.

»Zurückhaben?« Meine Augenbraue zuckte nach oben. »Alex ist doch kein Gegenstand. Ich schätze ihn sehr, ich mag ihn sehr, ach, das ist alles viel zu kompliziert.«

»Du bist dir also nicht hundertprozentig sicher«, stellte sie fest. »Und bei dem anderen bist du dir sicher? Wie heißt er? Wie alt ist er? Was macht er beruflich?«

»Er heißt Hannes«, sagte ich zaghaft. »Aber zu deiner ersten Frage, liebe Leonie: Ich kann dir nur bestätigen, dass ich mir bei Alex absolut sicher bin. Es ist die richtige Entscheidung. Aber bei Hannes bin ich mir nicht sicher, ob und was aus uns wird. Das bleibt abzuwarten, wir müssen uns erst mal besser kennenlernen.«

»Wann seht ihr euch denn wieder? Wohnt er in der Nähe?«, fragte meine Tochter. Wenn ich das mal selbst wüsste, dachte ich, konnte mich aber vor einer Antwort drücken, da es an der Tür klingelte und mein Schwiegersohn mit meinem kleinen Sonnenschein eintraf.

Die Frage, wann wir uns wiedersehen würden, beschäftigte mich auch dann noch, als Leonie gegangen war. Ich hatte keine Ahnung, wann wir uns das nächste Mal sehen würden, war aber guter Dinge, dass es in nächster Zeit sein würde. Hannes hatte mir Grüße aus München geschickt und ließ keinen Zweifel daran, dass unsere kurze Affäre keine Affäre gewesen war, sondern der Beginn von etwas Neuem. Was er damit genau meinte, vermochte ich nicht einzuschätzen. Aber von seinen Problemen, sich auf etwas Festes einzulassen, hätte ich Leonie nicht erzählen können. Dafür hatte sie kein Verständnis, das konnte ich gut verstehen.

Es war schade und es ärgerte mich, dass wir uns nicht so voneinander hatten verabschieden können, wie ich mir das gewünscht hätte. Was sich aus der Begegnung entwickeln würde, stand in den Sternen. Ich würde davon auch nicht meine Zukunft abhängig machen, so viel war klar. Überhaupt wusste ich recht gut, was ich *nicht* wollte und wo ich *nicht* kompromissbereit war. Was ich wollte, was mir wichtig war und wie es aussehen sollte, war hingegen noch etwas verschwommen, das Bild wurde aber immer klarer.

25

Als ich meinen Salon am Dienstag nach meinem Urlaub wieder betrat, fing mich der Trubel des Alltags schnell wieder ein. Aber das störte mich nicht. Wenn es auch manchmal stressig war, so liebte ich es doch. Mein sechzigster Geburtstag hatte sich herumgesprochen, viele Kunden kamen auf mich zu, gratulierten mir, brachten Blumen oder sogar kleine Geschenke mit. Am Ende des Tages standen einige farbenfrohe Blumensträuße auf unserer Ladentheke. Es war so süß von ihnen.

Ich musste nur achtgeben, dass ich nicht zu viel erzählte, wenn sie mich fragten, wie ich meinen Ehrentag gefeiert hatte. Dann ploppten die Erinnerungen schnell wieder hoch, und ich musste daran denken, dass ich Hannes vor über einer Woche zum letzten Mal gesehen hatte. Als ich einem Kunden den Kopf massierte, war es besonders schlimm. Der Mann vor mir im Frisierstuhl reagierte ähnlich verzückt wie Hannes. Kerstin huschte unauffällig zu mir an den Platz, stupste mich an und flüsterte mir zu, nicht ewig zu massieren. Ihr war mein entrückter Gesichtsausdruck während der Kopfbehandlung aufgefallen. Ich war ihr echt dankbar für den

Anstupser, mit dem sie mich zurückholte. Nach Feierabend sprach sie mich beim Aufräumen darauf an.

»Du hättest dich mal sehen sollen, wie verzückt du dem Herrn den Kopf gekrault hast«, sagte sie kichernd. »Du warst mit deinen Gedanken auf Norderney. Bei ihm. Stimmt's?«

»Ertappt«, bekannte ich. »So ein Mist. So etwas darf mir nicht passieren. Meinst du, außer dir hat es noch jemand mitgekriegt?«

»Keine Ahnung. Kann schon sein. Anschließend hattest du dich aber besser im Griff, das ist mir aufgefallen.« Prüfend sah sie mich an und nach kurzer Überlegung fragte sie mich direkt, ob es etwas mit Hannes zu tun hatte.

»Hm.« Ich nickte. »Ja. Ich habe Hannes auch die Haare geschnitten. Er ist unter meinen Händen dahingeschmolzen, so ähnlich wie mein Kunde vorhin. Ich konnte nicht anders, ich musste einfach an ihn denken.«

»Wann seht ihr euch denn wieder? Oder gibt es kein Wiedersehen?«

»Frag mich nicht, ich weiß es nicht. Aber ich bin mir sicher, dass es so kommt. Auch wenn das nur ein Gefühl ist.« Automatisch legte ich meine Hand an meinen Hals, auf mein Kettchen, das mich Tag und Nacht an ihn erinnerte.

»Ich hätte noch etwas Zeit«, sagte Kerstin, »und im Kühlschrank steht noch ein feiner Weißwein von Samstag.«

»Dann mach ihn mal auf«, meinte ich lachend, öffnete die Tür zur Terrasse und stellte Gläser auf den Tisch.

»Ihr schreibt euch aber? Oder telefoniert ihr? Was sagt er denn, wann und wo ihr wieder zusammenkommt?«, fragte sie.

»Wir schreiben uns. Telefoniert haben wir noch nicht. Ich will ihn auch nicht nerven oder dass er sich unter Druck gesetzt fühlt, wenn ich mich dauernd melde. In dem Punkt ist er nicht unkompliziert, glaube ich.«

»Wieso denkst du das? Gibt es einen speziellen Grund?«

»Ist eher so ein Gefühl, ich kann es nicht beschreiben. Er hat seit Jahren keine feste Freundin mehr gehabt, und ich glaube, er kann sich nicht wirklich darauf einlassen.«

»Papperlapapp!« Kerstin schlug so tüchtig auf den Tisch, dass der Wein in unseren Gläsern überschwappte. Wir sahen uns an und mussten beide kichern. Diesen Einwand ließ meine liebste Freundin nicht gelten. »Meine Güte, wir sind doch hier nicht im Kindergarten. Ihr seid ja wohl alt genug, darüber kann man doch reden. Sprich ihn auf seine Macke an. Und wenn er dann kneift, dann lass die Finger von dem Kerl. So einfach ist das.«

»Du hast vollkommen recht«, pflichtete ich ihr bei. »Aber so einfach ist es eben nicht. Hannes ist ein besonderer Mann, er gefällt mir wahnsinnig gut. Aber auf der anderen Seite sind da die Jahre mit Alex. Ich brauche erst mal ein bisschen Abstand. Ich kann doch nicht sofort mit dem nächstbesten Mann was anfangen. Das ist nicht das, was mir vorschwebt. Das bin ich nicht.«

»Und ich dachte, du hast wegen ihm mit Alex Schluss gemacht«, offenbarte Kerstin ihre eigenen Vermutungen. Sie schenkte uns die Gläser noch einmal voll, und ich schwor ihr bei meiner Friseurschere, dass Hannes nicht der Grund für unsere Trennung war.

»Das ist ja komplizierter, als ich dachte. Ich würde sagen, du solltest Hannes so schnell wie möglich wiedersehen. Dann kannst du herausfinden, wie du zu ihm stehst, ob du Gefühle für ihn hast oder ob es ein Urlaubsflirt war. Warte nicht zu lange damit und bitte, liebe Mareike, mach dir selbst nichts vor.«

»Okay. Anderes Thema.«

Ich sprach mit Kerstin über meine Gedanken, wie ich meine freien Tagen gestalten wollte, wenn Elina unser Team bereicherte. Lange dauerte es nicht mehr. »Als Erstes werde ich noch einmal nach Norderney fahren«, sagte ich. »Lieber heute als morgen.«

»Soso.« Kerstin grinste. »Zurück an den Tatort?«, neckte sie mich. Damit hatte sie nicht unrecht. Mir schwebte tatsächlich vor, noch einmal die Orte aufzusuchen, mit denen ich süße Erinnerungen verband. Ich wollte mich in meinem Strandkorb rekeln, von der Rooftop-Bar auf die Insel hinunterschauen und dem Hochzeitsbadekarren Guten Tag sagen.

»Und was hindert dich daran, es nicht schon früher zu tun?«

»Ich kann euch doch nicht allein lassen!«, rief ich empört.

»Der Laden bricht schon nicht zusammen, wenn du mal an einem Samstag nicht da bist. Das müssen wir nur ein bisschen organisieren, dann wird das auch was.«

»Ich könnte natürlich auch samstags nach Feierabend fahren und Montagabend zurück. Das würde auch gehen«, überlegte ich. »Ich muss mal schauen, ob ich für zwei Nächte ein Zimmer finde.«

»Wenn du genug Kohle hast, findest du immer was.«

»Habe ich dir eigentlich erzählt, dass Alex sich bei mir gemeldet hat? Er will mich übernächstes Wochenende besuchen kommen. Was sagst du dazu?«

»Hat er sich von sich aus gemeldet und das Treffen vorgeschlagen?«

»Ja. Nachdem ich ihm von Norderney aus ein Foto geschickt habe, hat er sich dafür bedankt und meinte, er würde gern vorbeikommen.«

»Einfach so?« Kerstin sah mich verblüfft an. »Und? Du hast bestimmt Ja gesagt, so wie ich dich kenne. Und du wirst ihn selbstverständlich auch mit einem deiner Kuchen beglücken.«

»Kennst mich gut. Natürlich ist er willkommen. Wir sind

in Freundschaft auseinandergegangen, außerdem ist es ja nicht so, dass ich ihn plötzlich nicht mehr mag. Hätte ich Nein sagen sollen?«

»Noch ist er ja nicht da. Du weißt doch, wie es mit ihm ist. Da kann in letzter Minute immer noch etwas dazwischenkommen.« Sie traute dem Ganzen nicht, das sah ich ihr an.

————

Kerstins Vermutungen trafen nicht ein, Alex meldete sich sogar zwei Tage vorher bei mir und erinnerte mich an seinen Besuch. Das war neu.

»Dann werde ich uns mal einen leckeren Kuchen backen«, sagte ich zu ihm. »Besondere Wünsche?«

»Freue mich jetzt schon darauf! Nein. Ich habe keine besonderen Wünsche, du bist die beste Kuchenbäckerin, die ich kenne.«

Und dann war es so weit, Alex stand vor mir, halb verdeckt von einem üppigen Sommerblumenstrauß in Weiß, Pink und Lila.

»Für dich«, sagte er und blickte auf seine Füße, als er mir die Blumen überreichte. Freundschaftlich nahm er mich in den Arm, begrüßte mich mit Küsschen rechts und links und stellte im Flur seine Schuhe unter die Garderobe. Bei mir lief er immer mit nackten Füßen herum.

»Die sind wunderschön«, staunte ich und schnupperte an den Blüten. »Wie komme ich zu der Ehre?« Das zu fragen, konnte ich mir nicht verkneifen. »Sind das Abschiedsblumen? Ein Trennungssträußchen?«

»Mareike! Wie kommst du denn auf so was? Betrachte es einfach als großes Danke für unsere gemeinsamen Jahre mit den unzähligen zauberhaften Momenten, die wir zusammen erlebt haben.«

»Meinst du das echt jetzt?«, fragte ich zweifelnd und machte mich auf die Suche nach einer bauchigen Vase. Im hintersten Winkel meines Küchenschranks entdeckte ich ein altes Schätzchen, das auf diesen Strauß nur gewartet hatte und ihn wunderschön in Szene setzte.

Alex sah mir schmunzelnd dabei zu, mit welcher Hingabe ich die Stängel arrangierte. Als er die Kuchenplatte entdeckte und den Deckel lüftete, galt sein Interesse mehr seinem leiblichen Wohl.

»Küche oder Terrasse?«, fragte er, wartete meine Antwort aber nicht ab. Bei schönem Wetter hatten wir immer draußen gesessen, also auch jetzt. Beherzt stellte er alles auf ein Tablett, trug es hinaus und deckte den Tisch. Das war auch wieder ein neuer Zug an ihm, den ich nicht kannte. Er umsorgte mich, als wäre ich sein Besuch und nicht er meiner.

»Hast du ein schlechtes Gewissen oder was ist plötzlich mit dir los?«, rutschte es mir raus. Ich wollte die schöne Stimmung nicht kaputtmachen, aber gänzlich unbeschwert konnte ich das Umsorgtwerden nicht genießen. Ich wurde den Verdacht nicht los, dass er ein bestimmtes Ziel verfolgte. Wollte er mich zurückerobern? Gab er sich deshalb solche Mühe?

»Sollte ich?«, stellte er prompt die Gegenfrage. »Ich will dir nur beweisen, dass ich viele Facetten habe, die du noch nicht an mir entdeckt hast.« Er machte eine Pause. Dann schenkte er mir Kaffee ein. »Kannst du dir eventuell vorstellen, noch einmal über unsere Trennung nachzudenken?«, fragte er.

»Alex! Du bist der Experte fürs Loslassen! Ich komme jetzt nicht ganz mit.« Ich sah zu, wie er sich noch ein Stück Kuchen nahm und beim Probieren die Augen verdrehte.

Höchstwahrscheinlich hatte er schon einen klugen Spruch parat. Nur welcher würde es heute sein?

»Liebe Mareike, ich hatte mich wahnsinnig über dein Foto gefreut und habe dir dann geantwortet: Wenn das, was man loslässt, zu dir zurückkommt, dann gehört es dir.«

Ich versuchte, seinen Gedanken zu folgen. Es fiel mir schwer, zu glauben, worauf er hinauswollte. Er sah es mir wohl an, denn nun bestätigte er meine Vermutung.

»Ich bin hier. Ich bin zu dir zurückgekommen. Nun gehöre ich dir.« Er stand auf, kam zu mir und legte mir die Hände ums Gesicht. Dabei sah er mich ernst an. »Mareike, ich gehöre zu dir. Ich werde mich ändern und mir Freiräume schaffen, damit wir mehr Zeit füreinander haben. Das geht zwar nicht von heute auf morgen, aber wir müssen auch nichts überstürzen.«

»Alex«, sagte ich sanft, nahm seine Hände von meinen Wangen, schloss die Augen und lehnte mich bequem zurück. »Ich bewundere, mit wie viel Einfühlungsvermögen du einen auf eine Traumreise schicken kannst. Gefühlt bin ich ganz, ganz weit weg. Wie in Trance vernehme ich deine Stimme, die achtsame Worte zu mir sagt, die mir das Blaue vom Himmel versprechen und mich in eine Zukunft beamen, die das Paradies auf Erden sein könnte und sehr verlockend ist«, säuselte ich, seinen Tonfall nachahmend. Ich sprach genau so weich, langsam und monoton, wie er es tat, wenn er eine Traumreise erstmalig an mir testete. Schlagartig ballte ich dann die Hände zu Fäusten, wie es in der Rückholphase üblich ist, schlug die Augen auf und war wieder die Mareike, die mit beiden Beinen fest auf dem Boden stand.

»Es ist nur so, dass ich keine Traumreisen mehr will. Ich will mittendrin sein im Leben. Ab sofort. Und nicht erst irgendwann«, sagte ich zu Alex, um ihn mit meinen Worten aus seiner eigenen Fantasiereise aufzuwecken.

»Soll das heißen, du willst mich nicht zurück?«

»Ja, Alex. Du hast mich richtig verstanden. Wir sollten es bei dem belassen, was wir auf Norderney besprochen haben. Du hast unseren Status mit sieben bewertet, genau wie ich. Unsere Gefühle füreinander sind nicht mehr die, die es mal waren. Sie sind verblasst, wie eine Tapete, die jahrelang der Sonne ausgesetzt ist.«

»Dann braucht es doch nur einen Tapetenwechsel«, flüsterte er todtraurig. In seinen Augen schimmerte etwas. Waren es Tränen? »Wollen wir den Tapetenwechsel nicht zusammen machen?«

So schnell gab er mich nicht auf, das war lieb und schmeichelhaft, und für einen Moment war ich wirklich nahe dran, seinem Bitten nachzugeben. Doch dann brachte er einen Satz, der alles zunichtemachte.

»Ist es wegen des Hochzeitsfotografen?«, fragte er zaghaft. Ich schüttelte entschieden den Kopf. »Leonie war sich so sicher, dass es mit uns wieder was wird, wenn ich mich richtig ins Zeug lege, so mit Blumen und allem«, sagte Alex.

»Kinder wissen eben auch nicht alles von ihren Eltern«, bemerkte ich tonlos. Meine Tochter steckte also dahinter. »Dann war sie es auch, die den Blumenstrauß ausgesucht hat?«, wollte ich nun wissen.

Alex erwiderte nichts. Das sagte alles.

»Schade. War ein netter Versuch. Ich glaube, ich gehe dann besser«, stammelte er verlegen.

»Ja, Alex, das glaube ich auch. Willst du noch etwas Kuchen für nächste Woche mitnehmen?«

»Gern. Süßes für die verwundete Seele«, kommentierte er nun wieder in seiner gewohnten Art, die ich so sehr mochte. Er konnte herrlich witzig sein und über sich selbst lachen, so wie jetzt.

»Lieber Alex, du bist mir immer herzlich willkommen, aber bitte, sei einfach du selbst, ohne Theater. Du musst mir auch keine Blumen mitbringen, wobei ich es liebe, Blühendes um mich zu haben. Ich habe dich von Herzen gern, das wird auch immer so bleiben. Du hast einen festen Platz in meinem Herzen, daran ändert sich nichts.«

Nachdem Alex sich mit seiner Nervennahrung verabschiedet hatte, rief ich mein Töchterchen an. Ich musste ihr wenigstens mitteilen, dass ihr Versuch aufgeflogen war und der Blumenstrauß nicht das erhoffte Wunder vollbracht hatte.

»Man hat ja schließlich auch eine Verantwortung seinen Eltern gegenüber«, rechtfertigte sie ihre Einmischung in mein Privatleben.

»Netter Versuch, meine liebe Helikoptertochter. Verantwortung ja. Bevormundung nein.«

»Ach Mama.« Sie atmete geräuschvoll aus. »Ich hätte Alex unwahrscheinlich gern in der Familie behalten. Einen zweiten Versuch unternehme ich bestimmt nicht. Versprochen.«

»Gut so. Dann sind wir uns ja einig«, erwiderte ich.

26

Meinem Saxophonspieler Hannes verriet ich nichts von Leonies Aktion mit Alex und dem Blumenstrauß. Wie denn auch? Wir hatten uns immer noch nicht wiedergesehen. Immer wenn sich eine Gelegenheit bot, kam ihm etwas dazwischen. Manchmal dauerte es mehrere Tage, bis er auf eine Nachricht von mir ein Lebenszeichen von sich gab. Sein letzter Gruß war am Montag eingetroffen und heute war schon Freitag, das Wochenende stand vor der Tür.

Zum Grübeln blieb mir zum Glück keine Zeit. Der Salon brummte, wir hatten wahnsinnig viel zu tun, trotz oder gerade wegen der Urlaubszeit. Eines Abends fiel mir auf, dass Hannes' sporadische WhatsApp-Nachrichten mich nicht mehr ärgerten. Wenn ich ihm wichtig war, würde er sich schon melden. So gelassen konnte ich nicht immer mit solchen Situationen umgehen. Doch inzwischen brachte mich so schnell nichts mehr aus der Ruhe. Ich hatte meine Tochter allein erzogen, ein eigenes Unternehmen gegründet und führte nach Einschätzung des Finanzamts einen sehr gut gehenden Friseursalon.

Auch in meiner Freizeit langweilte ich mich nicht eine Minute lang. Seit meiner *Meerzeit* steckten immer ein Skizzenbuch und ein Stift in meiner Tasche, sodass ich jederzeit eine Beschäftigung hatte. Das ging sogar so weit, dass ich mich im Salon manchmal hinsetzte und Kämme, Bürsten und die Farbtuben für die Colorationen skizzierte. Wenn nicht viel los war, was nur selten vorkam, brachte ich wieder Figürliches zustande, allerdings musste ich immer aufpassen, meinen Terminplan nicht aus den Augen zu verlieren.

In so einer Situation fand mich eine neue Kundin vor, die einen Termin bei mir hatte. Der Name sagte mir nichts, aber als sie vor mir stand, fiel mir der Stift aus der Hand.

»Julia!«, rief ich erfreut.

»Mareike!« Sie umarmte mich, als wären wir alte Freundinnen. »Jetzt staunste, was?«

»Du hättest ja wenigstens vorher mal Bescheid sagen können.« Lächelnd geleitete ich sie zu unserem schönsten Frisiertisch in einer Nische und erkundigte mich, was sie zu mir führte.

»Gute Frage.« Amüsiert sah sie mich an. »Was wohl? Die Hoffnung auf einen guten Haarschnitt, feine Strähnchen und ein kleines bisschen auch meine Neugierde. Ich bin so heiß darauf, zu erfahren, wie es um die Brautstraußprophezeiungen steht.«

»Frisur und Farbe kriegen wir hin. Beim Thema Brautstrauß muss ich leider passen. Keine Neuigkeiten. Hast du etwas Besonderes vor? Oder hast du hier in der Stadt zu tun?«

»Och nee!«, gab sie von sich und zog einen Flunsch. »Ich dachte, du und Hannes —«

»Kleine Kopfmassage vorweg?«, unterbrach ich.

»Gern. Wie läuft's denn mit euch beiden? Wie oft seht ihr euch?«

»Psst. Nachher können wir plaudern. Sag bitte nichts

mehr, schließe deine Augen und genieße die entspannende Massage und das Aroma, das dich umgibt.«

Kurz dachte ich darüber nach, wie viel ich ihr erzählen wollte, und kam zu dem Schluss, kein Blatt vor den Mund zu nehmen. Julia war vertrauenswürdig, bei ihr konnte ich mir alles von der Seele reden, wenn wir fertig waren.

Während die Farbe einwirkte, griff ich wieder zu meinem Bleistift und zeichnete sie mit ihrem Silberfolienlook auf dem Kopf. Julia sah aus wie ein futuristisches Wesen von einem anderen Stern. Natürlich tat ich das mit ihrem Einverständnis und unter der Auflage, ihr die Skizze als Foto zu schicken.

»Hast du etwas Besonderes vor an diesem Wochenende?«, erkundigte ich mich. »Fährst du noch weiter oder bleibst du in der Stadt?«

»Ich muss mal wieder ans Meer«, sagte sie mit einem verschmitzten Grinsen.

»Mareike, kannst du mal eben ans Telefon kommen?«, unterbrach uns eine Kollegin. »Deine nächste Kundin hat ein Problem.«

»Entschuldige, Julia, bin gleich wieder bei dir. Geht ganz schnell«, sagte ich und legte ihr die neuesten Zeitschriften hin.

»Schon wieder da«, meldete ich mich fröhlich zurück und widmete mich erneut ihren Folien. »Mein nächster Termin fällt aus, ich hätte noch etwas Zeit für dich. Wo waren wir stehen geblieben? Ach ja, du willst wieder ans Meer.«

»Ich will, aber ich muss auch hin. Es geht um einen geschäftlichen Termin auf Norderney«, verriet Julia mir. »Hast du nicht Lust, mitzukommen? Meine Ferienwohnung hat zwei separate Schlafzimmer. Du kannst bei mir übernachten.«

»Ich kann nicht weg«, sagte ich bedauernd und dämpfte

damit ihre Begeisterung. »Frühestens morgen Mittag kann ich mich hier loseisen.«

Mit flinken Fingern entfernte ich das Silberpapier und dachte darüber nach, was ich anstellen musste, um mit ihr ins Wochenende fahren zu können. Julia sagte nichts, auch in ihrem Kopf ratterte es.

»Und?«, fragte sie beim Ausspülen, ehe ich zur Schere griff. »Kommst du mit?«

»Am liebsten sofort. Und ich könnte wirklich bei dir übernachten? Wie lange bleibst du denn?«

»Kann eine andere Friseurin dich nicht ausnahmsweise vertreten?«, erkundigte sie sich.

»Schwierig. Aber ich habe eine Idee, ich muss nur mal eben telefonieren.« Wenn das klappte, wäre ich schneller verschwunden als ein Stück Kuchen auf dem Teller meiner Tochter.

»Los. Ruf jetzt an!«, befahl sie in dem Tonfall, der zu den Aufforderungen unseriöser Hotlines passte. Huch! Ich wusste nicht einmal, was Julia beruflich machte.

»Moment noch. Was machst du eigentlich beruflich, Julia? Darüber haben wir nie gesprochen, vor lauter Hochzeitsfeierei.«

Verwundert sah sie mich an. »Ist das wichtig?«

»Du klingst gerade so«, ich neigte mich zu ihr herunter und flüsterte ihr ins Ohr, »wie eine Domina.«

Julia schossen Tränen in die Augen, als sie das hörte. Ihre Schultern zuckten, sie presste sich den Umhang vor den Mund, um nicht in lautes Gelächter auszubrechen. Doch das half alles nichts, sie japste nach Luft, stand auf und lief auf unsere Terrasse. Mit der Schere in der Hand hechtete ich hinterher, ich wollte den Grund für diesen unkontrollierten Lachanfall erfahren.

»Du wirst es nicht glauben, liebe Mareike«, kiekste sie,

»aber ich bin eine Hochzeitsdomina. Ich verkupple Menschen miteinander, von denen ich annehme, dass sie zusammengehören.« Geschüttelt von urigen Lauten wollte sie mir diesen Bären aufbinden. Ich konnte nicht anders, ich fiel in ihr Gelächter mit ein, bis auch mir die Tränen kamen.

»*Was* bist du?«, sagte ich immer noch kichernd, als sie endlich mit der Wahrheit herausrückte.

»Rechtsverdreherin. Also, ich bin Rechtsanwältin und Notarin. Aber bei dir werde ich gleich zur Domina, wenn du dich jetzt nicht ans Telefon hängst.«

»Alles in Ordnung hier draußen?«, fragte Kerstin, die uns beobachtet hatte.

»Alles bestens«, beruhigte ich sie und machte sie mit Julia bekannt, die sie nur durch meine Erzählungen kannte. »Kerstin, stell dir vor, ich könnte heute noch mit Julia nach Norderney fahren und wäre am Dienstag wieder da. Was sagst du dazu?«

»Schöner Gedanke«, meinte sie nüchtern. »Und wer soll deine Kunden übernehmen?« Sie wusste ganz genau, dass ich ihre Hilfe brauchte. Sie ließ mich extra zappeln, so kam es mir jedenfalls vor.

»Kannst du bitte, bitte heute meinen letzten Kunden, den Frank Möller, übernehmen?«, fragte ich mit einem unwiderstehlichen Augenaufschlag.

»Sonst ist heute nichts mehr bei dir eingetragen?«

Ich schüttelte den Kopf. »Nee. Und jetzt rufe ich Elina an und frage sie, ob sie morgen Zeit und Lust hat, für mich einzuspringen.«

»Okay«, erklärte Kerstin sich mit einem breiten Grinsen bereit. »Dann mache ich das heute gern für dich, ist ja für 'nen guten Zweck. Und für morgen drücke ich dir ganz doll die Daumen.« Sie hob ihre Fäuste und drückte die Daumen, anschließend ließ sie die Gelenke knacken, nur um mich zu ärgern. »Nun ruf sie schon endlich an!«

Julia und Kerstin wechselten einen verschwörerischen Blick. Plötzlich hatte ich zwei Dominas vor mir, die keinen Widerspruch duldeten.

———

»Mal ganz ehrlich, Julia, hattest du das von Anfang an so geplant, als du den Termin bei mir gebucht hast?«, fragte ich, als wir im Auto saßen und nach Norddeich düsten.

Sie grinste mich von der Seite an, blieb mit ihrer Aufmerksamkeit aber schön auf der Fahrbahn. »Nö«, gab sie kurz angebunden von sich. »Ich wollte dich wiedersehen, das war alles.« So richtig nahm ich ihr das nicht ab, keine Ahnung, woher meine Zweifel kamen. Sie hatte ein Pokerface aufgesetzt, als Anwältin gehörte das sicher zum Job.

So spontan wie heute war ich seit Jahren, ach was, seit Jahrzehnten nicht mehr gewesen, es überraschte mich selbst. Und nun saß ich hier, mit einer Reisetasche mit eilig zusammengepackten Klamotten und einem kleinen Rucksack, in dem meine Zeichensachen, meine Friseurschere und ein bisschen Krimskrams für das Wochenende lagen.

»Soll ich dir mal verraten, wo sich auf einer Skala von eins bis zehn meine Vorfreude befindet?«, fragte ich übermütig, als wir auf der Frisia waren.

»Ich tippe auf zehn. Wo sonst?«, schätzte sie und versetzte ihrem Koffer einen Tritt, um ihn in die Nische für das Gepäck zu schieben.

»Dreizehn«, rief ich, als wäre es ein Gebot bei einer Auktion, und erzählte ihr schmunzelnd von Alex und seinen Wunderfragen.

»Dann ist meine bei vierzehn«, sagte sie, nur um mich zu

übertrumpfen. Wir klatschten uns ab, liefen über die Treppe aufs Außendeck und suchten uns einen schönen Platz. »Es ist megasuper, dass du das möglich gemacht hast. Wir haben bestimmt viel Spaß zusammen. Ich soll dich herzlich von Hannes grüßen.«

»Äh?« Damit hatte ich nun gar nicht gerechnet. »Du hast ihn getroffen und sagst das erst jetzt?«

»Was dagegen?«, meinte sie. »Wir telefonieren häufig miteinander. Aber wir sehen uns nur selten. Ich habe viel um die Ohren, und Hannes ist noch nicht vollständig raus aus seinem Job. Er braucht gelegentlich meine Beratung, da helfe ich doch gern.«

»Wegen mir?«, sprach ich aus, was mir soeben durch den Kopf ging.

Julia kicherte und reckte die Nase in den Wind. Die frische Meeresbrise zerzauste ihr Haar und verlieh ihrer neuen Frisur das perfekte Styling.

27

J ulia hatte nicht zu viel versprochen. Die von ihr gemietete Ferienwohnung war großzügig geschnitten, verfügte über ein Gäste-WC, eine Terrasse und sogar eine eigene Sauna. Sie war hell und freundlich möbliert, selbst an Schietwettertagen konnte man es dort gut aushalten. Unsere Unterkunft lag in den Dünen, das war nicht ganz so zentral wie meine Villa. Aber man musste nur ein paar Meter weit laufen, dann war man am Nordstrand, dort, wo das letzte Strandlokal zum Verweilen einlud.

Wir überlegten, ob wir noch schnell mit den hauseigenen Leihrädern einkaufen fahren und uns mit dem Nötigsten eindecken sollten, hatten aber beide keine Lust auf derartige Aktivitäten. Es war früher Abend, das Meer schimmerte in sanftem Blaugrau zwischen den mit Strandhafer bewachsenen Dünen hindurch und lockte uns zu einem Spaziergang. Wir stürmten zum Wasser, machten Freudensprünge und liefen über den weichen, von Muscheln übersäten Sand in Richtung Weststrand bis zur Milchbar.

»Was meinst du, wollen wir hier eine Kleinigkeit essen?«, fragte Julia mit einem Blick auf die Uhr. Es war die Zeit, zu der anscheinend alle auf der Insel etwas speisen wollten. Wie nicht anders zu erwarten, waren alle Tische belegt.

»Was wäre die Alternative?«

»Pizza bei *Tino*, dem kleinen Imbiss. Wir müssten nur noch ein Stückchen die Straße runterlaufen. Die Pizza ist echt gut. Echt italienisch. Komm mit, da gehen wir hin.« Julia hatte schon entschieden, und wenn der Italiener hielt, was Julia versprach, würde ich anschließend satt und glücklich ins Bett fallen.

»Lass uns aber eben noch bei meinem Strandkorb vorbeischauen«, sagte ich. Das wollte ich schon die ganze Zeit, denn die glücklichen Momente, die ich in ihm erlebt hatte, waren noch sehr lebendig in mir.

Es war kein Umweg und Julia hatte dafür volles Verständnis. »Er geht dir nicht aus dem Kopf«, stellte sie sachlich fest. Sie hatte wieder den wissenden Blick eines Verteidigers aufgesetzt.

»Stimmt«, sagte ich. »Ich glaube, ich schicke ihm ein Foto, damit er weiß, dass ich da bin. Ich bin gespannt, wie er darauf reagiert. Falls er sich heute noch zu einem Kommentar herablässt.«

Leider war mein blau-weiß gestreifter Sitzplatz besetzt, aber das war für Julia kein Problem. Sie ging zu der jungen Frau, die mit Wolle und Stricknadeln hantierte, und fragte sie, ob ich mich für ein Foto einmal kurz hineinsetzen dürfte. Es war völlig unkompliziert. Sie stand auf und ließ mich Platz nehmen und bot sogar an, weitere Fotos von Julia zusammen mit mir zu machen.

»Herzlichen Dank, das war total nett.«

»Da nicht für«, sagte sie, wickelte sich das Garn um den Finger und nadelte weiter, den Blick dabei aufs Meer gerichtet. Bis zum Sonnenuntergang war noch etwas Zeit, so mussten wir uns mit dem Essen nicht abhetzen.

Das war Hannes' Antwort, als wir in der winzigen Pizzeria bei einem Glas Merlot auf unsere Pizza warteten.

Dann kam wieder einmal keine Reaktion mehr von Hannes, ich konnte es nicht verstehen. Julia meinte, dass ich mich taktisch sehr klug verhalten würde. »Es ist genau richtig, dass du ihn nicht bedrängst. Damit kann unser Hannes nämlich nicht umgehen.«

»Das ist ja alles schön und gut. Aber irgendwann ist doch auch mal Schluss. Man kann doch nicht ewig in der Vergangenheit haften bleiben und für den Rest seines Lebens rückwärts schauen. Wenn Hannes an mir interessiert ist, dann soll er Gas geben und sich um mich bemühen«, sagte ich mit Nachdruck. »Das kannst du ihm gern von mir ausrichten, wenn ihr wieder miteinander telefoniert. Und sag ihm auch, dass ich einem Mann nicht hinterherlaufe. Never ever.«

»Richte ich aus.« Sie grinste noch immer still in sich hinein, als unsere Pizzen kamen und wir unsere Gläser nachfüllen ließen. Es schmeckte fantastisch. Die Pizzen waren dünn, kross, dick belegt und, was ich besonders schätzte, bereits vorgeschnitten. Eine Pizza musste man mit den Fingern essen können, so mochte ich es am liebsten. Als auf unseren Tellern nur noch ein paar Krümel lagen, spendierte uns der Chef des Hauses zum Abschluss einen Limoncello. Gut gestärkt verließen wir *Tino* und traten den Rückweg an.

Ich war todmüde, am liebsten wäre ich auf der Stelle ins Bett gefallen, aber Julia wollte unter gar keinen Umständen den Sonnenuntergang verpassen.

»Wir laufen doch sowieso über die Promenade zurück, den Sonnenuntergang sollten wir uns nicht entgehen lassen. Schau mal, dein Strandkorb ist frei.« Sie zeigte in die Richtung und ich sah es auch. Er war nicht verschlossen, als würde er nur auf uns warten.

»Das ist Schicksal«, freute ich mich. Wir beschleunigten unser Tempo, es sollte bloß niemand auf die Idee kommen, sich vor uns hineinzusetzen.

»Mareike.« Julia sah mich von der Seite merkwürdig an. »Es ist soo schön, dass du jetzt hier bist. So habe ich mir das gewünscht«, sagte sie, während sie auf ihrem Handy herumdaddelte.

»Und ich mir auch«, hörte ich plötzlich eine andere Stimme sagen, die mir sofort eine Gänsehaut bescherte. Aus dem Schatten des Strandkorbs trat kein anderer hervor als Hannes. »Gut gemacht«, meinte er zu Julia, deren Blicke zwischen uns hin- und herwanderten.

»Hannes«, flüsterte ich immer wieder ungläubig, bis er meine Hand nahm, mich aus dem Strandkorb empor- und an sich zog. »Ja, ich bin's wirklich. Tut mir leid mit dem Überfall, es war Julias Idee.«

»Deshalb grinst du also die ganze Zeit wie ein Honigkuchenpferd«, stellte ich fest, was sie mit einem noch breiteren Grinsen bestätigte.

»Ich verschwinde mal kurz«, sagte sie, stand auf und ließ uns allein. Meine Müdigkeit war schlagartig verschwunden, all meine Sinne waren hellwach. Das Meer rauschte lauter als zuvor, der Wind wehte wärmer, die salzige Luft kribbelte auf der Haut und die letzten Sonnenstrahlen tauchten den Himmel in ein Meer von Farben.

Hannes setzte sich neben mich, sah mich an und sagte: »Ich musste jeden Tag an dich denken. Morgens, wenn ich aufwachte, warst du da und abends, bevor ich einschlief, habe ich dich in meinen Armen gehalten.«

»Jetzt bin ich ja da«, sagte ich und schmiegte mich an ihn. Ich sah ihn an und nahm sein Gesicht in meine Hände. »Dann verstehe ich aber nicht, weshalb du die ganze Zeit so fürchterlich auf Distanz gehst. Wenn es so ist, wie du sagst, dann möchte ich das heute schon fühlen können, oder zumindest ahnen, und nicht erst Wochen später.«

»Schimpf ruhig mit mir. Du hast recht und ich bin auf einem guten Weg, das zu ändern. Sagt jedenfalls mein Therapeut.«

»Dein Therapeut?«, wiederholte ich irritiert. Was sollte ich denn davon halten? »Du willst mich veräppeln.«

»Nee«, murmelte er in mein Haar. »Bin dabei, meine Baustellen aufzuräumen, und habe mir Unterstützung dafür geholt. Ich hatte das schon lange vor, aber ich musste wohl erst dich treffen, um es in die Tat umzusetzen. Aber darüber können wir uns morgen oder am Sonntag noch unterhalten. Du hast einen langen Tag gehabt, du bist bestimmt müde.«

Dieser Tag endete mit einem innigen Kuss. Julia kam zurück und wir Mädels machten uns auf den Heimweg, auf dem ich sie immer wieder damit foppte, wie raffiniert sie unser Wiedersehen eingefädelt hatte.

»Verkupplungsdomina!«, warf ich ihr an den Kopf, was Julia nur erheiterte. Sie meinte, die Sache mit dem Brautstrauß sei noch nicht erledigt.

Julia hatte den Samstag und den Sonntag gleich mitverplant und ihr Plan ging voll auf. Zu dritt trafen wir uns am Samstagmorgen zum Frühstück, wir aßen und lachten und redeten und schmiedeten Pläne. Der Zauber unseres ersten Treffens war ungebrochen, er verstärkte sich mit jeder Minute, die Hannes und ich zusammen waren.

»Du kannst die Tage hier so gestalten, wie du willst«, sagte Julia zu mir. »Macht es euch schön. Und wenn ihr die Nacht zusammen verbringen wollt, ist das auch kein Problem für mich. Dann schläfst du eben bei Hannes.« Sie legte nachdenklich die Stirn in Falten und fügte hinzu, dass er mir keine Sauna bieten könnte.

»Wenn's ums Schwitzen geht, das kriegen wir auch anders hin.« Hannes grinste und flüsterte mir zu, wie gern er heute Nacht mit mir einschlafen würde.

»Ich auch mit dir«, raunte ich zurück. Wir drückten unsere Hände, wechselten einen Blick und unsere gemeinsame Nacht war beschlossene Sache. »Damit ich sicher sein kann, dass ich nicht alles geträumt habe.«

Automatisch legte ich meine Finger auf den kleinen, goldenen Anhänger mit den Koordinaten der Insel. »Du kannst dir gar nicht vorstellen, wie sehr ich mich über das Kettchen gefreut habe. Für mich sind es die Koordinaten des Glücks, der Hoffnung und des Neuanfangs«, sagte ich leise zu ihm.

»Für mich war dein Foto mit dem Untertitel ›Loslassen‹ eine Offenbarung. Als du mir das geschickt hast, hat in mir etwas Klick gemacht. Aber das erzähle ich dir später, wenn wir allein sind.«

Julia schien ihre Augen und Ohren überall zu haben, vielleicht war das auch eine Eigenschaft einer Juristin. Da ich aber in meinem näheren Umfeld mit Juristen bisher nichts zu tun gehabt hatte, konnte ich das schlecht einschätzen. Sie war sowieso völlig anders, als ich mir so jemanden vorstellte. Sie war keine Paragrafenreiterin, sie war nicht mausgrau und langweilig, sondern voller Lebensfreude, voller Ideen und mit einem ansteckenden Lachen. Sollte ich jemals juristischen Beistand benötigen, wäre ich bei ihr gut aufgehoben. Sie hatte das Herz auf dem rechten Fleck. Julia zur Freundin zu haben, war wie ein Sechser im Lotto, das wusste auch Hannes an ihr zu schätzen.

»Du wolltest mir noch davon erzählen, was mein Foto bei dir ausgelöst hat«, erinnerte ich Hannes abends in seinem Hotel. Es war dasselbe Hotel wie bei unserem Kennenlernen, wir standen auf der Dachterrasse und sahen aufs Meer. Auch ohne sein Saxophon bescherte er mir einen Gänsehautmoment, als er mir von dem Dominoeffekt erzählte, den das Foto mit dem Herzluftballon und das Wort *Loslassen* bei ihm bewirkt hatte.

»Ich war ohnehin in München, das hatte ich dir ja erzählt. Als das Foto mich erreichte, saß ich im Wartezimmer meines Herzspezialisten, ich hatte einen Termin zur Kontrolle. Mein Puls raste, als mein Blutdruck gemessen wurde. Das Wort *Loslassen* hatte mich so tief berührt, dass meine messbaren Werte darauf ansprangen. In dem Moment ist mir bewusst geworden, dass ich dich nicht aufgeben will, dass ich für meine Herzgesundheit mehr tun muss, als nur regelmäßig zur Kontrolle zu gehen. Und dann führte mein Arzt ein sehr vertrauliches und intensives Gespräch mit mir, bei dem mir die Tränen kamen. War das peinlich! Gott sei Dank kennt er mich und meine Geschichte schon lange und weiß von meiner Beziehungsphobie. Er war es, der mir den Tipp gegeben hat, mir professionelle Unterstützung zu holen.«

»Wie hast du denn so schnell einen Termin bekommen? Normalerweise sind die doch Monate im Voraus ausgebucht.«

»Mein Sohn hat mir dabei geholfen, als ich ihm sagte, ich will mein Leben ändern. Er war so erleichtert, dass ich endlich den Mut fand, mich damit auseinanderzusetzen. Inzwischen bin ich auf dem besten Weg, den Glaubenssatz, der mir verbietet in einer dauerhaften und guten Partnerschaft zu leben, loszulassen.«

»Wow. Was so ein Herz am Himmel doch alles nach sich ziehen kann«, staunte ich. »So ein harmloses Foto. Hannes, du bist ein unglaublicher Mann.« Ich überlegte einen Moment, ob ich ihn nach seinem wunden Punkt fragen durfte, was ihn so sehr verletzt hatte.

»Magst du mir erzählen, wie es dazu kam, dass du dich so verschlossen hast?«, fragte ich schließlich. Er musste ja nicht antworten, wenn er nicht wollte.

»Ja.«

Er hatte es schon angedeutet, dass seine Ehe in die Brüche gegangen war. Über die genaueren Umstände hatte er geschwiegen, und ich ging davon aus, dass seine Frau einen anderen Mann kennengelernt und sich in ihn verliebt hatte. So ähnlich stellte es sich auch heraus, nur, dass es kein Mann, sondern eine Frau gewesen war.

»Ich war so sauer, das kannst du dir nicht vorstellen. Hauptsächlich auf mich, weil ich nichts davon mitbekommen hatte, obwohl so viele Anzeichen dafürsprachen, die man normalerweise nicht übersehen konnte. Nur ich habe nichts gemerkt, weil ich meine Familie wegen meines Jobs vernachlässigt habe. Ich bin in der Welt umhergereist, war ein hervorragender Architekt, der mit der Zeit ging und innovative Ideen umsetzte, und habe ein Schweinegeld verdient. Es hatte mich maßlos gekränkt, dass sie mich verlassen wollte, wo ich ihr doch alles bieten konnte, was eine Frau sich nur wünschen konnte. So dachte ich damals, inzwischen weiß ich, welche Werte im Leben wirklich zählen. Aber das war ein langer Weg bis dahin.«

»Und seitdem traust du dich nicht mehr, Liebe zuzulassen?«, fragte ich leise.

»Ja, ich bin immer weggelaufen, sobald Gefühle im Spiel waren, die ich nicht erwidern konnte. Irgendwann hatte ich mich damit abgefunden, dass ich für etwas Dauerhaftes nicht geschaffen bin. Mit der Einstellung konnte ich gut leben, und meine Partnerinnen meistens auch. Ich habe das Thema immer als Erstes angesprochen, sobald ich eine Frau kennenlernte, die mir gefiel.«

»Und dann komme ich daher, melde Besitzansprüche an einen Brautstrauß an, schmeiße Flaschen bei Mondschein in die Fluten und lasse rosarote Herzen in die Luft steigen«, zählte ich lachend unsere schrägen und zugleich zauberhaften Momente auf.

»Vergiss die Friseurschere nicht«, ergänzte er.

»Hannes«, sagte ich nun wieder ernsthaft, »ich wünsche mir sehr, dass wir uns nicht wieder loslassen und aus den Augen verlieren. Du solltest aber wissen, dass ich keine Frau bin, die Lust auf Versteckspielchen hat.«

»Das habe ich mir schon gedacht.« Er sah mich nachdenklich an, dann fragte er: »Was ist denn mit deinem Freund? Mit Alex?« Vielleicht war er sich nicht sicher, ob ich ihm etwas vorspielte.

»Wir haben uns getrennt.«

»Oh«, machte er nur und das blieb sein einziger Kommentar, dem auch später keine weiteren Fragen folgten. Danke dafür. Das war allein meine Sache, die mit Hannes nichts zu tun hatte und über die ich mit ihm nicht reden wollte.

Hannes und ich schliefen in dieser Nacht zusammen ein und wachten zusammen auf. Dazwischen liebten wir uns lustvoll, langsam und mit einer Intensität, die mich bis in die Haarspitzen erfüllte.

28

Julia war am Sonntagnachmittag mit Hannes zusammen, als mein Telefon klingelte. Er wollte von ihr beraten werden, das hatte sie mir schon auf der Hinfahrt erzählt, aber sie machte ein Geheimnis daraus, in welcher Angelegenheit. Sie durfte nichts sagen, erinnerte sie mich an ihre Schweigepflicht. Irgendwann würde ich es erfahren, da war ich mir sicher.

Ich beschloss, zum Hafen zu laufen, dort einen Cappuccino mit Herz zu trinken und ein feines Stück Torte in dem kleinen Café mit Blick auf die Nordsee zu genießen. Im Stillen hoffte ich, auch Gretje noch einmal zu treffen und mit ihr zu schnacken. Der Weg zog sich lang hin, doch dieses Mal legte ich keinen Zwischenstopp am Standesamtsbadekarren ein. Vielleicht auf dem Rückweg.

Der junge Kellner, der mich damals bedient hatte, war auch heute wieder im Einsatz. Er erkannte mich wieder, und ohne dass ich es erwähnen musste, servierte er mir einen Cappuccino mit einem prächtigen Herzen auf dem weißen Milchschaum.

»Lass dir's schmecken.« Er grinste mich an und stellte mir den Sonnenschirm passend ein.

»Vielen Dank«, erwiderte ich und fragte, ob es ihn stören würde, wenn ich eine Skizze von ihm bei der Arbeit machte.

»So was kannst du?«, fragte er interessiert. »Also, ich habe nix dagegen. Ich kann nur nicht lange hier rumstehen, sonst gibt's Ärger mit der Chefin.«

»Musst du auch nicht. Ich bin Anfängerin, ich versuche es immer wieder. Macht unwahrscheinlich viel Spaß.«

Ich zog gerade die ersten Linien, als mein Telefon klingelte. Das passte mir in diesem Augenblick ganz und gar nicht. Aber als ich Kerstins Nummer erkannte, legte ich den Stift sofort auf die Seite.

»Wie gut, dass du rangehst«, sagte sie atemlos. »Ich hatte schon Angst, dich nicht zu erreichen.«

»Was ist los?«, fragte ich so ruhig wie möglich, aber mit einem unguten Gefühl. So hektisch und aufgebracht hatte ich meine Freundin nur selten erlebt.

»Mareike, du musst sofort zurückkommen.« Ihre Stimme zitterte. »Bei uns ist eingebrochen worden, die haben alles verwüstet.« Ihre Stimme brach ab, sie schluchzte laut auf und beschrieb mir, wie sie den Salon am Morgen vorgefunden hatte.

»Ich komme, so schnell wie möglich«, versprach ich und blickte zu der Fähre rüber, die vor zehn Minuten eingelaufen war. Die wollte ich nehmen, mit der wollte ich auf der Stelle nach Hause fahren. »Hast du die Polizei verständigt?«, fragte ich Kerstin.

»Ja, habe ich sofort gemacht. Die haben sich das schon angesehen. Die Versicherung muss wohl auch noch jemanden schicken. Am allerwichtigsten ist aber, dass du da bist.«

»Es war aber niemand mehr im Salon, als es passierte? Ist jemand zu Schaden gekommen? Schick mir mal Fotos.«

»Ich glaube, das willst du gar nicht sehen«, sagte sie leise, schickte aber umgehend die Aufnahmen. Als ich die Verwüstung sah, standen mir die Tränen in den Augen.

»Geht es dir nicht gut?«, fragte der junge Kellner besorgt, als er an meinem Tisch vorbeiging.

»Sieht man das?«, erwiderte ich.

»Sollen wir jemanden anrufen?«, bot er an. »Brauchst du einen Arzt?«

Ich sah ihn an, schnaufte vernehmlich und versuchte, meine Gedanken zu sortieren. Kerstin hing noch in der Leitung, sie war jetzt etwas gefasster. »Nein. Ich brauche keinen Arzt, ich brauche die nächste Fähre und eine Bahnverbindung Richtung Dortmund«, fasste ich zusammen. »Kerstin, ich muss los. Melde mich von unterwegs«, sagte ich und beendete das Gespräch.

»Die Fähre legt in circa einer halben Stunde ab«, informierte er mich. »Und dann geht's von Norddeich-Mole ohne lange Wartezeit sofort weiter mit einem Intercity. Ticket kannst du online lösen.«

»Du bist ein Schatz«, dankte ich dem jungen Mann, zahlte, zeigte ihm meine Skizze und übergab ihm den Schlüssel für Julias Ferienwohnung. »Ich rufe sie an und sage ihr, dass sie den Schlüssel hier abholen kann. Ich kann mich doch darauf verlassen, dass das klappt?«

»Ehrenwort!«

»Wie heißt du eigentlich?«, fragte ich nach, denn ich musste Julia zumindest den Namen nennen können. Zusätzlich machte ich ein Foto von ihm mit dem Schlüssel in der Hand, das wollte ich ihr zur Sicherheit schicken.

»Mirko«, sagte er.

»Danke, Mirko. Dann will ich mal einchecken.«

»Alles Gute. Ich hoffe, wir sehen uns wieder.«

Mit einem schrägen Grinsen verließ ich das Café und lief ausgerechnet jetzt Gretje Blom in die Arme.

»Wat ist denn mit dir los? Du läufst ja rum wie 'ne betrunkene Möwe«, scherzte sie, aber mir war nicht nach ihrem Humor zumute.

»Hab's eilig. Muss sofort nach Hause. Eine Katastrophe!«, rief ich ihr zu und stürmte an der alten Dame vorbei, ich musste ja noch meinen Kurbeitrag bezahlen. Alles Wichtige trug ich bei mir, meine Reisetasche musste bei Julia bleiben, die würde ich irgendwann schon wiederbekommen.

Die Tore zur Fähre waren noch verschlossen, die Gelegenheit nutzte ich und rief Julia an. Sie musste wissen, dass ich abgereist war. Ich rechnete nicht damit, sie persönlich zu erreichen, und atmete auf, als ich ihre warme Stimme hörte. Ich erzählte die Kurzversion, weshalb ich Hals über Kopf von der Insel flüchten musste, und wo ich ihren Schlüssel deponiert hatte.

»Wann legt die Fähre ab?«, wollte sie nur wissen, alles andere war Nebensache.

»Um halb fünf«, sagte ich. »Lieben Gruß an Hannes. Sag ihm, es tut mir leid.«

»Gute Reise, komm gut an und versuch, Ruhe zu bewahren«, sagte sie. Aus dem Hintergrund hörte ich Hannes' Stimme und bekam einen Kloß im Hals. Wieder konnten wir uns nicht voneinander verabschieden. Ich legte auf und betrachtete eingehend die weiteren Fotos, die Kerstin mir hatte zukommen lassen. Wie waren der oder die Täter bloß hineingekommen? Es war mir ein Rätsel, die Fensterfront und auch die Eingangstür waren unversehrt. Es zerriss mir das Herz, was ich zu sehen bekam. Ich fühlte mich so hilflos, natürlich konnte ich auch nichts daran ändern, wenn ich vor Ort war. Aber das würde frühestens gegen zwanzig Uhr der Fall sein.

Ich war eine der Ersten an Bord der Frisia, lief die Stufen zum Oberdeck hinauf, stellte mich an die Reling und wartete auf das Signal zum Ablegen. Gretje saß jetzt auf meinem Platz im Café, sie wedelte mir mit den Armen zu. Neben ihr winkte mein netter Kellner Mirko zu mir rüber. Wie tröstlich. Da standen zwei, die ich kaum kannte, und verabschiedeten mich. Das war auf alle Fälle ein Grund, noch einmal wiederzukommen.

Auf meinem Handy ging eine Nachricht von Gretje ein.

Ist der Idiot die Katastrophe?

Trotz allen Übels musste ich grinsen, als ich das las, und beantwortete ihre Frage.

NEIN.

Ich beschrieb das Drama.

Mein Lebenstraum ist zerstört. Einbruch in meinem Salon. Vandalismus. So gemein!

Ach Mädchen, lass den Kopf nicht hängen.
Du bist doch versichert, das wird schon
wieder.

»Aber warum?«, fragte ich den Wind, der die Fähre zügig vorantrieb, und wischte mir über die Augen. Jammern half mir auch nicht weiter.

»Taschentuch?«, fragte jemand unerwartet.

Hatte ich mich verhört? Blitzartig drehte ich mich um.

»Wo kommst du denn her?«, fragte ich Hannes, der mit einer Packung Tempo dastand und darauf wartete, dass ich zugriff.

»Ich war dabei, als du Julia angerufen hast. Und dann

habe ich mir sofort ein Taxi bestellt, meinen Autoschlüssel aus dem Zimmer geholt und bin hierher. Ich bringe dich nach Hause. Mein Auto steht auf dem Parkplatz in Norddeich. Damit bist du wesentlich schneller und sicherer zu Hause, als wenn du mit der Bahn fährst. Ich kann doch bei dir übernachten?«

»Hannes, dich schickt der Himmel«, sagte ich aufatmend und ließ mich an seine Brust sinken. Minutenlang blieb ich so stehen, keinen einzigen klaren Gedanken konnte ich fassen, ich war nur so unendlich erleichtert, nicht allein zu sein mit dem ganzen Mist. »Natürlich kannst du bei mir übernachten.«

»Ich muss aber morgen früh mit der ersten Fähre wieder auf die Insel zurück.« Mit dieser Aussage dämpfte er meine Freude gewaltig. »Ich habe einen Termin, den ich nicht platzen lassen kann. Julia hat mich in der Angelegenheit beraten. Es ist noch nicht spruchreif, sonst würde ich dir erzählen, worum es geht. Wenn es so weit ist, erfährst du es als Erste, mein Wunderweib.«

Ich lächelte nur schwach über seinen Kosenamen, der sich aus seinem Mund anhörte wie eine Auszeichnung für besondere Verdienste.

Vom Auto aus informierte ich Kerstin über meine voraussichtliche Ankunftszeit, die gegen sieben Uhr sein sollte. Wir verabredeten, uns auf alle Fälle noch heute im Salon zu treffen und gemeinsam zu überlegen, was zu tun war.

»Sieh dir schon mal unsere Terminliste für die nächste Woche an, wir werden Dienstag und Mittwoch alles absagen müssen. Damit kannst du schon anfangen, das wäre ganz toll, wenn du das machst.«

»Ich denke, wir brauchen länger, bis wir wieder

vernünftig arbeiten können. Es ist nicht nur das Geld weg, unsere Färbemittel sind auch hinüber. Aber das verstehst du erst, wenn du es in echt siehst. Ich bin so wütend! Wenn ich den erwische, dann gnade ihm Gott.«

»Da mache ich mir wenig Hoffnung«, sagte ich. »Sollte der Einbrecher jemals bei uns auflaufen, dann bekommt er eine Spezialbehandlung, die sich gewaschen hat«, schimpfte ich. Kerstin wusste sofort, was gemeint war. Sie kicherte albern los und schwor mir, sie sei mit dabei. Die Person konnte in den Wochen nach einer Spezialbehandlung nur noch mit Perücke oder kahlköpfig herumlaufen.

»Ihr seid ja richtig böse«, sagte Hannes amüsiert. Er konnte beim besten Willen nicht weghören und interessierte sich dafür, wie er sich diese Art der Behandlung vorstellen musste.

»Besser, du weißt es nicht. Ich will dich nicht zum Mitwisser machen. Wir können auch böse«, wetterte ich noch ein Weilchen und nickte auf dem Beifahrersitz tatsächlich ein.

Von meiner Wohnung bis zum Salon war es nur ein Katzensprung. Sofort machten wir uns auf den Weg, nachdem wir angekommen waren. Die Jalousien waren heruntergelassen, nur ein matter Lichtschein fiel drunter hervor. Ich konnte also davon ausgehen, dass Kerstin schon auf mich wartete.

Ich holte tief Luft, fuhr mir mit den Händen durchs Haar und ordnete es, wie ich es jeden Morgen tat, wenn ich meinen Salon betrat. Dreimal klopfte ich gegen die Glastür und schloss die Augen. Hannes' Hand lag auf meinem Rücken, er sagte ganz leise wie beim Insellauf: »Du schaffst das schon, du schaffst das schon.«

»Ich schaff das schon, ich schaff das schon«, murmelte ich nur für mich und setzte automatisch einen Fuß vor den anderen, als Kerstin uns hereinließ. Ich blinzelte zwischen den Fingern hindurch und folgte meiner Freundin bis zum Empfang, ohne nach rechts und links zu sehen.

»Mareike, nun reiß dich mal zusammen«, raunzte Kerstin mich an. »Sieh hin. Deshalb bist du doch hier. Sieh dir die Sauerei an, die die hier veranstaltet haben. Heulen kannst du immer noch, hilft aber nicht weiter. Hab ich auch schon gemacht.«

Gemeinsam sahen wir uns den Schaden an. Das würde mindestens eine Woche dauern, bis wir wieder normal arbeiten konnten. Die Diebe hatten es nicht allein auf das Bargeld abgesehen, auch die Perücken waren weg, unsere hochwertigen Haarpflegeprodukte und die Kosmetikserie. Die Waschbecken und Spiegel waren vollgesaut mit Schmierereien, für die unsere Colorationen hatten herhalten müssen. Unsere Frisierumhänge fehlten und auch die Handtücher.

»Wer macht denn so etwas?«, fragte ich immer wieder. Aber weder Hannes noch Kerstin konnten mir das beantworten.

»Wieso bist du heute Morgen überhaupt im Salon gewesen?«, wollte ich von Kerstin wissen. »Hattest du etwas vergessen?«

»Das war Zufall«, sagte sie. »Ich war beim Bäcker und als ich auf dem Rückweg vorbeikam, fiel mir auf, dass noch Licht brannte. Ich dachte, ich habe vergessen, es auszumachen.«

Wir erstellten eine Liste mit den wichtigsten Punkten, die wir am folgenden Tag erledigen mussten, dann schlossen wir ab und gingen nach Hause. Morgen wollten wir anfangen, das Chaos zu beseitigen.

»Hier lebst du also«, sagte Hannes, als wir anschließend bei mir auf der Terrasse saßen. »Eigentlich hatte ich mir den Abend etwas anders vorgestellt.«

»Ich mir auch. So mit Meeresrauschen und so.«

»Hm. Die Sterne sind aber dieselben wie auf Norderney«, tröstete er mich. »Der Abend gehört trotzdem uns. Der Morgen leider nicht mehr. Ich muss spätestens um fünf von hier losfahren, damit ich zu meinem Termin pünktlich auf der Insel bin.«

Wir tranken noch ein Glas Wein, dann lud ich Hannes in mein Bett ein. Ohne ihn wäre ich bestimmt nicht zur Ruhe gekommen. Unsere Nacht war viel zu kurz, und als er aufstand und sich davonschleichen wollte, war ich sofort hellwach. So ging das bei mir nicht.

»Ich mache uns einen Kaffee«, sagte ich zu ihm und schmierte ihm ein paar Stullen für unterwegs.

»Ich bin Mitte September wieder als Hochzeitsfotograf auf der Insel«, verriet Hannes mir. »Es wäre ganz toll, wenn du dann bei mir wärst. Kannst du dir wohl eine Woche Urlaub genehmigen?«

Ich notierte mir den Zeitraum und versprach, es möglich zu machen. »Und bis dahin sehen wir uns wahrscheinlich nicht«, sagte ich fragend.

»Wir telefonieren und schreiben«, meinte er. »Ich habe noch viel zu tun bis dahin und du ja auch.«

»Oh ja«, sagte ich und stieß die Luft in meinen Lungen aus. Ich dachte an den Berg Arbeit, der vor mir lag. »Das werde ich dir nie vergessen, was du gestern für mich getan hast. Du hast was gut bei mir, mein lieber Hannes.«

»Auf alle Fälle. Wenigstens dreimal Haareschneiden mit Kopfmassage.« Schmunzelnd strich er sich durchs Haar, warf einen Blick auf die Uhr und dann wurde es Zeit für einen letzten Kuss. »Pass auf dich auf, Mareike.«

»Heute Morgen geht's mir schon besser. Und der Laden wird schöner denn je, wenn erst mal alles erledigt ist«, sagte ich entschlossen zu ihm, krempelte die Ärmel hoch und zeigte auf die Muckis an meinen Oberarmen, die man nur erahnen konnte.

»Wir sehen uns im September. Spätestens. Vielleicht auch schon vorher. Und nicht ärgern, wenn ich nicht immer sofort auf deine WhatsApp-Nachrichten antworte.«

29

Meine To-do-Liste wurde immer länger und mir rauchte der Kopf, als ich fertig war. Wahrscheinlich hatte ich einiges vergessen, aber das würde sich beim Abarbeiten herausstellen und musste dann eben an passender Stelle eingefügt werden.

Als ich damit fertig war, die Aufgaben zu bündeln und nach Prioritäten zu ordnen, war es sieben Uhr früh. So produktiv war ich zu dieser frühen Stunde normalerweise nicht. Es hatte also auch etwas Gutes, dass ich mit Hannes zusammen aufgestanden war und mich nicht wieder hingelegt hatte.

Zunächst meldete ich den Einbruch meiner Versicherung und übermittelte die Schadensnummer, unter der die Anzeige polizeilich aufgenommen worden war. Um den Fall bearbeiten zu können, benötigte die Versicherung eine detaillierte Auflistung des Schadens. Puh! Das war eine Mordsarbeit, die ich nicht von zu Hause erledigen konnte.

Bevor ich in den Salon fuhr, trank ich noch einen Kaffee. Gestern Abend hatte ich nicht darauf geachtet, ob unser Kaffeeautomat noch da war oder ob die Gangster den auch mitgenommen hatten. Um acht Uhr wollten Kerstin und ich uns im Salon zusammensetzen zur Lagebesprechung. Vorher wollte ich noch schnell meine Tochter informieren. Da Tilda immer sehr früh munter war, konnte ich um diese Zeit ruhig schon bei Leonie anrufen.

»Moin, Leonie«, meldete ich mich, als ich ihre und Tildas Stimme hörte. »Entschuldige, dass ich so früh anrufe, ich wollte dir nur mitteilen, dass in meinem Salon eingebrochen worden ist. In der Nacht von Samstag auf Sonntag.«

»Was?«, rief sie aufgeregt. »Mama! Wie schlimm ist es denn? War die Polizei schon da? Soll ich vorbeikommen und helfen?«

»Leonie, erst atmen, dann sprechen«, redete ich beruhigend auf sie ein. »Es ist furchtbar! Ich schätze, ich muss den Laden diese Woche dichtmachen.«

»Oh. Fuck!«, schimpfte meine Tochter. »Ich komme schnell mal rum mit der Kleinen. Wir müssen sowieso noch ein paar Sachen erledigen, sie schläft bestimmt gleich. Wer hilft dir? Sind Kerstin und Tanja auch da?«

»Kerstin ja, mit Tanja muss ich noch sprechen. Habe eben meine Versicherung informiert. Und dann müssen wir sämtliche Kunden anrufen, die in dieser Woche einen Termin haben, und um Nachsicht bitten.«

»Das kann ich machen«, bot Leonie sofort an. »Telefonieren und organisieren kann ich super. Und wenn das Baby schläft, kann ich richtig was wegarbeiten. Ich bin kurz nach acht im Salon.«

»Du bist ein Schatz. Aber du musst das nicht. Wenn dir das zu viel wird –«

»Mama! Keine Widerrede. Das mache ich gern.«

Na gut. Es ist doch schön, wenn man Kinder und Freunde hat, die für einen da sind, wenn man sie braucht. Mit einem Seufzer zog ich mich mit einem Pott Kaffee auf die Terrasse zurück und lauschte dem heiteren Vogelgezwitscher und dem Summen der Tierchen, die in meinem Insektenhotel ein- und ausflogen. Es war noch so schön ruhig und so friedlich und die Temperaturen auch noch angenehm. Im Laufe des Tages sollte es über dreißig Grad heiß werden, so, wie man das von einem Sommertag auch erwarten durfte. Schnell versorgte ich mein Kräuterbeet und die Rosen mit ein paar Kannen Wasser, rief Tanja an und bat sie, zum Laden zu kommen.

Leonie und Tanja waren genauso geschockt wie ich, als sie das volle Ausmaß der Verwüstung erblickten. Unsere Wut hatte aber auch etwas Gutes, sie setzte ungeahnte Kräfte frei und mit einer guten Portion schwarzem Humor hatten wir gegen Mittag immerhin die Haarwaschbecken wieder zum Blitzen gebracht und den Fußboden von dem klebrigen Belag unserer Produkte gesäubert.

»Mama, warum machst du nicht einfach zwei Wochen den Laden dicht und schreibst *Sommerpause* an die Tür?«, meinte Leonie nach der ersten Sichtung. »Dann könnt ihr ohne allzu großen Stress alle notwendigen Arbeiten erledigen. Es ist doch sowieso Urlaubszeit, viele deiner Kunden sind verreist.« Das war ihr Eindruck nach den ersten Telefonaten. Einen neuen Termin zu vereinbaren, stellte eine große Herausforderung dar. Der überwiegende Teil meiner Kunden war im Urlaub, sie erwischte die Damen und Herren im sonnigen Süden oder auf einem Campingplatz, eine Dame erreichte sie bei einer Großwildsafari. Leonie war verzweifelt, so schwierig hatte sie sich das nicht vorgestellt. Als Tilda ihre blauen Kulleraugen aufschlug und uns allen Stress und alle Sorgen für ein paar Minuten vergessen ließ, schlug meine Tochter vor, die Telefonliste von zu Hause aus abzuarbeiten.

»Wir besprechen das, ich sage dir Bescheid«, sagte ich zu ihr.

»Können wir das nicht sofort entscheiden?«, meinte Kerstin und machte mich darauf aufmerksam, dass unsere Lieferanten in der Sommerpause auch nur mit halber Power arbeiteten. »Wenn wir die Kunden zu früh wieder herbestellen, sind sie nur verärgert, wenn nicht alles vorhanden ist, was wir für ein perfektes Ergebnis benötigen.«

»Und bei der Gelegenheit, Mareike, könntest du auch gleich einen Maler bestellen und den Innenanstrich erneuern lassen, von dem du schon seit zwei Jahren redest«, warf Tanja ein. Sie hatte einen Blick für diese Dinge, auch für Inneneinrichtung und Deko. Vor allem aber verfügte sie über gute Kontakte zu Handwerksbetrieben, die man mit den Arbeiten betrauen konnte.

»Du meinst, ich sollte den weißen Wänden etwas Farbe verleihen?«

»Bietet sich doch an. Die Schmierereien müssen sowieso weg und dann muss gestrichen werden.«

»Mädels, ihr macht mich fertig«, stöhnte ich und bekam ein mitleidiges »Ah« und »Oh« von meiner Hilfstruppe, was mich gleich wieder zum Lachen brachte. »Gut. Einverstanden. Wir machen Sommerpause.«

»Soll ich auch deine Leute anrufen und sie davon in Kenntnis setzen?«, fragte Leonie sofort.

»Lieb gemeint, aber das mache ich selbst. Das ist Chefsache.«

Schnell einigten wir uns, wer was zu erledigen hatte, und fingen auch gleich damit an. Tanja kümmerte sich um alles, wofür man einen Handwerker brauchte. Kerstin machte eine Liste, was wir alles bestellen mussten. Es war verdammt viel, was da zusammenkam. Die Summe unterm Strich war schwindelerregend hoch, denn wir mussten auch Föhne, Glätteisen und Fiseurscheren neu ordern. Nach einem spontanen Einbruch aus Langeweile sah das nicht aus. Die Tat war von langer Hand geplant. Wollte mir jemand schaden?

———

Wir hatten zehn Tage geschlossen. In der Zeit fand eine Runderneuerung meines Salons *Haare gut – alles gut* statt. Von morgens bis abends schufteten wir und kamen besser voran als erwartet. Tanja hatte zur Verstärkung ihren Ralf mit eingespannt, der ein Allroundtalent war, wie sich herausstellte. Er übernahm sämtliche Malerarbeiten, denn so kurzfristig konnte ich keinen Fachmann bekommen. Die beiden regten an, eine Wand in einem kräftigen Beerenton zu streichen. Anfangs war ich unsicher und sehr skeptisch, als Ralf aber versprach, die Wand notfalls noch einmal neu zu streichen, ließ ich ihm freie Hand. Das Ergebnis war sagenhaft, so sollte es bleiben. Frische Dekoelemente hielten bei uns Einzug, ebenso neue Bilder. Ich wählte künstlerische Schwarz-Weiß-Fotografien aus, rahmte einige Skizzen meines Geburtstagsurlaubs und hängte sie auch mit auf. Das Ergebnis konnte sich sehen lassen. Kerstin und Tanja waren begeistert von der neuen Bilderwand. Sie regten an, unseren Kunden die Möglichkeit zur künstlerischen Entfaltung einzuräumen.

»Wir könnten in einer Ecke eine Staffelei mit einem großformatigen Skizzenblock aufstellen«, schlug Tanja vor, die schon Bilder im Kopf hatte und die Idee weiterspann. »Und dazu gibt's eine Kurzanleitung für das Zeichnen eines Selbstporträts mit geschlossenen Augen.«

»Glaubt ihr wirklich, unsere Kundschaft wird sich darauf einlassen?« Ich bezweifelte ihren Vorschlag. »Würdet ihr bei so was mitmachen?«

»Wo sind Stift und Papier?«, fragte Kerstin sofort. Ihre Augen funkelten, sie zögerte nicht, sie wollte uns auf der Stelle demonstrieren, dass sie zu jedem Schabernack bereit war.

»Noch nicht vorhanden«, sagte ich mit einem Zwinkern. Es tat mir richtig leid, ihre Kreativität so unsanft ausbremsen zu müssen. »Aber morgen bringe ich alles mit, dann steht meine alte Staffelei da drüben in der Ecke und eine idiotensichere Kurzanleitung, die man ohne Brille lesen kann, hänge ich daneben.« Tanjas Idee hatte mich angefixt, einen Versuch war es wert.

»Das ist eine geniale Aktion für die Eröffnungsfeier«, sagte Leonie voll begeistert, als sie am Tag vor der Eröffnung mit Tilda im Kinderwagen vorbeischaute. Auch ihre Augen leuchteten beim Anblick der Kunstwerke ihrer Mutter. Sie vermutete, dass meine Zeichnungen in einem Zusammenhang mit der Trennung von Alex standen.

»Ich kann mich noch gut daran erinnern, wie wahnsinnig kreativ du warst, als ich noch klein war. Du hattest immer neue Ideen und witzige Projekte am Laufen, für die ich dich bewundert habe. Ich war immer dein größter Fan, Mama«, sagte sie. »Als du dann den Salon übernommen und dich selbständig gemacht hast, wurde es leider immer weniger und hörte ganz auf, als du Alex kennenlerntest. Ach Mama, es ist wohl doch die richtige Entscheidung, mehr auf dich zu achten und so zu leben, wie es sich für dich gut anfühlt.«

Mein Herz wurde immer weiter, als sie das sagte. Ich führte sie zur Staffelei, wo ich ihr meine Anleitung zum *Selbstporträt mit einem Strich* zeigte. Ich war gespannt, ob sie damit etwas anfangen konnte und was sie davon hielt. »Ist das leicht verständlich?«, fragte ich sie.

»Ich probier's gleich mal aus«, erwiderte Leonie, stellte sich vor die Staffelei, überließ mir den Kinderwagen, schloss die Augen, sammelte sich für einen Moment und legte dann schwungvoll los. Es dauerte keine zwei Minuten, da setzte sie den Stift wieder ab und blinzelte sich zurück in die Gegenwart.

Nun wollten es auch Kerstin und Tanja ausprobieren. Ohne zu zögern, legten sie los und hatten viel Spaß dabei. Mein Team war inzwischen vollständig versammelt für die Vorbesprechung der Eröffnungsfeier. Fasziniert sahen sie zu und dann wollten sich alle auf diese Weise verewigen und signierten sogar ihre Kunstwerke.

»Das wird eine stylische Galerie der Kreativ-Crew«, schwärmte Tanja, die voll im Flow war und mir zeigte, wo die Zeichnungen am besten zur Geltung kamen.

»Okay. Das überlasse ich dir und Floris«, sagte ich zu Tanja. »Ihr seid doch einverstanden mit der Idee?«, fragte ich meine Mitarbeiterinnen und Mitarbeiter. Als sie es abnickten, ließ Kerstin die Korken knallen und wir stießen auf den Neustart am morgigen Tag, am ersten August, an.

»Auf euch, meine Lieben«, sagte ich. Es lag eine Vorfreude und Begeisterung in der Luft, die so prickelte wie die kleinen Bläschen, die in unseren Gläsern aufstiegen. »Danke, ihr Lieben, dass ihr mich nicht im Stich gelassen und mich so toll unterstützt habt. Ich glaube, ich kriege heute Nacht kein Auge zu, so aufgeregt bin ich.«

»Vorfreude ist immer die schönste Freude«, sagte Elina, die ab morgen wieder fest zu unserem Team gehören würde.

»Wie viele unserer Stammkunden wohl morgen bei uns reinschauen?«, überlegte Floris laut. »Und wie viele von denen sich trauen, sich künstlerisch zu betätigen?«

»Fast alle«, tippte meine Tochter. »Mama, hast du schon erzählt, dass der Salon jetzt videoüberwacht und mit einer Alarmanlage gesichert ist?«, erinnerte sie mich.

»Nein, mein Kind. Das hätte ich fast vergessen. Aber nun

wisst ihr's ja. Die Polizei hat mir dazu geraten, und wenn man bedenkt, welch kostbare Kunstwerke hier an den Wänden hängen, kann ich nur sagen, das war die richtige Empfehlung. Hoffen wir mal, dass so etwas nicht noch einmal vorkommt.«

Wir waren so sehr ins Gespräch vertieft und in Feierlaune, dass wir nicht hörten, als die Ladenglocke bimmelte. In meiner Aufregung hatte ich ganz vergessen abzuschließen und schrak zusammen, als mir jemand von hinten die Augen zuhielt.

Da Kerstin und Tanja bereits leise kieksten, konnte ich sicher sein, dass es sich nicht um einen Einbrecher handelte.

»Hannes!«, rief ich entzückt, dabei hätte ich um ein Haar mein Glas fallen gelassen. Leonie stand neben mir und nahm es mir geistesgegenwärtig aus der Hand.

»Julia!«, stieß ich gleich nochmal juchzend aus, als sie hinter Hannes' Rücken verschmitzt lächelnd zum Vorschein kam. In ihrer Hand hielt sie meine Reisetasche, die ich in der Hektik bei ihr gelassen hatte.

»Das ist also dein neuer Salon«, sagte Hannes, der ihn ja nur einmal nach der Verwüstung durch die Einbrecher gesehen hatte. Meine Bildergalerie fand er sehr gelungen, er war ganz begeistert davon. Auch Julia bewunderte die Sammlung und ohne sie lange bitten zu müssen, verewigte auch sie sich auf dem Papier.

»Ja. Das ist mein schöner, neuer Salon«, sagte ich selbstbewusst und stellte den beiden meine Familie vor. »Und das sind meine Tochter Leonie, ihr Mann und mein Enkelkind, die kleine Tilda.«

Leonie reichte Hannes die Hand, sie fand ihn sympathisch, das merkte ich gleich. Tilda gluckste vor Freude, als Julia ihr zuwinkte.

»Bleibst du über Nacht?«, flüsterte ich Hannes zu.

»Wenn du ein Bett für mich hast«, flüsterte er zurück und hauchte mir einen Kuss auf den Mund. »Julia bleibt auch. Sie hat sich in einer kleinen Pension in der Nähe ein Zimmer genommen.«

»Oh«, entfuhr es mir. »Du denkst aber auch an alles«, sagte ich zu ihr.

»Leider müssen wir morgen früh schon wieder weiter. Die Insel ruft«, sagte sie und zwinkerte mir dabei zu. »Hannes hat noch etwas ganz Wichtiges zu erledigen.«

»Als Fotograf oder als Musiker?«, wollte ich wissen. Aber es war weder das eine noch das andere. Weshalb die beiden wieder gemeinsam auf Tour waren, verrieten sie nicht.

Leonie wandte sich uns zu und ich merkte, wie sie den fremden Kerl begutachtete, dem ihre Mutter so viel Aufmerksamkeit schenkte. Hannes spürte es auch, er ließ es schmunzelnd über sich ergehen. Mit seiner Ausstrahlung zog er die Menschen an, das schien ihm auch bei meiner Tochter zu gelingen. Als er ihr von seinem Saxophon erzählte, das noch im Auto lag, hatte er sie gecatcht. Leonie bestand darauf, dass er uns etwas vorspielte, und Hannes ließ sich nicht lange bitten. Als er sein Instrument holen ging, flüsterte Leonie mir zu, dass sie jetzt verstehen konnte, weshalb ich mich so stark zu ihm hingezogen fühlte. Als er spielte und der satte Sound meinen Salon erfüllte, schmolzen auch die letzten Widerstände dahin. Meine Helikoptertochter gibt mir ihren Segen, dachte ich und kicherte leise in mich hinein.

Nach Hannes' Auftritt lösten wir unsere Teambesprechung auf. Ich wünschte allen eine gute Nacht und stellte die Alarmanlage scharf. Julia lud ich noch auf einen Wein zu mir nach Hause ein. Wir quatschten und lachten, doch den Grund für ihre Inseltour mit Hannes erfuhr ich nicht einmal nach dem zweiten Glas Wein. Auch in der Nacht, in der Hannes mir mit seinen Küssen die Aufregung vor dem nächsten Tag nehmen wollte, kam ich kein Stück weiter. Warum machten die beiden bloß so ein Geheimnis daraus?

»Hannes, sag mir wenigstens, ob es etwas Gutes ist, was du vor mir verheimlichst«, quengelte ich.

»Du wirst es selbst herausfinden«, sagte er, »wenn du im September auf Norderney bei mir bist. Du kommst doch wirklich?«

»Ja. Ich komme«, versprach ich. »Kerstin hat meinen Urlaub genehmigt«, sagte ich und kuschelte mich an ihn. »Und ich genehmige uns jetzt noch etwas *Slow Sex*«, flüsterte ich in sein Ohr. Ich knabberte mich genüsslich von seiner Ohrmuschel über den Hals abwärts, liebkoste die Narbe über seinem Herzen und verlor mich in Glückseligkeit und Liebestaumel.

Am folgenden Tag kam ich nicht dazu, das Thema einer weiteren Stundenreduzierung mit Kerstin zu besprechen. Mir schwebte zusätzlich zu meinen freien Samstagen ein freier Mittwochnachmittag vor, um meine Tochter zu entlasten und Zeit für mein bezauberndes Enkelkind zu haben. Kerstin hatte bestimmt Verständnis dafür, aber sie konnte das nicht auffangen, ich müsste noch jemanden einstellen. Nach einem anstrengenden Tag brauchten wir zunehmend längere Erholungszeiten, daran merkten wir, dass wir nicht mehr ganz jung waren.

Unsere Neueröffnung hatte sich herumgesprochen, sie war ein voller Erfolg. Und die Idee mit der Staffelei war genial, sie war das Highlight des Tages. Unsere Besucher rissen sich darum, es auszuprobieren und sich zu verewigen. Vorsorglich hatte ich im Lager zwei weitere Blöcke und einen Haufen Stifte gebunkert, sodass auch jeder, der sich traute, zeigen konnte, was in ihm steckte. Ein Journalist der Tageszeitung führte ein Interview mit uns, Fotos wurden gemacht und wenige Tage später erschien ein ausführlicher Artikel über meinen Salon. Die freundlichen Polizeibeamten, die den Einbruch protokolliert hatten, schauten ebenfalls vorbei und waren sich einig darüber, dass Vandalismus manchmal doch etwas Gutes nach sich zog.

Ich fotografierte den Zeitungsartikel ab und leitete ihn noch am selben Tag an Hannes weiter und freute mich schon auf seine Reaktion, die unverzüglich eintraf. Jetzt war ich es, die nicht immer sofort auf seine Nachrichten antwortete. Meine Tage waren bis obenhin voll, aber wenn ich freitagabends abschloss, ging ich mit einem Lächeln auf den Lippen nach Hause und freute mich auf mein langes Wochenende.

Anfangs fand ich es komisch, am Samstag seelenruhig über den Wochenmarkt zu schlendern oder mich mit Freundinnen zum Frühstück zu verabreden. Ich gewöhnte mich aber schnell daran, war dankbar für meine neugewonnene Freiheit und schmiedete Pläne.

Das konnte ich auch mit Hannes zusammen, was mich unwahrscheinlich glücklich machte.

Eines Tages besuchte er mich an einem Wochentag, ohne sich vorher anzukündigen. Er kam nur aus dem einen Grund, weil er Sehnsucht nach mir hatte, mich noch besser kennenlernen und meine Nähe spüren wollte. Einen neuen Haarschnitt hatte er allerdings auch nötig, dafür machte ich gern eine Überstunde. Ich verwöhnte ihn mit einer Kopfmassage, und neu gestylt und guter Dinge verließ er meinen Salon. Wir machten abends meine Küche unsicher und kochten zum ersten Mal gemeinsam. In Ermangelung üppiger Vorräte zauberten wir kein *Perfektes Dinner* wie im Fernsehen, sondern ein kleines, aber sehr feines Pastagericht, gewürzt mit viel Liebe.

»Wenn du mich demnächst wieder besuchen willst«, sagte ich, als er am nächsten Tag nach Norderney weiterreiste, »sag bitte vorher Bescheid. Außer Laden und Liebhaber gibt es noch ein paar andere Dinge in meinem Leben, die mir wichtig sind. Es könnte dann sein, dass du mich nicht antriffst.«

Er versprach daran zu denken und bei seinen weiteren Besuchen hielt er sich auch daran. Fast jede Woche legte er einen Zwischenstopp bei mir ein. Immer war er unterwegs zu seiner Insel, natürlich geschäftlich. Ich konnte noch so raffiniert nachhaken, ich erfuhr nicht, was er dort trieb.

30

Die mörderische Augusthitze legte alles lahm. Mittags war es draußen nicht auszuhalten, man konnte sich nur nach drinnen verziehen und erst in den Abendstunden den Sommer feiern. An diesen Tagen sehnte ich mich noch mehr nach einer frischen Meeresbrise, danach, die salzige Luft einzuatmen, sie auf der Haut zu fühlen und nach einem Sprung in die Wellen.

Julia schrieb mir regelmäßig Nachrichten, in denen sie sich jedes Mal nach meinem Status in Sachen Brautstrauß erkundigte. Sie war nicht die Einzige, die sich dafür interessierte. Die Story von meinem Brautstrauß hatte sich bei meinen Kunden schneller verbreitet, als eine Böe mit Windstärke acht einen Strauß durch die Luft wirbeln konnte. Eine meiner liebsten Kundinnen fragte bei jedem Besuch: »Na, Mareike, was macht deine Brautstraußaffäre?«

Meine langen Wochenenden waren ein Geschenk, einen Kurztrip auf meine Insel hatte ich trotzdem noch nicht einrichten können. Nun dauerte es aber nicht mehr lange, bis ich ruhigen Gewissens für eine ganze Woche nach Norderney fahren konnte. Wie sehr ich mich darauf freute!

Meine Tochter war ein bisschen neidisch und überlegte, mit Mann und Baby zur selben Zeit auf die Insel zu fahren. Als sie aber merkte, dass ich mich dafür überhaupt nicht begeistern konnte, sprach sie nicht mehr davon. Ich wollte die Tage ungestört mit Hannes verbringen, wir waren ja noch in der Kennenlernphase. Jedes Mal logierte er in dem schicken Hotel, in dem wir uns das erste Mal geliebt hatten. Sehr verdächtig.

»Und, bist du schon aufgeregt?«, fragte Kerstin am Tag vor meinem Urlaub während der Übergabe. »Vergiss deinen Skizzenblock nicht.«

»Vorfreude!«, rief ich erwartungsvoll. »Unbändige Vorfreude. Aber so turbulent wie meine Geburtstagswoche kann es nie wieder werden.«

»Du meinst, weil nicht immer Brautsträuße durch die Gegend fliegen?«, lästerte sie.

Wir gingen noch eine Kleinigkeit essen, und ich gab ihr mein Wort, täglich einen Gruß zu schicken. »Wenn ich dich nicht hätte.« Ich seufzte und nahm sie zum Abschied fest in den Arm.

»Bring mir was Schönes mit, damit ich auch in Zukunft die Ladenhüterin spiele, wenn dir nach Veränderung ist.«

»Mal sehen, was sich machen lässt«, versprach ich.

Es war ein unbeschreibliches Gefühl, als der Wind mir auf der Fähre das Haar zerzauste und ich Norderney im Morgenlicht vor mir liegen sah. Ich war hellwach, auch wenn ich nur ein paar Stunden geschlafen hatte. Ich vertraute darauf, in dieser Woche von Katastrophen verschont zu bleiben, und ging mit einem Rundumgrinsen von Bord.

Plötzlich kam mir Alex' Wunderfrage wieder in den Sinn,

sie tauchte aus dem Nichts auf, wie eine Möwe auf Futtersuche. Ich schenkte ihr keine Beachtung, sie war nicht wichtig.

Ich brauchte diesen Moment des Ankommens für mich allein, ich wollte meine Gedanken sortieren und in aller Seelenruhe einen Cappuccino mit Herz trinken.

So vereinbarten wir es. Hannes konnte es kaum erwarten, mich wieder in seine Arme zu schließen. Vielleicht ist es ganz gut, wenn er sich ein bisschen gedulden muss, dachte ich und stieg in den Aufzug, der mich ins Café beförderte.

Der Morgendunst hatte sich eben erst verzogen, es war noch recht kühl, trotzdem bevorzugte ich einen Platz im Freien. Die diesige Luft wurde immer klarer und die ersten Sonnenstrahlen fielen aufs Meer.

»Mirko!«, rief ich erfreut, als der junge Kellner zu mir an den Tisch kam und sich nach meinen Wünschen erkundigte.

»Wie immer mit Herz?«, fragte er.

»Wie immer mit Herz«, bestätigte ich und bestellte mir noch ein Croissant dazu. Es hätte mich nicht gewundert, wenn die neugierige Gretje wieder meinen Selbstgesprächen lauschte, die für sie wie wirres Zeug einer durchgeknallten Städterin klingen mussten. Es war aber nur ein kurzer Moment, in dem ich mich mit mir unterhielt, denn nun kam mein Heißgetränk und ich dachte an den Gruß für Kerstin. Ich schickte ihr ein Foto von dem Herz in meiner Tasse.

Als sich die nächste Fähre näherte, beendete ich meine Kaffeepause und schlenderte zur Bushaltestelle.

Am Damenpfad, nicht weit von der Milchbar entfernt, stieg ich aus und linste vorsichtig um die nächste Ecke. Die rote Bank war besetzt. Ein grauhaariger, gutaussehender Mann um die Sechzig schien dort auf jemanden zu warten.

»Mareike!«, rief er, als er mich erblickte, und sprang auf. »Da bist du ja endlich. Ich sitze seit Stunden hier und warte auf dich.«

»Lügner!«, gab ich gut gelaunt zurück. »Da bin ich. Endlich.«

»Dann kann das Abenteuer ja jetzt beginnen.« Über seine Vorstellung von einem Abenteuer ließ Hannes mich allerdings im Unklaren.

»Da du mir ja nicht sagen willst, was du meinst, muss ich annehmen, dass *du* mein Abenteuer bist.«

Er grinste. »Könnte man so sagen.«

Als wir abends beim Italiener saßen, platzte Hannes endlich mit seinen Neuigkeiten heraus, um die er so ein Geheimnis gemacht hatte.

»Erinnerst du dich noch an Petra und Uwe?«, fragte er. »Das ältere Ehepaar, das wir an der Weststrandbar getroffen hatten?«

»Ja, ich habe sie noch vor Augen«, sagte ich und musste schmunzeln, denn so viel älter als Hannes waren die beiden wohl nicht. »Ihr hattet etwas unter sechs Augen zu besprechen, wenn ich mich recht erinnere. Weshalb fragst du? Sind die auch auf Norderney?«

»Erraten. Wegen den beiden bin ich in den letzten Wochen öfter hier gewesen als sonst. Wir kennen uns schon lange, und Uwe hat mir ein unwiderstehliches Angebot gemacht.«

»Ein neuer Auftrag?«, riet ich.

»Das auch«, sagte Hannes. »Du wirst staunen, was in der kurzen Zeit alles passiert ist. Mein Leben steht momentan Kopf und das Komische ist, mir wird nicht schwindelig dabei.«

»Wollen wir uns noch ein *Tiramisu to go* bestellen und uns einen schönen Strandkorb suchen, in dem du mir dann alles erzählst?«

Mein Vorschlag gefiel Hannes. Wenig später spazierten wir zu meinem Strandkorb und hatten Glück, denn er war nicht verschlossen und schien nur auf uns zu warten.

»In den Ritzen hast du aber heute nichts versteckt?«, zog ich ihn auf.

Hannes schüttelte lachend den Kopf und erzählte von den Fortschritten seiner Therapie. Von seiner inneren Unruhe merkte er nur noch selten etwas.

»Wir sind morgen bei Uwe und Petra zum Brunch eingeladen. Um zehn Uhr. Du begleitest mich doch?«

»Ach. Wieso?«, fragte ich und löffelte den letzten Rest meines Tiramisus aus. »Gibt's einen besonderen Anlass? Oder laden die zwei sonntags regelmäßig Frühstücksgäste ein? Wo ist das denn?«

»Ich habe ihnen erzählt, dass ich mich in dich verliebt habe. Nun möchten sie dich unbedingt kennenlernen. Das kurze Zusammentreffen im Sommer hatte keinen Eindruck hinterlassen.«

»Soso. Dann willst du mich wohl als deine Freundin vorstellen.«

»Das auch. Aber zu deiner Frage, wo wir hinmüssen: Sie besitzen ein kleines Häuschen. Das ist, wenn man hinterm Surfcafé abbiegt und dann gleich die nächste Straße.«

»Da ist es bestimmt schön ruhig.«

Wir rutschten näher zusammen, sahen aufs Wasser und schwiegen eine lange Weile. Wir hingen unseren Gedanken nach und lauschten der monotonen Melodie des Meeres, die eine einschläfernde Wirkung auf mich ausübte. Ich lehnte mich an und merkte, dass ich meine Augen kaum noch offen halten konnte.

»Komm. Wir machen noch einen kleinen Spaziergang am Wasser entlang und dann gehen wir ins Bett«, sagte Hannes, als könnte er meine Gedanken lesen.

———

Uwe und Petra empfingen uns total herzlich, als wir sie am nächsten Morgen besuchten. Auch mich, obwohl wir uns nicht wirklich kannten.

»Wie schön, dich kennenzulernen«, sagte Petra. »Hannes hat schon so viel von dir erzählt.« Sie führte uns in den Wintergarten des Hauses, dort war der Tisch schon für uns gedeckt.

»Danke für die Einladung, ich freue mich auch. Hannes hat einen besonderen Grund für die Einladung angedeutet, er will ihn mir aber nicht verraten. Hat einer von euch Geburtstag?«, fragte ich.

»Nein, Mareike. Es ist kein Geburtstag«, sagte Petra.

»Willst du es ihr sagen oder sollen wir?«, wandte Uwe sich nun an Hannes, der die leckeren Brotaufstriche auf dem Tisch unter die Lupe nahm.

»Das überlasse ich gern euch«, erwiderte Hannes und kostete von einem Sanddorn-Mango-Aufstrich.

»Wir haben euch eingeladen, weil wir uns von der Insel trennen werden«, sagte Petra schließlich. »Wir sind schon so lange hier, es ist an der Zeit für eine Veränderung.«

»Ihr wollt uns Tschüss sagen«, fasste ich zusammen. »Aber warum denn das? Norderney ist eine Trauminsel. Also ich würde sonst was darum geben, wenn ich hier leben könnte.«

»Vielleicht kannst du das ja eines Tages«, sagte Petra verschmitzt und fragte im selben Atemzug, wie wir unsere Eier haben möchten. Uwe schmunzelte und zwinkerte Hannes zu.

»Wunder gibt es immer wieder«, summte Petra den alten Schlager, schenkte noch Kaffee und Tee nach und ließ dann die Katze aus dem Sack: Sie wollten das Haus verkaufen.

»Was?«, rief ich aus. »So ein hübsches Häuschen. In dieser Lage? Verkaufen?«

»Das will gut überlegt sein«, meinte Hannes todernst. »Und deshalb, meine liebe Mareike, bin ich in letzter Zeit dauernd hergefahren. Wir haben darüber nachgedacht, ob ich als Käufer für die Immobilie infrage komme.«

»Du, Hannes?«, fragte ich erstaunt.

»Ja, ich. Petra und Uwe haben mir ihr Haus zu einem Freundschaftspreis angeboten. Da wäre ich doch schön blöd, wenn ich Nein sage.«

»Da wärst du wirklich blöd«, bekräftigte Petra, die hinter ihrer Brille spitzbübisch grinste.

»Und wie hast du dich entschieden?«

»Ich habe es gekauft. Der Vertrag ist abgesegnet und unterschrieben. Ab Januar gehört das Haus mir. Deshalb war Julia auch so oft mit von der Partie, sie hat mich juristisch beraten und mit mir zusammen das Haus besichtigt.«

Ich war sprachlos, ich kriegte keinen Bissen mehr runter.

»Möchtest du dir Hannes' Haus mal ansehen?«, fragte Petra mich.

Und ob ich das wollte! Mit den beiden Männern gingen wir auf Besichtigungstour. Das Haus war wie eine Dreiraumwohnung aufgeteilt, mit Gäste-WC, Keller und einem Abstellraum, den man zum Gästezimmer umbauen konnte. Ein kleines Gärtchen und ein Pkw-Stellplatz gehörten auch dazu. Es war gepflegt und gemütlich und wenn man die Fenster öffnete und es ganz still war, konnte man das Meer rauschen hören. Solide, würde Tanja sagen. Ich sah sie schon vor mir, wie sie durch die Räume schritt und ihre Liebe zur Innenarchitektur auslebte.

»Liebe Mareike«, sagte Uwe nun feierlich zu mir. »Am Dienstag haben wie eine kleine Feier am Strand vorbereitet. Wir würden uns sehr freuen, wenn du Hannes begleitest und unser Gast bist. Allerdings muss ich dazusagen, dass wir Hannes auch als Fotograf eingespannt haben.«

»Was für eine Feier ist es denn?«, fragte ich interessiert nach. »Wann denn am Dienstag, und wo findet sie statt?«

Das nette Ehepaar sah sich verliebt in die Augen, ehe Uwe uns verriet, dass wir nachmittags um drei am Standesamtsbadekarren sein sollten.

»Wir feiern unseren fünfzigsten Hochzeitstag«, platzte Petra heraus. »Das wollen wir ganz besonders feiern, indem wir uns noch einmal das Jawort geben und unser Ehegelöbnis erneuern.«

»Es ist kein großes Event«, sagte Uwe und legte seiner Frau den Arm um die Schultern. Sie sah zu ihm auf und schmiegte sich an ihren Uwe.

»Was für eine zauberhafte Idee. Fünfzig Jahre! Wer schafft das heute noch? Darf ich mal fragen, wie alt ihr seid? Ihr seht noch so jung aus«, sagte ich und schaute die beiden bewundernd an.

»Darfst du. Da machen wir kein Geheimnis draus. Ich bin vor kurzem siebzig geworden, und mein Schatz ist fünf Jahre älter. Wir haben früh geheiratet«, plauderte Petra.

»Und wir haben es nie bereut«, ergänzte Uwe.

»Mit allem habe ich gerechnet, aber nicht damit, dass du hier ein Haus kaufst. Das kostet doch ein Vermögen«, sagte ich zu Hannes, nachdem wir uns von den beiden verabschiedet hatten und über die Strandpromenade spazierten.

»Für Überraschungen bin ich gut. Das solltest du doch schon gemerkt haben«, sagte Hannes lachend. »Wo soll ich denn sonst hin mit meinem Vermögen? Ist doch gut angelegtes Geld.«

»Willst du denn hier auch wohnen? Ich dachte, du und ich, wir beide …« Ich blieb stehen, ich konnte es noch nicht fassen.

»Sieh mal, Mareike, du bist wahnsinnig gern hier. Du hast selbst gesagt, Norderney ist dein Wohlfühlort. Meiner ist es auch und deshalb habe ich auch schon angefangen, meine Wohnung in Frankfurt aufzulösen. Die Nähe zum Flughafen brauche ich nicht mehr. Und bis zu dir sind es von hier aus nur anderthalb Stunden.«

»Plus Fähre.«

»Ja, plus Fähre. Ich kann mir vorstellen, dass das ganz gut funktioniert. Ich bin gern bei dir und würde immer da sein, wenn du mich bei dir haben möchtest. Und du kannst immer zu mir auf die Insel kommen. Oder wir fahren auf die Insel, wenn wir frischen Wind um die Nase brauchen. Das können wir alles noch in Ruhe überlegen. Wir haben doch alle Möglichkeiten. Ich habe gesehen, wie sehr du deinen Salon liebst, den musst du doch nicht aufgeben, wenn wir zusammen sind.«

»Das muss ich mir erst einmal alles durch den Kopf gehen lassen«, sagte ich. »Ich fühle mich ein bisschen überrumpelt.«

»Das wollte ich nicht.« Hannes war zerknirscht. »Ich habe es mir so schön gedacht. Weißt du, Mareike, du bist die erste Frau seit meiner Scheidung, mit der ich mir das vorstellen kann. Du süßes Wunderweib.«

»Das schmeichelt mir, aber jetzt möchte ich erst mal ein oder zwei Stündchen allein sein«, sagte ich, fuhr ihm durchs Haar, gab ihm einen Kuss und lief zum Strand. Und ich hatte geglaubt, diesmal würde es ein normaler Erholungs- und Liebesurlaub. Und jetzt so was!

Ich lief zum Nordstrand und wusste nicht, was ich denken sollte. Im Sand folgte ich den Spuren der Pferdehufe, die noch nicht vom Meer weggespült worden waren. Hufeisen auf meinem Weg. Ob das Glück bedeutete? Am Wasser entlangzureiten, musste toll sein. Vielleicht würde ich mich das eines Tages trauen, dachte ich und merkte gar nicht, dass ich davon ausging, dann einen Zweitwohnsitz auf Norderney zu haben.

Auf einmal war ich schon an der Abzweigung zur *Weißen Düne*. Die Buddhafigur oberhalb des Strandlokals lächelte mir zu, seit Jahren thronte sie dort auf dem Sandhügel und trotzte Wind und Wetter.

»Na Buddha, was guckst du?«, pflaumte ich ihn an. »Du kannst mir sicher sagen, ob ich das nun gut finden soll oder nicht.«

»Nee. Dat kann der steinerne Klotz da oben auch nicht«, beantwortete eine mir bekannte Stimme die Frage. Es war Gretje, die ich schon vermisst hatte. Jetzt stand sie vor mir, und wie so oft kam sie genau zur rechten Zeit.

»Dich schickt der Himmel«, begrüßte ich sie und musste grinsen, als sie fragte, ob ich wieder ein Problem mit meinem Idioten habe.

»Was ist es denn, was du gut finden sollst oder nicht?«, fragte sie rundheraus und flitzte blitzschnell auf einen Strandkorb zu, in dem ein Pärchen gerade bezahlen wollte. Hatten wir ein Glück! Gretje bestellte für uns beide einen Sanddornpunsch, und ich versuchte, mein Problem in Worte zu fassen. Gretje verstand gut, worum es ging und wieso ich mich aufregte.

»Mareike«, sagte sie. »Nun stell dir mal vor, du hast einen langgehegten Wunschtraum und dann bietet sich eine super Gelegenheit, dir den Traum zu erfüllen. Würdest du dann etwa zögern und die Erfüllung deines Traums von einer anderen Person abhängig machen?«, fragte sie und sah mich eindringlich an. So hatte ich das noch nicht betrachtet und ich musste mir eingestehen, ich würde es nicht anders machen.

»Das ist doch eigentlich optimal, ihr habt echt gute Startchancen für die Liebe. Jeder von euch hat sein Zuhause, an dem er sich wohlfühlt, und wenn ihr zusammen seid, egal wo, fühlt ihr euch miteinander noch wohler. Mensch Mädchen, jammere nicht rum, du hast allen Grund zur Freude.«

Mein Groll verebbte immer mehr und als wir nach dem zweiten Punsch aufbrechen wollten, war die Welt wieder in Ordnung für mich.

Als ich ihr Tschüss sagte, verquasselten wir uns doch noch ein bisschen, denn es stellte sich heraus, dass Gretje eine gute Freundin von Petra und Uwe war und ich sie bei der Feier am Dienstag wiedersehen würde.

»Du bist ein Engel«, sagte ich zu der alten Dame. Aber davon wollte sie nichts wissen.

»Da frag mal andere«, gluckste sie und nahm mich mit zur Bushaltestelle, damit ich auch gut und heil wieder zurückkam nach dem Punsch.

Die Unterhaltung mit Gretje hatte mir gutgetan, das merkte ich, als ich wieder bei Hannes ankam. Ich erzählte ihm von der zufälligen Begegnung, wie ich mit dem Buddha geschimpft hatte und wie Gretje dazugekommen war und an meinem Blickwinkel geruckelt hatte.

»Scheint so, als ob sie immer dann zur Stelle ist, wenn du sie brauchst«, meinte er. »Eine interessante Frau. Schade, dass ich sie nicht schon früher kennengelernt habe.«

31

»Glaubst du, die machen das wie junge Brautpaare, mit Herzluftballons und einem Brautstrauß?«, fragte ich Hannes am Tag vor Uwes und Petras Goldener Hochzeit.

Wir ließen den Tag im Liegestuhl auf der Dachterrasse seines Hotels ausklingen. Heute waren wir den langen Weg bis zum Wrack gewandert, auf den letzten Kilometern war uns kaum jemand begegnet, es war immer stiller geworden. Hier am östlichen Ende der Insel war die Natur ursprünglich und unberührt, das merkte man auch an den vielen Vögeln, die hier brüteten. Niemand störte sie in ihrer Sandwüste, für die Tiere musste es ein Paradies sein. Das Wrack hatte ich mir größer und beeindruckender vorgestellt, als es in Wirklichkeit war. Dennoch war es interessant genug gewesen für eine schnelle Skizze.

Hannes machte sich über mich lustig, als ich ihn nach den Luftballons fragte. Seiner Meinung nach waren die beiden aus dem Alter doch wohl raus. Ich war mir da nicht so sicher. Was hatte ein bisschen Romantik bitte schön mit dem Alter zu tun?

»Frag doch deine Gretje«, sagte er. »Sie ist die Brautjungfer, soweit ich weiß, die kann dir das bestimmt sagen.« Er grinste mich unverschämt an, als wollte er mich auf den Arm nehmen.

»Gute Idee«, erwiderte ich und schrieb ihr eine *WartsAb-Nachricht*, wie sie es nannte.

Gretje antwortete sofort, sie war mächtig aufgeregt und wollte nichts verraten. Sie schrieb nur: *»Lass dich überraschen.«* Mir blieb wohl nichts anderes übrig.

»Dann besorge ich morgen früh welche. Besser, man hat's und braucht's nicht, als man braucht's und hat's nicht«, zitierte ich eine Kundin von mir, die mich mit ihren witzigen Sprüchen oftmals überraschte.

»Du willst nur Herzen am Himmel sehen«, zog Hannes mich auf, womit er nicht ganz unrecht hatte.

———

Mir war richtig feierlich zumute, als ich nachmittags über die Strandpromenade zum Hochzeitsbadekarren am Weststrand lief. Es war das erste Mal, dass ich bei so einer Zeremonie dabei sein durfte, und ich hatte keine Ahnung, was mich erwartete. Das Einzige, was ich wusste, war, dass man für die Erneuerung seines Eheversprechens keinen Standesbeamten brauchte.

»Lass dich überraschen!« Ich dachte an Gretje und Piet und würde bestimmt einen Lachanfall bekommen, wenn sie tatsächlich als Brautjungfer in Erscheinung trat. Ich war megaaufgeregt, vielleicht auch, weil Hannes und ich zum ersten Mal ganz offiziell als Paar auftreten würden. Ich war nicht nur seine Begleitung, ich war seine Freundin, seine Partnerin und manchmal auch sein Wunderweib.

Hannes war leider nicht bei mir, als ich auf dem Weg

zu unserem Treffpunkt war. Er hatte vor dem eigentlichen Termin ein Fotoshooting mit dem Jubelpaar vereinbart. Sie wollten sich im Wäldchen bei der Hochtiedsstuv treffen, danach sollten weitere Fotos in den Dünen gemacht werden und anschließend ging es für die Feierlichkeiten runter zum Strand. Von seinen Plänen hatte er mir aber erst am Dienstagvormittag erzählt, als ich wegen der Herzluftballons herumtelefoniert hatte. Ich war ein bisschen enttäuscht, dass er mir vorher nichts davon gesagt hatte, denn ich hatte mich schon händchenhaltend mit meinem Hochzeitsfotografen über die Promenade schlendern sehen, mit Herzluftballons, die über meinem Kopf schwebten. Aus der schönen Idee mit den Ballons wurde leider nichts, nirgends auf der Insel konnte ich sie so kurzfristig auftreiben.

Mein Herz klopfte wild, als ich das Jubelpaar zusammen mit meinem Hochzeitsfotografen den schmalen Weg auf uns zukommen sah. Petra und Uwe liefen Hand in Hand vor Hannes her, der offensichtlich noch nicht fertig war mit seinem Job. Petra sah wunderschön aus, in einem hellen, leichten Sommerkleid, das ihre Figur umschmeichelte. In den Händen hielt sie einen kleinen Brautstrauß, aus dem goldene Bänder im Wind flatterten.

»Wat ist das für ne süße Braut«, sagte Gretje verzückt zu mir. Mit ihrem Piet wartete sie schon länger auf das Paar und war gerade dabei, rote und weiße Luftballons in Herzform an einigen Strandkörben zu befestigen. »Das sollte man nicht meinen, dass die schon seit Ewigkeiten miteinander verheiratet sind.«

Ich musste schmunzeln bei ihren Worten. Nicht nur über Gretje, sondern vor allem darüber, weil ich recht behalten

258

hatte und weder ein Brautstrauß noch Herzluftballons fehlten. Ha, ha! Von wegen, die sind wohl aus dem Alter raus!

»Ein tolles Paar«, bemerkte auch ich. Sie strahlten so eine Harmonie und so viel Liebe aus, dass mir ganz warm ums Herz wurde, obwohl sich der Himmel zuzog und die Sonne hinter dicken Wolken verschwinden ließ. Kräftige Schauer waren angesagt, aber die sollten bitte warten, bis wir mit der Feier am Strand fertig waren.

»Und dein Hannes ist ja man auch ein schmucker Kerl«, meinte Gretje grinsend und winkte den dreien zu. »Idiot darf ich ja nicht mehr sagen?« Sie nahm ihre Sonnenbrille ab und sah mir forschend in die Augen.

»Nee, das will ich nicht mehr hören. Das Wort ist aus meinem Wortschatz gestrichen. Es gibt zwar viele dumme Menschen, auch Idioten, auch liebenswerte Blödmänner, aber eins habe ich erkannt: Ich brauche keinen Idioten, um glücklich zu sein. Eigentlich muss ich mich nur selbst gut leiden können, dann bin ich auch zufrieden und glücklich.«

Gretje griente und erwähnte nebenbei wieder einmal die Altersweisheit, die sich mit den Jahren einschleichen würde. Bei ihr hatte sie anscheinend schon einen festen Platz, die alte Ostfriesin haute so einige Weisheiten raus.

»Sag mal, Gretje«, fragte ich, bevor die drei bei uns waren, »bist du wirklich die Brautjungfer von Petra oder wollte Hannes mich nur veräppeln?«

»Veräppeln? Nee! Ich bin zwar keine Jungfrau mehr, aber Brautjungfer, dat bin ich schon. Zum ersten und zum letzten Mal in meinem Leben.«

»Bist du denn gar nicht aufgeregt?«

»Nee«, sagte sie wieder. »Warum denn? Ich hab schon so viel erlebt in meinem Leben und außerdem ist mein Piet ja bei mir. Der passt schon auf, dass ich nicht umkippe.« Sie knuffte ihren Freund auf den Arm und verriet mir, dass der

Standesamtsbadekarren dicht blieb. Ich hatte mich schon gewundert und war davon ausgegangen, dass das feierliche Eheversprechen in dem Badekarren erneuert wurde.

»Das ist ja keine echte Trauung. Die tun doch bloß so«, kicherte sie und drückte ganz fest Piets Hand.

»Die tun nicht nur so. Dat ist Liebe«, hielt Piet dagegen. »Stell dir das mal vor, ein halbes Jahrhundert immer mit der gleichen Braut.«

»Oder mit dem gleichen Kerl«, meinte Gretje, die immer gern das letzte Wort hatte.

Als ich ein bisschen herumlief und mir die Getränkeboxen in Piets Fahrradanhänger ansah, gesellte sich ein älterer Herr in Jeans, mit goldfarbenen Hosenträgern, weißem Hemd und ebenfalls goldener Fliege zu uns, außerdem noch eine junge Frau, die höchstens zwanzig sein konnte. Sofort als sie das Brautpaar kommen sah, stürmte sie vor Freude kreischend auf die beiden zu und kriegte sich gar nicht wieder ein.

»Wer ist das denn?«, raunte ich Gretje zu.

»Das könnte ihr Enkelkind sein«, verriet sie mir. »Da hat sie mir mal von erzählt und auch Bilder gezeigt.«

»Und warum sind die Eltern des Mädchens nicht da?«, überlegte ich. »Die eigenen Kinder sollten doch auch dabei sein.«

»Ich glaube, das ist kompliziert bei denen. Musst du am besten selbst nachfragen, wenn du's wissen willst.«

»Nicht so wichtig«, tat ich es erst einmal ab. Wichtig war jetzt nur, dass der Zeiger der Uhr immer weiter vorrückte und es kurz vor drei war. Inzwischen kamen aber auch noch vier andere Personen, darunter auch die Eltern des Mädchens.

Der ältere Herr mit der Fliege lief auf und ab, schaute ständig auf sein Handgelenk und summte.

»Das ist der Zeremonienmeister«, verriet Piet mir. Er

sagte wirklich *Zeremonienmeister,* und ich fragte mich, was er damit meinte. Das ließ er mich aber sofort wissen, als er meinem verständnislosen Blick begegnete. Der flott gekleidete Herr war der Geistliche, namens Benedikt, der Petra und Uwe vor fünfzig Jahren getraut hatte. Inzwischen war er im Ruhestand. Da ihm aber die Liebe eine Herzensangelegenheit und die Ehe heilig waren, gab es für ihn nichts Schöneres, als die Erneuerung eines Eheversprechens durchführen zu dürfen.

Als Benedikt vor den Standesamtsbadekarren trat und mit der Zeremonie begann, war mir genauso feierlich zumute wie bei der Hochzeit meiner Tochter.

Er erzählte von der Trauung vor einem halben Jahrhundert und von den Höhen und Tiefen, die Petra und Uwe zusammen gemeistert hatten. Am Ende der Rede trat er auf die Eheleute zu und fragte, ob sie sich heute noch einmal versprechen wollten, sich zu lieben und zu ehren, bis zu ihrem Tod.

»JA!«

»Und Spaß miteinander haben!«, rief Petra dazwischen, was uns allen, einschließlich Benedikt, einen Schmunzler entlockte.

»So wie die beiden möchte ich auch sein, wenn ich mal alt bin«, flüsterte Hannes mir ins Ohr.

»Du bist auf dem Weg dahin«, flüsterte ich zurück und wischte mir verstohlen eine Träne vom Gesicht.

»Psst«, machte Hannes und zeigte auf das Paar, das sich jetzt küssen durfte.

Petra stellte sich auf die Zehenspitzen und küsste ihren Uwe so innig, wie es nur Verliebte taten. Sie tauschten sogar Ringe, was Hannes selbstverständlich fotografieren musste.

Es sei ein neues Paar Eheringe, das sie zusätzlich zu den anderen tragen wollten, flüsterte Hannes mir zu, als er wieder neben mir stand und besorgt zum Himmel schaute. Es konnte jeden Augenblick anfangen zu regnen.

Ehe es aber losprasseln würde, wollte Hannes den Goldies das versprochene Hochzeitsständchen bringen und holte sein Saxophon aus dem Strandkorb. Er spielte ein Stück, das Petra und Uwe sich gewünscht hatten. Als Hannes das Saxophon an den Mund setzte, stellten sich wieder einmal meine feinen Härchen auf. Mit einem zärtlichen Blick sah er mich an, nahm einen tiefen Atemzug und spielte den Song *What a wonderful world*.

Just in dem Augenblick, als der letzte Ton verklang, platschten dicke Regentropfen auf den Sand, und am Himmel war ein doppelter Regenbogen mit all seinen Farben zu sehen.

»Huch«, schrie die Braut. »Nun müssen wir uns aber beeilen, wenn wir nicht klatschnass werden wollen. Achtung Mädels, hier kommt der Brautstrauß!«

Wie eine Ballerina drehte sie sich einmal um sich selbst, holte Schwung und warf den Hochzeitsstrauß über den Kopf. Fasziniert verfolgte ich, wie er über sie hinwegflog und auf mich zu. Ich riss meine Arme hoch und streckte die Hände nach ihm aus, doch Gretje sprang blitzschnell herbei, rempelte mich an und hielt dann den Brautstrauß in ihren Händen.

»Nun guck mal nicht so«, sagte sie freudestrahlend zu mir. »Du hast doch schon mal einen gefangen.«

»Herzlichen Glückwunsch«, sagte ich schmunzelnd, »dann wirst du die nächste Braut sein.«

Gretje gluckste leise vor sich hin und zwinkerte ihrem

Piet verschwörerisch zu. Ob die beiden wohl das nächste Brautpaar sein würden?

Hannes hatte die Szene schmunzelnd verfolgt, er nahm mich liebevoll in den Arm und raunte mir zu: »Wenn wir ordentlich Gas geben, liebste Mareike, könnten wir noch Silberhochzeit feiern.«

»Was hast du gesagt?«

»Du hast mich schon verstanden«, sagte er mit einem unverschämt frechen Grinsen und küsste mich.

»Wir könnten die Silberhochzeit noch erleben, wenn wir uns einig sind und das wollen«, wiederholte er dann aber doch.

»Ach Hannes«, sagte ich lachend, »wenn wir in einem Jahr noch zusammen sind, dann sage ich JA.«

ENDE

ÜBER DIE AUTORIN

Rita Roth erblickte an einem heißen Julitag in Osnabrück das Licht der Welt und ist ein echtes Sommerkind. Die Leichtigkeit dieser Jahreszeit spiegelt sich auch in ihren Romanen wider, die sie mit viel Herz und Humor erzählt. Ihre Liebe zum Schreiben hat sie erst spät entdeckt und sich damit einen langgehegten Traum erfüllt.

Schreiben ist Herzenssache!